Charlotte von Mahlsdorf
Ich bin meine eigene Frau

CHARLOTTE VON MAHLSDORF, 1928 in Berlin geboren, war die Gründerin des Gründerzeitmuseums Mahlsdorf. Als couragierte Aktivistin setzte sie sich für die queere Szene ein und ist bis heute eine der bekanntesten trans Frauen Deutschlands. Sie entdeckte schon als Kind und Jugendliche ihre Begeisterung für das Sammeln von Gründerzeitmöbeln, arbeitete von 1949 bis 1971 im Märkischen Museum und begann 1958 gleichzeitig mit dem Wiederaufbau des Gutshauses Mahlsdorf. 1960 eröffnete sie hier das Gründerzeitmuseum, das heute vom Förderverein Gutshaus Mahlsdorf betrieben wird. Charlotte von Mahlsdorf emigrierte 1997 aufgrund neonazistischer Angriffe nach Schweden und starb 2002 bei einem Besuch in Berlin.

Charlotte von Mahlsdorf

# *Ich bin meine eigene Frau*

Ein Leben

Herausgegeben von Peter Süß

Mit einem Fotoessay von Burkhard Peter

Jaron Verlag

Zu dieser Ausgabe:
Grundlage dieses Textes in die ungekürzte Erstausgabe, die 1992 im Verlag Edition diá, Berlin, erschienen ist. Die alte Rechtschreibung wurde beibehalten.

Ungekürzte Ausgabe 2024
Jaron Verlag GmbH, Berlin
www.jaron-verlag.de

Umschlagkonzept: Balk & Brumshagen, aktualisiert von
EICURA Corporate Designs, Augsburg
Umschlaggestaltung: EICURA Corporate Designs, Augsburg
Umschlagfoto: © Burkhard Peter
Satz und Layout: Prill Partners | producing, Barcelona
Lithografie: Bild1Druck GmbH, Berlin
Druck und Bindung: CPI books GmbH, Leck

ISBN: 978-3-89773-894-2

Die dreißig Skinheads näherten sich Mahlsdorf mit Eisenstangen, Gaspistolen, Leuchtspurmunition und herausgebrochenen Zaunlatten.

Ich spähte aus dem Fenster meines Gründerzeitmuseums in den Garten. An den Wäscheleinen schaukelten Monde aus Papier im Wind.

Die rund achtzig noch verbliebenen Gäste feierten ein unbeschwert-harmonisches Frühlingsfest: Die Tina-Turner-Dublette hatte sich schon abgeschminkt, auch die Bauchtänzerin wippte nicht mehr vor den Gästen, sondern stand mit ihnen an der Cocktailbar. Würstchen wurden gegrillt, Schwule und Lesben tanzten, und der Mond schien wie auf einer Kitschpostkarte durch die Bäume des Parks.

Schnell noch das Licht ausmachen und mal draußen gucken, dachte ich. Den ganzen Abend hatten meine Mitarbeiterin Beate und ich an diesem Maitag 1991 Gäste von nah und fern im Halbstundentakt durchs Museum geführt.

Die letzte Lampe kaum gelöscht, hörte ich jenes Geräusch, klirrend hell, gegen das ich seit nunmehr vierundfünfzig Jahren allergisch bin: zersplitterndes Glas. Ein junger Mann stürmte, blaß wie eine Leiche, ins Museum. »Du mußt die Polizei rufen!«

Die Neonazis droschen mit den Latten wahllos auf die Gäste ein. Alles ging wahnsinnig schnell. Meiner zweiten Mitarbeiterin Silvia schoß ein besonders Mutiger aus nächster Nähe mit der Leuchtpistole ins Gesicht, knapp neben das Auge. Bei einer jungen Frau aus München verfehlte das

Geschoß sein Ziel nicht: Ihre Netzhaut wurde schwer verletzt. Einer Achtzehnjährigen schmetterten sie eine Zaunlatte auf den Schädel.

Geschrei und Stöhnen mischten sich in das krachende Bersten der Info-Stände, die die Ostberliner Schwulengruppe aufgebaut hatte, und der Musikanlage, auf die der rohe Haufen martialisch einschlug.

Die Bomberjacken stürmten die Tanzfläche. Dort stand, einem Leuchtturm gleich, ein Transvestit, im ausladenden Fummel und mit großem, rotem Schwingerhut. Sie wollten auf ihn einprügeln, zögerten aber feige, denn er hatte sich inzwischen ebenfalls mit einer Zaunlatte bewaffnet, war von gleißendem Scheinwerferlicht umhüllt und brüllte die Meute an: »Warum seid ihr so brutal?« Das wiederholte er zweimal, und plötzlich blieben sie stehen, blickten sich verwirrt an. Jemand rief: »Die Bullen kommen«, und die Jungnazis stoben auf und davon wie eine Herde in Panik geratenes Vieh. Mit ihrer Munition schossen sie noch auf den benachbarten Lumpenhof, tausend Tonnen Altpapier gingen in Flammen auf. Schreie, Durcheinanderlaufen, die Feuerwehr rückte an mit fünfzig Mann, löschte, fuhr die Verletzten ins Krankenhaus – es war ein einziges Chaos.

Mit einer eisernen Hacke in der Hand lief ich aus dem Haus. Silvia und Beate kamen mir entgegen und berichteten, es sei alles vorbei. Sie hielten mich fest und bugsierten mich wieder ins Haus. Sie wußten, wenn mir jemand unter die Hände gekommen wäre, hätte ich zugeschlagen, ohne Rücksicht auf Verluste.

Eine Stunde später ging ich mit der Taschenlampe in den Garten, sah die zerschlagenen Stände, die Flaschenscherben, den zerstörten Plattenspieler und die zertrümmerte Musikbox. Ich fegte die Scherben der Kellertürscheiben vom Parkweg und dachte: Wie sich die Bilder gleichen!

Ich fuhr mit der Straßenbahn durch Mahlsdorf-Süd Richtung Köpenick und sah aus dem Fenster: Der Lebensmittelladen Egona war ebenso zerschlagen wie das jüdische Seifengeschäft Wasservogel, auch das jüdische Kaufhaus Cohn in Köpenick hatte keine Fensterscheiben mehr. Die Straßenbahn hielt in der Altstadt, direkt gegenüber einem Textilgeschäft. Die junge Inhaberin, tränenüberströmt, fegte die Reste ihrer Habe zusammen. Drei SA-Männer standen breitbeinig neben ihr: »Du olle Judensau, jetzt lernste endlich mal arbeiten.« Ich war so wütend, krallte meine Hand um eine Haltestange in der Bahn. Sie traten die Frau mit ihren schweren Stiefeln in die Hüfte, sie fiel in die Glasscherben. Die Straßenbahn fuhr weiter. Als ich von der Schule zurückkam, waren alle Geschäfte mit Brettern vernagelt. Es war der Morgen des 10. November 1938.

Zu Hause erzählte unser Dienstmädchen, wie die Nazis in den anderen jüdischen Geschäften gewütet hatten: »Herr Brauner«, sagte sie mit vor Empörung zitternder Stimme zu meinem Großonkel, »Sie machen sich ja keine Vorstellung, wie bei Tietz, bei Wertheim und Brandmann die Geschäfte zerschlagen wurden. Bei Brandmann haben sie alle Standuhren durch die Schaufensterscheiben auf die Straße geworfen. Und die SA-Männer sind mit Stiefeln in die Glaskästen und haben die Gewichte, die schweren Gewichte, auf die Zifferblätter geworfen und sich die Taschen gefüllt mit Gold und Juwelen. Das ist ja ein Verbrechen!«

Konnte das wahr sein? Die in ganz Berlin bekannte Firma Brandmann, deren Werbung ich im Radio immer mit Wonne gehört hatte, zerstört? Bim, bam!, tönte es aus dem Radio, und dann folgte die Werbung für die Brandmannn-Standuhren in der Münzstraße. Wie oft gingen mein Großonkel und ich an den Auslagen vorbei, und was war ich beglückt, die schönen Uhren im Schaufenster zu sehen.

Unwillkürlich begann mein Großonkel zu flüstern: »Emmi,

behalten Sie das alles für sich, wir müssen vorsichtig sein. Wer weiß, was noch alles kommt.« Ja, das war weise gesprochen von meinem Großonkel, dem ich so vieles verdanke.

In Mahlsdorf, einem verträumten Dörfchen am Ostrand Berlins, hatte ich zehn Jahre zuvor, am Sonntag, dem 18. März 1928, das Licht der Welt erblickt. Ich, Lothar Berfelde.

Die Berfeldes entstammen märkischem Uradel und sind erstmals 1285 in einer Chronik erwähnt. Damals gründeten sie das Dorf Berfelde, heute Beerfelde, bei Fürstenwalde. Mehrfach wandelte sich im Laufe der Jahrhunderte die Schreibweise unseres Namens, von Berfelde über Beerfelde und Bärfelde bis Baerfelde, Berfeldt und Beerfeldt. Das Familienwappen aber, ein in der Mitte geteilter Schild mit einem Stern auf blauem und einem auf silbernem Grund, blieb unverändert.

Meine Linie entstand aus einer Mesalliance: Ein Vorfahr, Offizier in der preußischen Armee, hatte Mitte des achtzehnten Jahrhunderts ein Fischermädchen geehelicht, was in der damaligen Zeit äußerst unstandesgemäß war. Als »verdunkelter« Adel führten wir zwar weiter unser Wappen, verloren aber das »von«.

Nachfahren derer von Beerfelde, des adligen Zweiges, mit dem ich nur noch über viele Ecken verwandt bin, besaßen bis 1907 das Schloß- und Rittergut Zuchen bei Zanow, in der Nähe von Köslin in Pommern.

Das Oberhaupt dieser Familie, Bertha von Beerfelde, Mutter von neun Kindern, hatte in ihrem Leben einen steinigen Acker zu pflügen. Ihr Mann, Rittmeister Rudolf von Beerfelde, stürzte – er war Schwedter Dragoner – bei einem Manöver und wurde von seinem Pferd erdrückt. Nach einem Brand 1905, dem Viehsterben und den Mißernten im darauffolgenden Jahr entschloß sich Bertha von Beerfelde, das Gut zu verkaufen und den Erlös unter ihren neun Kindern aufzuteilen. Der Käufer, der Mühlenbesitzer aus Zanow, brachte das Geld in bar mit. Zweieinhalb Millionen Goldmark, und im Ballsaal des Schlosses nahmen Mutter und Kinder sowie Käufer und Geldbote Platz. Auch der Förster war geladen und hatte seine schußbereite Flinte geschultert, falls irgend etwas nicht mit rechten Dingen zugehen sollte.

Jedes der neun Kinder bekam zweihundertfünfzigtausend Goldmark vor sich auf den Tisch gelegt, vom Rendanten abgezählt, desgleichen die Mutter. Danach erhob sie sich und ermahnte ihre Kinder: »Nun seid sparsam und wuchert mit eurem Pfunde!«

Einer ihrer Söhne, mein entfernter Onkel Hans-Georg von Beerfelde, Hauptmann im Alexanderregiment und preußischer Offizier, war zunächst glühender Nationalist und für seinen Kaiser begeistert in den Ersten Weltkrieg gezogen. Couragiert und wahrheitsliebend bis zum Fanatismus, ging ihm aber nach wenigen Jahren ein Licht auf, als nämlich die neuen Herren, der »Held von Tannenberg« Hindenburg und der eigentlich die Hebel der Macht bedienende Erste Generalquartiermeister Ludendorff, die Führung übernahmen in diesem immer aussichtsloser werdenden Krieg.

»An einem Frontabschnitt, wo es ein erfahrener Soldat schwer hat, zu kämpfen, ist es nicht ratsam, Schüler und Studenten einzusetzen, die nur drei Wochen Ausbildung haben.« Der Kaiser prüfte meinen Onkel aus kalten Augenfalten und verzog seine Mundwinkel; grimmig schaute er den an, der es in der Lagebesprechung mit dem stellvertretenden Generalstab gewagt hatte, Kritik zu üben.

Nach der Schlacht von Langemarck, bei der ein Teil der Blüte der deutschen Jugend hingemäht worden war – Berichten von Zeitzeugen zufolge hallten die grauenhaften

Schreie der Jungen nach Vater und Mutter vom Schlachtfeld wider –, ließ sich Hauptmann Beerfelde bei seinem obersten Kriegsherrn melden. Den Vorzimmerdienst versah an jenem Tage Oberst Graf von Plüskow, der ihn ängstlich begrüßte: »Majestät ist nicht bei guter Stimmung. Ich hoffe, Sie haben ihm nichts Unangenehmes zu melden.« – »Nur die Wahrheit«, entgegnete mein Onkel vielsagend. Er bekam Zutritt, Seine Majestät saß hinter einem mit Bronzebeschlägen verzierten Schreibtisch, breitete die Hände aus und fragte: »Na, mein lieber Beerfelde, was hat Er mir denn zu sagen?«

Mein Onkel war durchaus nicht geneigt, dem Leitspruch beim Umgang mit dem Kaiser – »Majestät braucht Sonne« – zu folgen: »Majestät, das ist kein Krieg mehr, das ist Mord!« Der Kaiser wurde puterrot, so etwas hatte noch niemand gewagt ihm ins Gesicht zu sagen: »Beerfelde, wie kann Er denn als preußischer Offizier so etwas äußern?« Aber mein Onkel ließ sich nicht einschüchtern, der Wortwechsel wurde so scharfzüngig und das Gebrüll zwischen Kaiser und Hauptmann so laut, daß Plüskow, vor der Türe stehend, ganz weiß wurde.

Mein Onkel riß sich die Offiziersepauletten von der Litewka und warf sie Wilhelm II. vor die Füße: »Damit bin ich den letzten Tag Offizier gewesen.« – »Das ist Desertion«, schnaubte der Kaiser. Mein Onkel ließ ihn einfach stehen, stürzte hinaus und warf krachend die Tür ins Schloß. Der meinem Onkel stets wohlwollend gesinnte Plüskow schaute ihn in einer Mischung aus Entsetzen und Mitleid an: »Ich muß Sie nun verhaften lassen, Desertion bedeutet Kriegsgericht und Todesurteil.«

»Der alte Herr tat mir aufrichtig leid in diesem Moment«, erzählte mir mein Onkel später, als hätte er noch immer nicht begriffen, in welcher Gefahr er sich damals befand.

Einige Wochen nach dem Wortgefecht zwischen Kaiser und Hauptmann erschien Plüskow in der Militärstrafanstalt in der Lehrter Straße in Berlin und teilte meinem inhaftierten Onkel mit, der Kaiser sei bereit, alles zu vergessen, wenn er, Beerfelde, sich offiziell entschuldige. Wilhelm II. wolle den Vorfall nicht dramatisieren und einen seiner besten Offiziere verlieren. »Wenn sich jemand zu entschuldigen hat, dann ist es der Kaiser und nicht ich«, bekam er zur Antwort. »Was ich gesagt habe, ist die Wahrheit, und zu der stehe ich. Und dafür gehe ich auch in den Tod.«

Beerfelde nutzte die Haftzeit, um eine Broschüre zu verfassen, die unter dem Titel »Michel, wach auf!« für einen Skandal sorgte. Gestützt auf Informationen des Fürsten Lichnowsky, des früheren deutschen Botschafters in London, deckte er die Fälschungen des deutschen Weißbuches von 1914 auf, das die Ursachen des Ersten Weltkrieges in einem für Deutschland viel zu günstigen Licht darstellte. Das Deutsche Reich, eingekreist von seinen Feinden, sei in den Krieg gedrängt worden.

Einzig die Novemberrevolution 1918 verhinderte, daß mein Onkel dem Kriegsgericht vorgeführt wurde. Arbeiter stürmten das Militärgefängnis und trugen Beerfelde auf ihren Schultern aus dem Gefängnistor. Er wurde Mitglied im Revolutionskomitee und hielt schwungvolle Reden im Zirkus Busch, wo Friedrich Ebert, mehr widerwillig denn begeistert, von den Arbeitern und Soldaten zum Vorsitzenden des Rates der Volksbeauftragten gekürt wurde.

Großgewachsen und mit durchdringenden Augen unter den buschigen Brauen, besaß mein Onkel die Ausstrahlungskraft eines Gurus. Wie allen Verkündigern haftete ihm etwas Fanatisches an. Er ging sogar so weit, ohne jede Rücksprache den Kriegsminister Scheuch verhaften zu lassen. Beerfelde vertrat die These, daß ein Kriegsminister unnütz sei, da der Krieg vorbei war. Wegen dieser Eigenmächtigkeit wurde er aus dem Revolutionskomitee ausgeschlossen – eine deutsche Revolution hatte in geordneten Bahnen zu verlaufen.

Mein Onkel zog sich in seine Wohnung zurück, wo er eine Postkarte mit dem Gedicht »Vater Unser der Revolution« entwarf und druckte. Die erste Karte schickte er dem abgedankten Kaiser nach Schloß Amerongen in Holland. Eine Antwort erhielt er freilich nicht.

Redakteur, Setzer und Drucker in einer Person, produzierte er seine eigene revolutionäre Zeitung mit dem Titel »Die Rote Fackel«. Mit dem Fahrrad brachte er sie zu den Zeitungshändlerinnen, die den Verkaufspreis von fünf Pfennigen in die eigene Tasche stecken durften. Die Quintessenz seiner Zeitungsbotschaft lautete: Christus war der erste Kommunist. Mein Onkel war der Ansicht, daß man die sozialistische Idee versöhnen sollte mit dem Christentum.

Damit setzte er sich in jenen Zeiten zwischen alle Stühle, verscherzte es sich, obwohl gläubiger Christ, mit der Amtskirche, der sein »rotes« Gedankengut suspekt war, aber auch mit den Sozialisten, die ihn für zu frömmelnd hielten.

Beim Adel hieß er nur noch »der rote Beerfelde« oder »der rote Hauptmann«. Gleichgesinnte Freunde hatte er in Helmut von Gerlach und dem Schriftsteller Ludwig Renn, der eigentlich Freiherr Arnold Vieth von Golßenau hieß und mit seinem Buch »Adel im Untergang« seinem blaublütigen Stand eine schroffe Absage erteilt hatte.

Als die Nazis die Macht usurpierten und abzusehen war, daß Deutschland remilitarisiert würde, schrieb mein Onkel, immer mehr naiver Weltverbesserer, an den »Führer«: »Wenn Sie die Wehrpflicht wieder einführen lassen, begehen Sie ein Verbrechen am deutschen Volk nach diesem furchtbaren Krieg.« Die Antwort aus Berlin ließ nicht lange auf sich warten. Sollte er seine »blödsinnigen Schreibereien« nicht einstellen, werde man ihn liquidieren, drohten die Nazis, verklausuliert, aber deutlich.

Eines Morgens im Jahre 1935 drang die Gestapo in sein Haus in Lindau am Bodensee ein, man verschleppte ihn nach

München zur Vernehmung. SS-Leute schlugen und prügelten ihn, bis er das Bewußtsein verlor. Er erwachte in einer Baracke im KZ Dachau. Seine Entlassung nach vier Jahren Haft verdankte er vielleicht nur seiner internationalen Bekanntheit und der Tatsache, daß die Nazis ihn für einen im Endeffekt harmlosen Verrückten hielten.

Nach dem Krieg gründete er, inzwischen radikaler Pazifist, das »Büro für Frieden, Freundschaft und Völkerverständigung« und schrieb Briefe an Roosevelt, Truman, Churchill, de Gaulle und Stalin.

Als ich Onkel Hans-Georg in der Nachkriegszeit kennenlernte, spürte ich sofort unsere Seelenverwandtschaft. Seine Courage und Wahrheitsliebe imponierten mir, als er mir seine Lebensgeschichte erzählte. Von seiner aufbrausenden Art – einmal drohte er mir mit dem Krückstock, weil ich fünf Minuten zu spät gekommen war – habe ich allerdings nichts mitbekommen, zumindest fast nichts. Im Wesen eiferte ich seinem Bruder Curt nach, der mit zartweiblichen Zügen ein Abbild seiner Mutter war. Er war Offizier – und Junggeselle.

Meine Mutter war die gute Fee in meinem Leben. Eine warmherzige, gebildete Frau mit Prinzipien. Verstieß man dagegen, wurde es ihr zu bunt, und sie haute mit der flachen Hand auf den Tisch. Nie ging sie während der Nazizeit zu den Abstimmungen und Wahlen, deren Ergebnisse von vornherein feststanden. Das war keineswegs ungefährlich, aber darum scherte sie sich nicht.

Unser geistig-seelisches Verhältnis war sehr innig, von dem Tag, an dem sie mir die erste Gutenachtgeschichte vorlas, bis zu ihrem Tod im Jahre 1991. Meine Mutter hatte das, war heute vielen Menschen abgeht: angeborenes Taktgefühl. Dieses Verhalten nahm ich mit jeder Pore auf. Wenn ich recht überlege, bin ich ihr völliges Abbild. »Weißt du, Mutti«, erklärte ich ihr, als ich zwanzig war, »eigentlich bin ich deine älteste Tochter.« Zunächst lachte sie: »Ach, red nicht so einen Stuß.« Später las ich ihr Passagen aus einem Buch von Dr. Magnus Hirschfeld vor, dem berühmten Gelehrten, der in den zwanziger Jahren das erste sexualwissenschaftliche Institut in Berlin gründete. Als ihr klar war, daß ich mich vom Wesen her als Frau fühlte, sagte sie: »Weißt du, das alles ist für mich als richtige Frau schwer nachzuempfinden. Aber wenn du damit glücklich bist, dann ist das die Hauptsache.«

Schon als kleiner Junge bewunderte ich ihre schönen Kleider. Ging sie aus, trug sie oft ihr ultramarinblaues Abendkleid, und ich stellte mir vor, wie schön sie während einer Abendgesellschaft, unter einem prächtigen Kronleuchter stehend, wirkte. Sie schminkte sich nicht, puderte sich höchstens die Nase, alles an ihr war bürgerlich bescheiden und solide, wie das schlichte Collier, das sie zu besonderen Anlässen anlegte.

1902 war sie als Gretchen Gaupp in Markgröningen in der Nähe von Ludwigsburg in eine Kaufmannsfamilie hineingeboren worden. Ihr Vater starb, als sie acht Wochen alt war, und so zog ihre Mutter mit ihr zu ihrem Bruder, Josef Brauner, nach Cannstatt bei Stuttgart. Er war Automobilingenieur bei Gottlieb Daimler. Unter dem technischen Leiter Wilhelm Maybach zeichnete und konstruierte mein Großonkel 1899 einen Motor, ein Chassis und eine Karosserie, die, zusammenmontiert, den heute berühmten Namen der Tochter des Konsuls Jellinek bekamen: Mercedes.

Zu ihrer Taufe wurde meine Mutter 1902 in einem Daimler-Automobil gefahren, was in einer Kleinstadt wie Markgröningen natürlich riesiges Aufsehen erregte. Die Leute konnten sich einfach eine Kutsche ohne Pferde nicht vorstellen. Als sie das motorisierte Ungetüm über die Hauptstraße von Markgröningen knattern sahen, flüchteten nicht wenige in die Seitengassen und schrien: »Der Teufel kommt, der Teufel kommt auf einem Fuhrwerk.«

Später besuchte meine Mutter das Lyzeum, sie genoß, wie man so schön sagt, die Ausbildung einer höheren Tochter. 1923 kam sie nach Mahlsdorf und lebte mit meiner Großmutter, meinem Großonkel und dessen Schwester in einem Haushalt.

Sie hatte die Idee, auf eigenen Füßen zu stehen, was damals für eine sozial abgesicherte Frau – mein Großonkel war durchaus wohlhabend – ein Novum war. Nur arme Mädchen gingen arbeiten. Meine Mutter wollte Stenographie lernen und dann bei einem Rechtsanwalt als Sekretärin anfangen. Als sie in der Kanzlei eines Anwalts stand, um sich vorzustellen, fragte er sie: »Fräulein Gaupp, warum wollen Sie eigentlich einem mittellosen Mädchen die Stelle wegnehmen? Sie haben es doch gar nicht nötig zu arbeiten.« Und meine Mutter stimmte ihm zu, nachdem sie darüber nachgedacht hatte: »Ja, warum soll hier nicht ein Mädchen arbeiten, das den Lohn mehr braucht als ich?« Heute faßt man sich an den Kopf, aber so waren damals die Zeiten.

Mein Großonkel stammte aus Lettowitz bei Brünn. Seine Familie hatte in der Mitte des 19. Jahrhunderts eine Spitzen- und Gardinenmanufaktur. Sein Vater war Strumpfwirkermeister und hatte sich darauf spezialisiert, Spitzen und Vorhänge zu fertigen. Dies alles, die Industrialisierung war noch nicht weit vorangeschritten, mit hölzernen Maschinen. Das Geschäft florierte, er konnte nach England reisen und stählerne Maschinen kaufen, die er auf einem doppelten Raddampfer über den Kanal transportierte. Doch 1866 fand alles ein jähes Ende, ein Feuer hatte die Fabrik zerstört, und eine Versicherung gegen derlei Unbilden war damals unbekannt. Die Familie verschlug es zunächst nach Wien, nach dem Tod seines Vaters versorgte mein Großonkel seine drei Schwestern, übersiedelte später nach Deutschland und kam 1895 zu Daimler. 1908 ging er nach Berlin und begann, bei Bergmann Elektromobile zu entwickeln.

Von konservativer Erscheinung, seine mährische Herkunft konnte er nicht verbergen, hatte er mit Nationalismus, vor allem in seiner pervertiertesten Form: dem Nazismus, nichts im Sinn. Humanistisch gebildet, er sprach Griechisch, Lateinisch und Französisch, war er überdies ein exzellenter Mathematiker. Und obwohl er völlig neuartige Automobile konstruierte und vom Fortschritt überzeugt war, blieb er in Denken, Fühlen und Aussehen immer ein Mann des 19. Jahrhunderts. Ich sehe ihn noch vor mir in seinem bereits damals altmodischen Nadelstreifenanzug, mit Weste, goldener Taschenuhr an der Kette, Krawatte mit Nadel, Manschetten und Kragenknopf, Bürstenhaarschnitt und seinem Kneifer, durch den er mich mit seinen gütigen blaugrauen Augen versonnen anblickte.

Spätestens mit fünfundzwanzig mußte eine Frau damals unter der Haube sein, mit dreißig galt man schon als »alte Schachtel«. 1927 beschloß mein Großonkel, eine Heiratsanzeige für meine Mutter aufzugeben.

Als vollkommen argloser Mensch war er völlig ungeeignet, den »Richtigen« für meine Mutter auszusuchen. Einen jungen Ingenieur auf seine Tauglichkeit im Konstruktionsbüro hin zu prüfen, hätte er spielend fertiggebracht. Aber um einen Ehekandidaten charakterlich einzuschätzen, dazu wußte er zu wenig vom Bösen. In jedem Menschen sah er zunächst das Gute – eine Gefahr, der auch ich hin und wieder erliege. »Doch die Verhältnisse, die sind nicht so«, wie Brecht seinen Peachum in der Dreigroschenoper singen läßt.

Verschiedene »Bewerber« meldeten sich auf die Annonce, und mein Onkel traf seine Wahl, freilich keine gute.

Nach der Heirat bezogen meine Eltern die obere Etage des Landhauses. Es war eine sehr unglückliche Ehe, denn mein Vater hatte eine Reitpeitschen-Natur und war ein brutaler Militarist. Schon nach einem halben Jahr wollte meine Mutter sich scheiden lassen. Mein Vater hätte sie deswegen fast über den Haufen geschossen.

Schauerliches trug sich zu: Meine Mutter traute sich nicht, meinem Vater ihre Trennungsabsichten ins Gesicht zu sagen, sie befürchtete – zu Recht – weitere Mißhandlungen. So schrieb mein Großonkel mit Datum vom 2. November 1927 meinem Vater einen Brief, in dem er ihm höflich, aber bestimmt mitteilte, daß meine Mutter sich scheiden lassen wolle und er das Haus zu räumen habe.

Als mein Vater abends nach dem Dienst den Brief gelesen hatte, meine Mutter hielt sich währenddessen wohlweislich in den Räumen meines Großonkels auf, stürmte mein Vater die Treppe herunter, brüllte herum, warf meinem Großonkel den Brief vor die Füße und raste wieder nach oben, die Entreetür so zuknallend, daß die Kathedralscheibe zersprang. Wenige Augenblicke später stürzte er erneut herunter, diesmal mit seinem Revolver, meine Mutter stand in der Küche, und er schrie: »Wenn du dich scheiden läßt, drücke ich ab.« Man kann es eigentlich kaum glauben, aber er legte tatsächlich mit der Waffe auf sie an, und wäre mein Großonkel nicht gewesen, der den Arm meines Vaters hochriß, gäbe es mich wohl nicht. Noch heute steckt das Projektil in der Decke meines Geburtshauses.

Schon als Kleinkind empfand ich meinen Vater als Unhold, obwohl ich in meinem Kinderbettchen noch nicht wußte, wie gewalttätig er mit meiner Mutter umging. Aber auch ein Kleinkind besitzt gewisse Instinkte, und ich erinnere mich, daß ich einmal irgendeiner Nichtigkeit wegen furchtbare Prügel von ihm bezog und er währenddessen im Kasernenhofton herumschrie. Ich weinte, bekam doppelt Prügel, und er brüllte: »Ein Junge weint nicht.« Das war mein Vater, Max Berfelde.

Geboren 1888 in Frankfurt an der Oder als Sohn eines Fischermeisters, runde hundert Jahre nach jener unschicklichen Verbindung mit dem Fischermädchen, entstammte er der Lossower Linie unseres Geschlechts. Im Ersten Weltkrieg eiferte er dem adligen Familienzweig nach – der Sommerfelder Linie, der mein entfernter Onkel Hans-Georg von Beerfelde angehörte – und wurde Soldat. Nach Kriegsende arbeitete er als kaufmännischer Angestellter in einer renommierten Firma, dem Stickstoffsyndikat. Dort ereignete sich 1930 ein Vorfall, der das cholerische Wesen meines Vaters beleuchtet: Er legte sich mit einem überaus freundlichen Mitarbeiter an – so charakterisierte meine Mutter ihn jedenfalls –, griff ihn bei den Schultern und drückte ihn durch die großen Glasscheiben des Firmengebäudes. Ein Teil der Fensterhalterung stürzte mit den Splittern hinab und zerschellte auf dem Trottoir. Der Kitt konnte die schwere obere Scheibe nicht halten, sie rutschte runter und klemmte den Unglückseligen ein. Die Firma lag im vierten Stock, und er hing mit dreiviertel seines Körpers aus dem Fenster. Die Feuerwehr rückte an, breitete ein Sprungtuch aus, während andere versuchten, den Eingeklemmten zu befreien, was auch gelang. Mein Vater wurde streng verwarnt und in eine andere Abteilung versetzt.

Er schien ein Mann ohne Geschichte zu sein. Nicht einmal Spuren existierten von seinen engsten Verwandten, keine Photos, keine Briefe, keine Aufzeichnungen. Ein Mann ohne Vergangenheit oder einer, der die Vergangenheit verdrängt hatte, weil sie an seiner Seele nagte. Ein einziges Mal, in einem

Anflug von Vertrautheit, erzählte er mir an der Milchrampe in Motzen von seinen Eltern. Seine Mutter war offenbar ein Teufel in Menschengestalt gewesen. Einem Fischerlehrjungen rannte sie wegen einer vermeintlichen Verfehlung nach, die Axt wie eine Rachegöttin hoch in der Hand. Das vierzehnjährige Bengelchen sprang vor Schreck in die Oder. Sie konnte nicht schwimmen, stand auf der letzten Planke, vor Wut außer sich mit den Füßen aufs Holz stampfend, und warf dem Jungen die Axt hinterher. Nur knapp verfehlte sie ihr Ziel. Ihr Mann, Fischermeister Wilhelm Berfelde, war hingegen ein ruhiger und bedächtiger Zeitgenosse. Hing der Haussegen schief, fuhr er mit seinem Kahn hinaus und fand in der Natur seinen Frieden.

Mein Vater zog als einfacher Soldat in den Ersten Weltkrieg, sein Ehrgeiz ließ ihn von einer militärischen Laufbahn als Unteroffizier träumen. Doch als der Krieg zu Ende ging, war er noch immer einfacher Soldat, und ich nehme an, daß hier der Bruch in seinem Leben liegt. Da er auf dem Exerzierplatz nicht kommandieren konnte, verlegte er ihn in unser Haus. Wir waren seine Rekruten, die er nach Herzenslust schinden konnte. Sein Ton war ausnahmslos dem Kommiß entlehnt: »Hier befehle ich«, und seine engstehenden Augen – ihre Farbe weiß ich nicht mehr, denn ich mochte ihn nie anschauen – flackerten wie in einem Anflug von Wahnsinn.

Bereits als kleiner Junge fragte ich mich verzweifelt, wie ich meiner Mutter nur beistehen konnte. Als Kind weiß man ja nicht, daß man später kräftiger wird und selbst etwas tun kann.

Die Geräusche, die vom ersten Stock in die untere Etage drangen, gruben sich mir unauslöschlich ein: sein kläffendes Gebrüll, das Poltern umgestoßener Eichenstühle, wenn mein Vater meine Mutter durchs Zimmer stieß, ein dumpfes Klatschen, wenn er ihrer habhaft geworden war und sie schlug.

Denke ich an meine Kindheit zurück, so wundert es mich manches Mal, daß ich nicht völlig verblödet bin, so oft wie mein Vater mir mit seinen Pranken zusetzte.

Schon Ende der zwanziger Jahre hatte er sich den Nationalsozialisten angeschlossen und bezeichnete sich stolz als »alten Kämpfer«. Nach der »Machtergreifung« der Nazis brachte er es bis zum politischen Leiter in Mahlsdorf – bis wahrscheinlich selbst den Nazis sein unbeherrscht-cholerisches Verhalten zuviel wurde und sie ihn ablösten.

Seine Manie, mich zu einem »jungen Kämpfer« zu erziehen, mußte ich von frühester Jugend an erdulden. Diese reichte bis zu absurden Korrekturen meines Äußeren: Kringelten sich beispielsweise durch den Regen meine Haare zu kleinen Löckchen, befahl er mir, den Kopf ins kalte Wasser zu stecken und die Haare glattzukämmen. Sie mußten kurz und gescheitelt sein: Militärschnitt.

Ich aber war kein »junger Kämpfer«, fühlte mich nicht einmal als Junge. Nein, ich war ein Mädchen. Ich entsinne mich einer großen Soiree mit Damen und Herren des gehobenen Standes. Die vornehmen Frauen hatten sich prächtig herausgeputzt, mit Colliers, Ketten und Armbändern behängt. Ich saß auf dem Schoß einer weitläufigen Verwandten, Tante Anni nannte ich sie immer, und bewunderte ihre Kleidung und ihr Geschmeide. Ich bin ein kleines Mädchen, sagte ich mir, und später werde ich genauso aussehen und mich genauso bewegen wie diese Frauen.

An meinen Mitschülerinnen interessierten mich eigentlich nur die Kleider. Spielte ich zusammen mit ihnen und ihren Puppenstuben oder sie bei mir mit meinen Puppenmöbeln, dachte ich immer: Mein Gott, was hat die für eine süßes Miederchen an, was für einen hübschen glockigen Rock. Oder die Bordüren!

Jungen interessierten mich erotisch mehr – bei ihnen

schaute ich gerne auf die Figur oder registrierte sofort, wenn jemand süß aussah –, bei Mädchen hingegen achtete ich immer darauf, was für Schuhe sie trugen, welche Strümpfe, wie ihre Kleider geschnitten waren. Und immer wieder sagte ich mir: Na, zu blöd, warum kann ich nicht so etwas tragen, so ein Trachtenmiederchen, schwarz und grün abgesetzt, vorne zum Schnüren mit Bänderchen und mit kleinen Messingspitzen dran?

Wurden zu Hause die Familienalben mit Photos herausgeholt, auf denen die Verwandten in stolzer Pose an der Galerie lehnten oder an den Blumentischen aus den siebziger Jahren des vorigen Jahrhunderts, blickte ich automatisch auf die drapierten Damen und vor allem auf ihre stramm taillierten Kleider. In so etwas wollte ich herumlaufen. Später habe ich mir diesen Wunsch erfüllt.

Mit fünf oder sechs spielte ich lieber mit altem Kram als mit richtigem Spielzeug. Sicher, ich hatte von meiner Mutter Puppenmöbel bekommen, mit denen ich gern herumhantierte, und auch die Blecheisenbahn, die mein Großonkel mir geschenkt hatte, machte mir Freude. Aber viel schöner fand ich es, alte Uhren, Petroleumlampen, Bilder oder Leuchter meines Großonkels sauberzumachen und anzuschauen.

Mit einem Schulfreund streifte ich durch Mahlsdorf. Wo heute die neue Schule steht, türmte sich damals ein ungemein ergiebiger Müllhaufen mit all dem Hausrat, der in den Augen der Leute unmodern geworden war. Eines Tages kam ich freudestrahlend nach Hause, hatte ich doch eine unbeschädigte Telleruhr ergattert. Sie sah aus wie ein blauweiß bemalter Porzellanteller mit römischem Zifferblatt. Dahinter befand sich ein einfaches Blechgehäuse mit einem Unruhwerk. Das wußte ich damals natürlich nicht, meine Uhrmacherkenntnisse waren gleich null. Aber als ich daran herumwerkelte, tickte sie plötzlich wieder.

Meine Sammelleidenschaft erwachte wie von selbst, niemand hatte mich dazu angehalten. Meine Mutter tolerierte sie, dachte sicher, wenn das Kind Spaß dran hat, warum nicht. Mein Großonkel fand sie sogar gut, hoffte wahrscheinlich, ich träte als Konstrukteur eines Tages in seine Fußstapfen. Aber bald merkte er natürlich, daß sich mein Interesse mehr häuslichen Dingen zuwendete. Eines Tages, als ich wie so oft direkt nach der Schule begann, Möbel zu reinigen und Staub zu wischen, bemerkte er: »Nun bist du ja schon wieder beim Staubwischen.« – »Ja«, erwiderte ich, »das ist auch nötig, damit alles sauber wird.« Mein Großonkel schaute mich nachdenklich an, doch dann hellten sich seine Züge auf: »Ja, Kind, du hättest 1900 als Mädchen leben müssen, dann hätte ich dich als Dienstmädel engagiert. Du wärst 'ne Perle gewesen!« Er lachte übers ganze Gesicht, und ich glaube, daß er schon früh gemerkt hat, daß dieser Knabe eigentlich ein Mädel war.

Mein Interesse an Möbeln war geweckt, auch wenn ich die verschiedenen Stilrichtungen noch nicht auseinanderhalten konnte. Aber für Gründerzeitmöbel entwickelte ich schnell einen sechsten Sinn. Säulen, gedrechselte Füße, hier noch ein Holzkügelchen und da noch eins – ich war hin und weg! Damals war eine gute Zeit zum Sammeln von Gründerzeitmöbeln. Den Leuten waren »Staubfänger« wie Muschelaufsätze und verzierte Türmchen lästig geworden. Man richtete sich, wenn man das nötige Kleingeld hatte, neu, »modern« ein, zerhackte die alten Möbel und warf die Kleinteile in den Ofen. Die weniger Betuchten nahmen zumindest die Aufsätze ab und brachten sie auf die Halde.

Für mich war das *die* Gelegenheit, und mit klopfendem Herzen sortierte ich den Müll. Hatte ich etwas Schönes entdeckt, mußte ich nur noch meine Mutter rumkriegen: »Ach Muttichen, bitte.« Dann nickte sie mir zu: »Na gut, schaff es schon rauf zu deinem ganzen Kram.« Und ich brachte freudestrahlend das jeweilige Prunkstück hoch auf den Boden, wo ich meine Schatzkammer eingerichtet hatte.

Ich klingelte bei unseren Nachbarn und selbst bei Leuten, die ich gar nicht kannte. »Haben Sie nicht ein altes Grammophon, einen alten Trichter?« Schon als Kind war mir klar: Zu einem Grammophon gehört ein Trichter. Deshalb interessierten mich neumodische Geräte nie. Und so ist es noch heute: Musik muß für mich, auch wenn das verrückt klingt, aus einem Trichter kommen!

Bei einer Uhr, einem Haus, einem Möbel suche ich immer nach dem Angesicht. Lieblos gestalteten Gegenständen vermag ich nichts abzugewinnen.

Mein Begehren verwunderte zwar viele, bei denen ich klingelte, aber oft bekam ich etwas – mehr als einmal wurde ich allerdings rausgeschmissen. Die Leute dachten wohl, ich wolle sie auf den Arm nehmen mit meinen immergleichen Fragen nach alten Dingen.

Mit Vorliebe sammelte ich »Kramagen«, wie mein Großonkel sie nannte, hauptsächlich alte Schlüssel, die zu keinem Schloß mehr paßten. Überhaupt Schlüsselbunde: Die waren für mich etwas Herrliches! Ich polierte sie und steckte sie in die Vordertasche meiner Schürze. Die damals sehr modischen Knabenschürzen mit Bänderchen waren kreuzweise über dem Rücken an Knöpfen festgemacht und sahen eigentlich aus wie Mädchenschürzen. Deshalb mochte ich sie auch so gern leiden.

Die Schürzenmanie ist bis heute geblieben. Als ich größer war, gab es keine Schürzen mehr für Jungs, und so nahm mich mein Großonkel an der Hand und erklärte ganz selbstverständlich: »Na ja, müssen wir eben eine Mädchenschürze kaufen.«

Mein Vater hatte wohl eigene Vorstellungen, wie ein »echter« Junge aussehen sollte, und ich verstieß irgendwie dagegen: zu hübsch, zu zierlich, meine Gesichtszüge sensibel, und eine mädchenhafte Zartheit verlieh mir einen weichen Ausdruck.

Ich zog die Schulkleider meiner Mutter an, Kleider aus der Zeit vor dem Ersten Weltkrieg. Fein säuberlich geordnet und gepackt lagen sie in Truhen auf dem Hausboden. Als ich mich vor dem Spiegel drehte und wendete, war mein Entzücken groß. Das meines Vaters freilich nicht. Als er mich in diesem unmännlichen Aufzug sah, ging er mit der Reitpeitsche auf mich los, riß mir die Kleider vom Leib und brüllte: »Du bist kein Mädchen, du sollst einmal Soldat werden.« Sieben oder acht war ich damals.

Mit unschöner Regelmäßigkeit verging sich mein Vater mit der Gerte an mir. Einmal wurde es selbst der Haushälterin zuviel, und sie versuchte, ihn zu beschwichtigen: Das Kleideranziehen sei doch nur ein Spiel. Daraufhin wütete er: »Und wenn ich den Jungen totschlage! Diese Macht habe ich, schließlich bin ich der Erziehungsberechtigte.« Die Haushälterin widersprach, er schlug auch sie.

Mein Großonkel nahm mich zu sich in das Erdgeschoß des Mahlsdorfer Hauses. Ich stattete mein Kinderzimmer so aus wie eine Hausfrau die gute Stube um 1890: ein hübsches Jugendstilvertikow, eine Waschtoilette, einen Kleiderschrank, eine zierliche Kommode, den unvermeidlichen Regulator und einen Trumeauspiegel mit Säulen. In der Etagere, einem kleinen, von gedrechselten Säulen getragenen Regal, standen meine Bücher, auf dem Tisch lag eine rote Plüschtischdecke, darauf eine Visitenkartenschale aus versilbertem Messingblech, und auf einem weiteren Tischchen stand eine pompöse Salonpetroleumlampe. Einen Kronleuchter kaufte ich beim Trödler, eine elektrifizierte Gaskrone aus Messing mit Alabasterkugeln – mein kleines Reich.

Der Trumeauspiegel stand früher in den Haushalten zwischen den Fenstern. Ein Spiegel, der links und rechts gerillte Lisainen besaß, mit Konsolen oder Säulen. Oben auf dem Gesims thronte, der Neorenaissance-Mode gemäß, ein Muschelaufsatz, links und rechts auf Pfosten gedrehte Holzkugeln. Der Spiegelrahmen stand auf einer Konsole, ebenfalls mit gedrechselten Säulen.

Nicht jeder nannte am Ende des 19. Jahrhunderts schon eine Standuhr sein eigen, und so mußte eine Wanduhr herhalten, ein Regulator, meist ein langer Glaskasten mit Säulen an den Seiten. Über dem Gesims steckte ein Aufsatz mit gedrechselten Holzkugeln oder einem gegipsten Adler, mit Politur auf Nußbaum gefärbt. Unten befand sich ein geschwungenes Konsol mit hängenden Kugeln als Abschluß und in ihrem Innern ein weiß emailliertes Zifferblatt mit römischen Zahlen samt Messingpendel.

Solche Uhren sammelte ich als Kind. Im Laufe meines Lebens wurden es dreihundertsechsundachtzig.

Im geräumigen Haus meines Großonkels nahm meine Sammlung mit den Jahren immer mehr Platz ein. Ich füllte Keller, Boden und sogar den angrenzenden Stall mit meinen Schätzen. Mit meinem Großonkel als Verbündetem gelang es mir, meine Leidenschaft weitgehend vor meinem Vater zu verbergen. Boden, Keller und Stall betrat er nie, da die Räume meinem Großonkel vorbehalten waren. »Das wollen wir alles vor ihm verstecken«, raunte dieser mir mehr als einmal verschwörerisch zu.

Zwar konnte ich nachmittags meist nach Herzenslust in alten Dingen stöbern, aber am Vormittag mußte ich wie alle anderen in die Schule. Und – ach – da war nun doch vieles nicht nach meinem Geschmack. Natürlich gab es Probleme mit Mitschülern. Viele, die auf forsch und kernig machten, verachteten mich goldblondes Lockenköpfchen. Ich wurde verhauen, nur weil ich Haarspangen trug. »Siehst ja aus wie ein Mädchen«, hänselten sie mich. Ich war verwundert: Ich hatte ihnen doch gar nichts getan. Warum wollten sie mir Böses? Erst später spürte ich die Wand, die unsichtbar zwischen mir und vielen Menschen steht.

Noch viel ärger war der allwöchentliche Sportunterricht. Der interessierte mich überhaupt nicht! Ob wir nun Fußball spielten, in der Sandgrube weitsprangen oder an Stangen hochkletterten – alles Nonsens in meinen Augen. »Ach Gott«, sagte der energische, aber verständnisvolle Sportlehrer, »wenn ich dich so sehe! Wie die Jungfer, die zum Balle geht, schaust du aus, deine Beine kriegst du nicht auseinander, und über den großen Bock da willst du doch bestimmt nicht springen.« Er hatte es erfaßt.

In einer anderen Stunde spielten wir Fußball auf einem Sportplatz. Natürlich war es nicht das runde Leder, das mich faszinierte – mein Gott, war das albern, das Hin- und Herschießen des Balles, das Gerenne, die unruhigen und hastigen Bewegungen –, sondern ein alter Eisenbahnwagen, etwa von 1870, am Rande des Spielfeldes. In diesem Gepäckwagen ohne Räder zogen wir uns um. Als ich mich in ihm umsah, befand ich mich im Geiste schon auf großer Fahrt, stellte mir den Dampf vor und die Lokomotive, die diesen Wagen früher gezogen hatte. Doch dann scheuchte uns der Sportlehrer raus, und wir mußten diesem Ball nachjagen. Klar kriegten alle mit, daß ich ständig in die verkehrte Richtung schoß und nicht wußte, worum es ging. Ist doch ganz egal, dachte ich, wo der Ball reingeht, Hauptsache, er geht irgendwo rein. Der Sportlehrer guckte indigniert, schnippte mit dem Finger, um mich zu sich zu rufen, und fragte: »Macht dir das Fußballspielen eigentlich Spaß?« – »Nee«, antwortete ich, »ich säße viel lieber in dem schönen Eisenbahnwagen.« Und, tatsächlich, der hübsche Mann mit der Trillerpfeife zeigte Gespür und ließ mich meiner Wege gehen.

Vom Sport suspendiert sein hieß indes im Zeugnis »mangelhaft«, und so hatte mein Vater zweimal im Jahr einen weiteren Grund, mich zu mißhandeln. Dabei blieb es nicht, sondern er versuchte zudem, mir meine Unsportlichkeit mit den ihm gemäßen Erziehungsmethoden auszutreiben. Ostern 1937 oder 1938 wollte er mir im Motzenseebad Schwimmen beibringen. Die Luft schneidig kalt in diesem Jahr, dazu pfiff mir der Wind um die Ohren, also überhaupt keine Witterung, um in einem See zu baden. Wenige Meter von uns entfernt hatte sich ein Mann in seinem Zelt einquartiert. Mein Vater brüllte mich an: »Ausziehen!« Als ich noch Turnhemd und -hose anbehalten wollte, erhob sich seine Stimme erneut: »Alles ausziehen!« So stand ich nackt da, zitternd, und mein Vater baute sich vor mir auf und fragte tückisch: »Frierst du?« Kaum hatte ich »ja« gesagt, kriegte ich links und rechts Maulschellen, daß mir Blut aus Nase und Mund lief. Er schnitt eine Rute ab und vermöbelte mich unter lautem Fluchen. Die Leinwand des Biwaks raschelte, sein Bewohner trat entschlossenen Schrittes heraus und mahnte mit fester Stimme: »Schlagen Sie den Jungen nicht so.« Mein Vater geriet in Rage: »Ich mache mit ihm, was ich will, und wenn ich ihn ersäufe. Das geht Sie gar nichts an!« Mich frierend am Ufer zurücklassend, schwamm er hinaus auf den See. Mein Beschützer rief mich in sein windgeschütztes Lager, und ich wärmte mich auf.

Am Motzener Tonsee befanden sich zwei Strände. Am südlichen Ufer verlustierte sich der Deutsche Bund für Freikörperkultur, ein Mittelstandsverein von Ärzten und Kaufleuten, während am nördlichen Ufer der kommunistische Prießnitz-Verein schwamm, der noch immer bestand, obwohl die Nazis schon das Sagen hatten. Zum Vereinsgelände gehörte nicht nur ein Flachstrand, sondern auch ein Sprungturm von vier Meter Höhe. Mein Vater zitierte mich herauf und herrschte mich an: »Heute wird schwimmen gelernt, und das sofort.« Oben angelangt, schaute ich angstvoll ins Wasser, weil ich gar nicht schwimmen konnte – auch wenn mein Vater, die Peitsche in der Hand, mit mir zu Hause Trockenübungen veranstaltet hatte. Mir wurde plötzlich ganz anders. Ich spürte einen Tritt, stürzte hinab ins Wasser, hörte noch sein brüllendes »Schwimmen!« und verlor das Bewußtsein. Gerettet wurde ich nicht etwa von meinem Vater, sondern von einem Rettungsschwimmer, der am nördlichen Ufer stand. Er zog mich aus dem Wasser, schleppte mich ans Ufer, während mein Vater ungerührt die Szenerie betrachtete. Als mein Retter mich wieder zum Leben erweckt hatte, wandte er sich an meinen Vater. Das sei ein Mordversuch. »Das ist mir völlig egal«, kläffte mein Vater. Wenn ich unten bliebe, dann bliebe ich eben unten. Wäre dieser Rettungsschwimmer nicht gewesen, dann wäre ich »eben unten« geblieben.

Mein Großonkel war nicht nur mein Beschützer und Mentor, in ihm sah ich meinen wirklichen Vater. Mein Klassenlehrer, Studienassessor Dr. Berger, mit Naziparteiabzeichen am Revers, wollte aus uns kernige Jungs machen, »zäh wie Leder, schnell wie Windhunde, hart wie Kruppstahl«. Da war natürlich so ein Mädchenknabe wie ich nicht gefragt, mit Lockenkopf, Samthöschen und Bubikragenblüschen. Ich war nicht bereit, eine Pimpfenuniform anzuziehen, und so brüllte mich Dr. Berger an einem Mittwoch – dem HJ-Tag – an: »HJ ist Pflicht!« Worauf mir rausrutschte: »Wohl eher Zwang.« Er schwang seinen Rohrstock und versohlte mich. Mein Großonkel, diese Seele von Mensch, begleitete mich am nächsten Tag in die Schule und stieß meinem Klassenlehrer ordentlich Bescheid. Nie hatte ich meinen Großonkel brüllen hören, aber an diesem Tag schallte seine Stimme durch den gesamten Korridor.

Der Oberstudiendirektor, ein würdevoller Herr alter Schule, der mit den Nazis nichts gemein hatte, riet meinem Großonkel, mich auf eine Privatschule zu geben. Da sei der Zwang zur Hitlerjugend nicht so ausgeprägt.

Ich wechselte auf »Dr. Georg Kimpel's Höhere Privat-Schule für Knaben«, Dresdener Straße 90, dritter Hinterhof, in der Luisenstadt. Schon dieser Name gefiel mir, da ich die preußische Königin Luise sehr verehrte. »Bitte stark klingeln« stand auf dem Emailleschild am Eingang der Schule, an der Stuckfassade hing an einem schmiedeeisernen Konsol die Blechfahne mit dem aufgemalten Gründungsdatum 1848. Die Schule, noch wie zu Kaisers Zeiten, war für mich ein Eldorado: Im Lehrerzimmer tickte der Gewichtsregulator, an der Decke hing ein elektrifizierter Gaskronleuchter mit weißem Schirm und grünen Perlen, alle Möbel stammten aus der Zeit um 1890. Die ganze Schule atmete noch die alte Beständigkeit. Das Bild vom sonst allgegenwärtigen »Führer« suchte man hier vergebens.

Im Zimmer des Direktors saßen mein Großonkel und ich Dr. Kimpel gegenüber, und nachdem die Aufnahmeformalitäten erledigt waren, fragte der Direktor, ob ich in der HJ oder beim Jungvolk sei. Mein Onkel machte ein faltenreiches Gesicht und sagte nur: »Ja, das ist es ja gerade.« Trotz dieser doch eher nichtssagenden Einlassung schien Dr. Kimpel ihn genau verstanden zu haben. »Wissen Sie«, er hob abwehrend beide Hände, »mein Lehrerkollegium und ich schätzen es überhaupt nicht, wenn die Jungs in der HJ sind. Sehen Sie mal, dann haben sie mittwochs einen aufgabenfreien Nachmittag und lernen nichts.« So konnte man es natürlich auch sagen.

Ohne zu wissen, was da eigentlich vor sich ging, ekelten mich die Nazis schon als kleiner Junge. Zum ersten Mal hautnah erlebte ich die braune Pest und ihre Boten im Frühjahr 1933: Mein Großonkel ging mit mir einkaufen. Vor einem Geschäft der jüdischen Lebensmittelkette Egona in Mahlsdorf-Süd hatten sich zwei Braunhemden mit herrischen Visagen aufgepflanzt und versuchten die Kunden davon abzuhalten, den Laden zu betreten.

Mein Großonkel, die altmodische Pariser Reisetasche, die er immer zum Einkaufen benutzte, an der einen Hand, mich an der anderen, forderte, und das werde ich nie vergessen: »Bitte geben Sie mir den Weg frei!« – »Warum kaufen Sie bei Juden?« – »Wissen Sie, wo ich einkaufe, das müssen Sie schon mir überlassen.« Die beiden Uniformierten schauten sich kurz an und – ließen uns tatsächlich passieren. Wir gingen hinein, ich fühlte, daß Gefahr in der Luft lag. Zwar hatten die Verkaufsfräuleins alle ihr weißes Häubchen mit dem roten Schriftzug »Egona« auf dem Kopf, trugen wie immer ihre Schürzen, aber den wenigen Kunden war sichtlich unwohl in ihrer Haut. Nervös blickten sie in Richtung Eingang, niemand sprach. Als mein Großonkel und ich draußen waren, an den SA-Männern vorbei, fragte ich ihn: »Wer sind denn diese bösen Männer, die davorstehen?« Und die Antwort meines Großonkels ließ nicht lange auf sich warten: »Das sind die Nazis, alles Verbrecher.«

Was ist denn das für ein Blödsinn, diese vielen Hakenkreuzfahnen und der ganze Quatsch? fragte ich mich. Auf der staatlichen Schule hieß es: Uniform anziehen, Aufmärsche machen, wenn der »Führer« sprach oder Goebbels zusammen mit einem ausländischen Gast dem Pariser Platz die Ehre seines Besuches erwies. Die Schule geschlossen, und wir hinmarschiert. Ich entsinne mich eines brühheißen Tages, Ende der dreißiger Jahre, als Benito Mussolini oder – ich konnte diese uniformierten Clowns nie auseinanderhalten, sie interessierten mich einfach nicht – sein Schwiegersohn, der italienische Außenminister Graf Ciano, gerade in Berlin war und wir in unserer Pimpfenuniform vor dem Hotel Adlon am Pariser Platz antreten mußten.

Der auf stramm getrimmten deutschen Jugend wurde vor Hitze ganz schlecht, kein schattenspendender Baum und Strauch weit und breit, und die Rufe nach Sanitätern schallten durch die Reihen. Ich legte mir einen Fahrplan auf den Kopf, um keinen Hitzschlag zu bekommen – es dauerte Stunden, ehe der Kerl ankam in seiner Limousine –, und ich dachte an Zuhause und daß ich doch eigentlich lieber Staub wischen würde.

Ein anderes Mal mußten wir uns am »Tag der Wehrmacht« Unter den Linden postieren und den vorbeimarschierenden Soldaten zujubeln. Die Untiere von Panzern mit ihren monströsen Ketten rasselten vorbei, die stahlbehelmten kindlichen Gesichter der Soldaten lugten aus den Öffnungen hervor, eine Bombe stand in Originalgröße auf einem Wagen, und ich sprang zurück hinter die Laternenreihe, betrachtete mir die – wahrscheinlich herbeizitierten – Claqueure von Partei und Staat, und glaubte zu ersticken. Um Gottes willen, wenn das alles losgelassen wird! Was passiert hier überhaupt? – diese unbewußte Ahnung von Gefahr war das einzige, was ich fühlte, während alles um mich herum im Taumel versank.

Wenn ich in den Zeitungen die Bilder der Nazigrößen sah, erschien mir das immer grotesk. Entweder Männer wie ein Peitschenknall, gewalttätig, oder der Byzantinismus schon an den Augen ablesbar. Die gedunsene Glätte im Gesicht Himmlers, den man auf den ersten Blick für einen kleinbürgerlichen Dorfschulmeister hätte halten können; der erbarmungslos einfältige Außenminister und frühere Sektvertreter von Ribbentrop, dessen verkniffene Haltung sorgenvolle Anteilnahme am Staatsgeschick demonstrieren sollte, dessen Operettenhaftigkeit aber keinem aufmerksamen Beobachter seiner Physiognomie entgehen konnte. Durch und durch waren sie mir zuwider, zu genau glaubte ich, diesen Typus zu kennen. Mein Vater wirkte auf mich wie die Miniaturausgabe eines ministrablen Nazis, und so übertrug sich meine ganze Abscheu gegen ihn instinktiv auf jene Herren, die Deutschland regierten. Sprach Goebbels durch den Volksempfänger, mochte das ganze deutsche Volk in Hysterie versinken, für mich blieb es gemeines Gebell.

»Große Politik« ist etwas Abstraktes; lautlos schleicht sie heran, langsam die Gewohnheiten, den Alltag verändernd – in der Regel bemerkt man erst nach Jahren, welche Folgen sie zeitigt. Und mochten aberwitzige Gestalten in der Wilhelmstraße herrschen, was konnte das schon für Mahlsdorf bedeuten, wo die Lindenalleen noch den Geist der Kaiserzeit atmeten? Aber auch hier breitete sich der braune Spuk aus. Es waren die kleinen Geschichten des Alltags, die mir als Zwölfjährigem zeigten, wie sehr das deutsche Volk seinem »Führer« verfallen war.

1940 räumte die Nazi-Prominenz in der Mahlsdorfer Schule am Königsweg Tische und Bänke beiseite: »Metallspende zu Führers Geburtstag« am 20. April. Die Mahlsdorfer brachten Hausrat aus Messing, Bronze, Kupfer, Zink und Eisen, darunter wahre Kunst, auf daß der »Führer« noch mehr Kanonen und Bomben bauen könne. Da ich als leidenschaftlicher Liebhaber von Trichtergrammophonen und Uhren schon als Kind zu retten suchte, was nur irgend zu retten war, sah ich mit Entsetzen einen Mann mit einem großen, tadellosen Grammophontrichter geradewegs zur Sammelstelle schlurfen. Die Leute standen dort an, Bronzefiguren, Messingleuchter, Metallvasen und Uhrwerke an die Brust gedrückt oder unter den Arm geklemmt, und jeder bekam, wenn er etwas ablieferte, eine vorgedruckte Urkunde. Darauf wurde der Name des edlen Spenders eingetragen. Auf einem der langen Tische stand eine alte Jahresuhr, ein Prunkstück. Nein, so etwas Schönes hatte ich noch nie gesehen! Unter der Glashaube, zwischen den Messingsäulen, bewegte sich das Drehpendel mit den blanken Kugeln hin und her.

Selbst unter jenen, die von der Notwendigkeit ihres Tuns überzeugt waren, regte sich Unverständnis: »Um diese Uhr ist es doch eigentlich schade«, bedauerte jemand. Aber der aufsichtführende Nazi erzählte mit begeistertem Unterton, diese Uhr habe eine alte Frau am frühen Morgen spontan vorbeigebracht. Sie wolle sie dem »Führer« für den Krieg opfern, nachdem sie am Abend zuvor die flammende Rede von Dr. Joseph Goebbels zur Metallspende gehört habe. Für den »Führer« sei schließlich nichts zu schade, fügte er hinzu. Wort für Wort hatte sich mir eingeprägt, und mit meinem zwölfjährigen Kinderverstand dachte ich: Die sind doch alle irrsinnig! Ich wollte nichts mehr sehen und lief hinaus. Als ich wenige Tage später an der Schule vorbeikam, sah ich den braunen Mob die Kunstgegenstände auf bereitstehende Lkw laden. Mit schweren Stiefeln und Vorschlaghämmern hatten sie zuvor alles brutal zertrampelt und zertrümmert.

Im Krieg sammelten Schulkinder, »Jungvolk« und der »Bund Deutscher Mädel« fortlaufend Metall und Spinnstoffe. Eines Morgens blickte ich auf dem Weg zur Schule von der Straßenbahn aus auf den Sammelplatz: Etwas Verschnörkeltes ragte aus dem aufgetürmten Eisen heraus. Auf dem Rückweg untersuchte ich den Schrotthaufen genauer. Der verzierte Fuß gehörte zu einem eisernen Blumentisch. Die Platte fehlte. Mühsam zerrte ich das Gestell heraus und stieg so schnell wie möglich von dem Haufen hinunter, denn es war bei schwerster Strafe verboten, den angeblich kriegswichtigen Schrott zu entwenden. Ich nahm den Tisch natürlich trotzdem mit, fand zu Hause eine passende Platte und freute mich, wieder etwas vorm Einschmelzen gerettet zu haben. Noch heute steht der Tisch bei mir in Mahlsdorf im Museum.

Nach dem Schulunterricht durchstreifte ich die Gegend um Kimpel's Privatschule, und was gab es da nicht alles zu sehen! Trödlerladen reihte sich an Trödlerladen, und bald wußte ich genau, wo es die besten Trichtergrammophone gab, Edison-Walzen, Kommoden, Aufsätze und Vertikows. »Vertiko« kommt nicht etwa aus dem Französischen, sondern ist urberlinisch: Der Berliner Tischlermeister Otto Vertikow schuf um 1850 den zierlichen Schrank, der in Millionenstückzahl produziert wurde und noch heute in vielen Haushalten steht, meist allerdings ohne den schönen Aufsatz. Einer der Trödelkeller unweit der Schillingbrücke wurde ab September 1941 mein zweites Zuhause.

»Möbel Ankauf – Verkauf« stand auf dem Schild an dem Altbau in der Köpenicker Straße 148 und darunter »Inhaber Max Bier«. Ich stieg die Treppe hinunter, denn schon ein Blick ins Schaufenster hatte mich elektrisiert: Petroleumlampen, Bilderrahmen und Porzellanfigürchen. Die Glocke bimmelte, die Luft roch ein wenig dumpf, gemütliche Behaglichkeit verbreitend, nach alten Möbeln. Eine schlanke Frau mit schmalem Gesichtchen kam mir entgegen, ergraut und mit leicht verhärmten Zügen, und begrüßte mich. In der Ecke des Kellers stand ein Ofen und in der Mitte ein langer, ausgezogener Tisch, der sofort meine Aufmerksamkeit erregte: Aschenbecher, Bücher, Grammophonplatten, Teller und Tassen breiteten sich dort aus. Unter dem Tisch lagen alte Messingkronleuchter und Grammophone. Aus einem hinteren Raum, der Bilderkammer, wo Rahmen und Bilder lagerten, wie ich später erfuhr, kam mir Max Bier in seiner grünen Arbeitsschürze entgegen. Ich unterhielt mich mit den beiden, sie waren mir sofort sympathisch und ich ihnen offenbar auch. Von nun an kam ich fast jeden Tag. Dieses Ambiente aus Stühlen, Kommoden, Vertikows und dazwischen Bilder von Adligen in goldenen Rahmen – ach, es war herrlich!

Max Bier, ein gutmütiger, manchmal etwas polteriger Mann von einundsechzig Jahren, wirkte in seiner behäbigen Art wie ein Gastwirt, und tatsächlich, in Memel hatte er früher eine Wirtschaft unterhalten. Nach dem Ersten Weltkrieg waren die Biers vertrieben worden, hatten sich in Berlin niedergelassen und angefangen, mit Büromöbeln zu handeln, was sich aber in dieser ärmlichen Gegend nicht rentierte. So wechselten sie ins Trödelgewerbe, das ihnen eine ausreichende Existenzgrundlage bot.

Schnell merkten sie, daß ich von alten Dingen etwas verstand, und ich durfte mich im Laden nützlich machen, reparierte Uhren und Möbel und war glücklich, mir für das verdiente Geld alte Krüge, Lampen, Gaskronleuchter und bald sogar einen Edison-Phonographen mit über fünfhundert Walzen kaufen zu können.

»Das ist unser kleiner Levinsohn.« Frau Bier strich dem schlanken Jungen über den Kopf. Er streckte mir die Hand entgegen, und interessiert musterte ich mein Gegenüber. Mit seinen siebzehn Jahren war er kaum größer als ich. Er trug ein kariertes Hemd, darüber einen grauen Pullover und ein Jackett. Am auffälligsten waren seine dunklen, nachdenklichen und zugleich verschreckten Augen, aus denen er mich wie ein scheues Reh anschaute. Den Jungen mit der zurückhaltenden Art und dem zarten Gesicht schloß ich sofort ins Herz. Er war der Helfer von Max Bier, und er war Jude.

Eines Tages lamentierte Bier, gesundheitlich nicht der Robusteste: »Wir haben einen großen Nachlaß zu räumen, und der kleine Levinsohn und ich schaffen es nicht allein. Willst du uns nicht helfen?« Selbstredend wollte ich. So zogen wir drei von nun an gemeinsam los. Waren es kleinere Nachlässe, besorgten Levinsohn und ich den Transport zu zweit. Hier konnte ich mich entfalten, fühlte mich wohl, denn in dem Trödlerladen nahm man mich, wie ich war – Biers nannten mich immer »Lottchen«.

Eine kleine Kommode hatte es mir angetan. Acht Mark sollte sie kosten. Max Bier schaute auf die Einkaufsliste. »Na ja, sechs Mark hat sie gekostet, dafür sollst du sie haben, schließlich hast du beim Tragen geholfen.« Abends nach Hause, Schulmappe auf dem Rücken, Kommode vor dem Bauch. Alle zehn Meter mußte ich sie absetzen. Dann in die Straßenbahn nach Köpenick. Die Fahrer kannten mich schon, und wenn sie mich mit einem schweren Möbelstück kommen sahen, stiegen sie oft aus, um mir zu helfen. »Mensch, Junge, hast ja heute wieder Großumzug«, frotzelten sie, oder, mehr scherzhaft: »Det jrenzt ja schon an Kinderarbeit, wat du hier machst, det werd' ick mal melden.« Gemächlich schuckelte die Bahn nach Mahlsdorf-Süd. Mit diesen Touren legte ich den Grundstock zu meinem Gründerzeitmuseum.

Der kleine Levinsohn und ich wurden innige Freunde. Galt es einen Nachlaß aufzulösen, schoben und zogen wir den Plattenwagen mit den hochgetürmten Möbeln durch die Straßen, und bald kannte ich jeden Winkel von Berlin. Laufend kaufte ich alte Sachen sowie Bücher, die ich billig am Bücherwagen an der Schillingbrücke erstand. Schnell freundete ich mich mit dem Händler an und bekam Kataloge über Möbel und Architektur der Gründerzeit besonders billig. Beim »Trödel-Kaiser«, einem kleinen Trödlerladen am Stralauer Platz gegenüber der Kirche, ging ich ein und aus und erstand dort meine ersten alten Wandtelephone aus der Zeit um 1900 zum Preis von fünf Mark das Stück. Für mich damals viel Geld, das erst verdient sein wollte. Manchmal mußte ich aus meiner Sammlung wieder etwas verkaufen, teils aus Platzgründen, teils um Wichtigeres erstehen zu können.

Nach der Schule konnte ich nicht schnell genug in die Köpenicker Straße kommen, um zu arbeiten. Mit gesundem Appetit aß ich die Berliner Kartoffelpuffer mit Preiselbeer-Marmelade, die Frau Bier selbst buk. Dann fuhren wir los mit dem Plattenwagen, holten aus Vorder- und Hinterhäusern, aus Hochparterrewohnungen und Dachkammern Schränke, Kommoden und Buffets. Transportierte ich ein Klavier, bekam ich zehn Mark extra.

Levinsohn war bei Biers wie das Kind im Hause. Ohne Rücksicht auf die Nazi-Rassengesetze zu nehmen – kaum jemand wäre auf die Idee gekommen, mit Juden familiär zu verkehren –, aßen wir gemeinsam in der Küche im hinteren Trakt des Souterrains. Hier war es selbstverständlich.

Am 14. November 1941 kam ich wie gewöhnlich zu Biers zum Mittagessen, aber irgendetwas war geschehen. Frau Bier schaute mich mit verweinten Augen an. Als ich fragte, was los sei, begann sie erneut zu schluchzen: Der kleine Levinsohn war um acht Uhr morgens nicht wie sonst zur Arbeit gekommen, und als Max Bier zu seiner Wohnung gegangen war, erfuhr er von den Nachbarn, daß die ganze Familie »abgeholt« worden war. Da saßen wir nun und rätselten über das Wohin und Warum. »Na ja«, sagte Max Bier, »wahrscheinlich fehlen in Polen Arbeitskräfte in der Landwirtschaft, und die Juden werden dorthin gebracht, um die Felder zu bestellen.« Ich schaute ihn fragend an. Mein Magen zog sich zusammen, mir wurde fast schlecht vor Sorge. Würde ich meinen jüdischen Freund je wiedersehen?

Jetzt erst fühlte ich, wie sehr ich mich in ihn verliebt hatte. Unbewußt hatte ich von Anfang an bemerkt, daß er unter den Zuständen litt und bedrückt war. Denn von seinem Wesen her war er eigentlich ein fröhlicher, aufgeschlossener Mensch. Aber ich spürte seine unausgesprochene Angst.

Die zwei Monate mit ihm vergingen viel zu schnell. Ich hing an seinen Lippen, war Feuer und Flamme, wenn ich mit ihm losziehen konnte. Er besaß eine ungeheuer erotische Ausstrahlung – zurückhaltende Jungs mit zartem Gemüt nahmen mich schon immer für sich ein.

Gaben wir uns die Hand, so drückten wir sie immer einen Moment länger und inniger, als man es tut, wenn man sich guten Tag oder auf Wiedersehen sagt. Halt ihn fest, halt ihn fest, dachte ich unbewußt. Ich wollte ihn schützen vor dem, was ihm angst machte. Doch es ging nicht, es ging nicht, und immer noch schießen mir die Tränen in die Augen, wenn ich an ihn denke. Wäre ich doch nur ein bißchen älter gewesen! Ich hätte ihn irgendwo versteckt, hätte alles für ihn getan. Und ich hätte ihn durchgebracht, das weiß ich. Bis heute kann ich Helmut Wolfgang Levinsohn nicht vergessen, der – wie ich später aus einem Buch erfuhr, in dem seine Deportationsurkunde abgedruckt war – in Minsk mit so vielen anderen hingemordet wurde.

Meiner Liebe und meiner Zärtlichkeit werden immer all jene teilhaftig werden, die sich zu wehren haben gegen eine feindliche Umwelt, die wie ich Außenseiter sind. Immer werde ich Partei ergreifen – für die Huren auf der Straße mit ihren Träumen, die frühreifen Stricher, die Lesben und Schwulen, die Roma und Sinti und natürlich die Juden. Tief in mir lebt ein Gefühl für Gerechtigkeit, und, noch wichtiger, ich fühle mich diesen am Rande Stehenden wesensverwandt. Keiner sollte sich über den anderen erheben.

Max Bier hatte ein Einschreiben der Oberfinanzdirektion mit der Taxliste eines sogenannten »Judennachlasses« erhalten. Die Liste enthielt den Preis eines jeden Möbelstückes aus diesem »Nachlaß«. Die Gesamtsumme mußte er an den Fiskus zahlen. Was war mit den rechtmäßigen Eigentümern? fragte ich mich.

Max Bier mußte die Wohnung fristgemäß räumen. Sie lag eine Treppe rechts im Hause Engelufer 18 und hatte einem Ehepaar gehört. Der Mann war Ingenieur gewesen, die Ehe kinderlos. Das Namensschild mit roter Farbe überstrichen, tränenförmig angetrocknet. Die Füllungen der Eingangstür mit »Juda verrecke« und einem Galgen beschmiert. Am Strick hing der Davidstern.

Nachts um halb zwei, so erfuhren wir von einer verschüchterten Nachbarin, die vor Angst kaum den Mund aufbekam, war die Gestapo erschienen, hatte brutal gegen die Wohnungstür geschlagen, und als die verängstigten Menschen nicht aufmachten, mit einer kurzen Brechstange die Tür aufgebrochen und die Sicherheitskette zerschlagen. Wie Räuber stürmten die Gestapoleute in die Wohnung und prügelten das Ehepaar aus ihren Betten. Fünfzig Mark, zwei Paar Stullen und so viel sie tragen konnten, durften sie mitnehmen, mehr nicht.

Diese Wohnung habe ich noch heute vor Augen. Als wir ankamen, war die Wohnungstür notdürftig repariert und versiegelt. Auf dem Küchentisch zwei halb ausgetrunkene Tassen Kaffee, daneben zwei angebissene Brötchen. Unmittelbar vor dem Teller die Lebensmittelkarten und ein Merkblatt für Juden, voller Verbote. Max Bier beugte sich über die Karten: »Zum Leben zuwenig und zum Sterben zuviel. Was hier geschieht, ist ein Verbrechen, an dem auch wir zugrundegehen werden. Nur halt deinen Mund, und erzähle nichts in der Schule, sonst holen sie uns alle ab und bringen uns ins KZ.« Da war es, zum ersten Mal, dieses ominöse Wort, das ich später noch oft hören sollte. Ich wußte damals nicht genau, was sich dahinter verbarg, ahnte aber, daß man eingesperrt würde und nicht wieder rauskäme.

In den Zimmern alles durcheinandergeworfen, einige Schrankschubladen auf dem Fußboden ausgekippt – die Häscher hatten Wertsachen gesucht, gefunden und geraubt. Rechts zur Straße hin lag das Schlafzimmer: zwei Bettstellen und zwei Schränke aus hellem, geflammtem Birkenholz, Biedermeier. In dem einen Schrank Kleider, im anderen Wäsche. In der linken Ecke am Fenster stand ein Bücherschrank aus Mahagoniholz mit geschweiften Türen, aus den sechziger Jahren des vorigen Jahrhunderts. Seine Schublade lag herausgerissen auf dem Teppich, neben ihr eine kleine verspiegelte Messingdose. Die Henkersknechte hatten sie wohl als wertlos erkannt und achtlos zu Boden geworfen. Der Puder hatte sich wie ein feiner Schleier auf dem Teppich und in der Schublade ausgebreitet.

Die Bücher waren aus dem Schrank herausgezerrt und lagen, in Stücke gerissen, auf dem Fußboden. Heine, Goethe, Schiller und Lessing – zerfleddert und zertrampelt. Offensichtlich hatten die braunen Kulturträger Goethe und Schiller für Juden gehalten, da Juden Bücher »arischer« Schriftsteller abzuliefern hatten. Einige unbeschädigte hebräische Werke rettete ich und lagerte sie in einer Kammer im Laden bei Biers. Zwei Einbände von bibliophilen Prachtausgaben aus der Zeit um 1890, die Buchblöcke waren zerrissen, nahm ich mir als trauriges Andenken mit nach Hause. Auch den Bücherschrank erwarb ich: einen stummen Ankläger gegen das bestialische Nazisystem, das erst jüdisches Eigentum raubte und dann dessen Besitzer umbrachte.

Schon im Herbst 1945 konnte mir niemand mehr im Hause am Engelufer über die jüdische Familie oder deren Verbleib Auskunft geben. Fort, getilgt, keiner Erinnerung mehr teilhaftig. Ich bewahrte den Schrank von 1946 bis 1948 im Schloß Friedrichsfelde auf, stellte ihn aus, erzählte seine Geschichte. Dann schaffte ich ihn in mein Geburtshaus und 1960 in mein Gründerzeitmuseum. Als ich erfuhr, daß wieder ein Jüdisches Museum in Berlin entstehen soll, spendete ich ihn im Juni 1986 der Jüdischen Gemeinde in der Oranienburger Straße.

Es mag Einbildung sein, aber jedesmal, wenn ich ihn heute sehe, ist mir, als berge der Schubkasten noch immer den leisen Geruch des Puders, den die jüdische Frau vielleicht einen Tag, bevor die Nazi-Schergen einfielen, aufgelegt hatte.

Geht man heute von der Jannowitzbrücke über die Brückenstraße und biegt links in die Köpenicker Straße ein, wächst dort auf der rechten Seite ein einzelner Baum. Etwas zurückgesetzt ragen moderne Häuser empor. Dort standen, bis zur Ausbombung kurz vor Kriegsende, Mietshäuser aus dem vorigen Jahrhundert. In einem lebte die Familie Danziger. Die freundliche, junge Frau Danziger kam meist in der Dämmerung zu Biers in den Laden, obwohl »arische« Trödler von Juden nichts erwerben durften. Eines Tages gestand sie: »Wir müssen uns von einem Stück nach dem anderen trennen, um zu überleben.« Bald standen wir in ihrer Wohnung, Max Bier kaufte einen dreiteiligen Spiegelschrank von 1880, den ich noch heute nachzeichnen könnte. Während Max Bier und ich den Schrank auseinanderschraubten, saß in einem Ohrensessel der hochbetagte Großvater und sah stumm vor sich hin. Es tat mir weh, vor seinen Augen das Möbel hinauszutragen, das er vielleicht vor sechzig Jahren selbst erstanden hatte. Der alte Herr war indes schon einige Zeit blind und taub und bemerkte nicht mehr, was um ihn herum vor sich ging. Als wir das nächste Mal in die Wohnung kamen, war der Großvater bereits verstorben. »Wohl ihm, denn wer weiß, was uns noch bevorsteht.« Traurig sah uns Frau Danziger an. Wir brachten den Sessel fort, auf dem der alte Herr mit seinem Käppchen und dem schlohweißen Bart immer gesessen hatte.

Wenn ich von der Schule kam, schaute ich bei Biers immer als erstes in die Schaufenster und entdeckte wenige Tage später eine Photographie im Stuckrahmen, eine Mutter mit ihrem Töchterchen, aufgenommen im Jahre 1901. Auf der Glasscheibe war mit Kreide der Preis notiert: drei Mark. Frau Danziger hatte das letzte Stück, ihr letztes Andenken frühmorgens gebracht. Kurz darauf wurde die Familie deportiert und in einem der Vernichtungslager vergast.

Eines Tages kam ich später aus der Schule, ich hatte nachsitzen müssen, weil ich die Mathematik nicht begriff. Max Bier war bereits vorausgefahren, Frau Bier notierte mir die Adresse, »wieder ein Judennachlaß«, gab mir zehn Pfennige für die Straßenbahn, Stadtring Linie 1. In der Bahn las ich Namen und Adresse: Heymann, Prinzenstraße 99.

Das Haus war in den achtziger, neunziger Jahren des vorigen Jahrhunderts erbaut, die Fassade mit reichem Stuckdekor im Stil der Neorenaissance ausgestattet, ebenso das Treppenhaus, die Entreetüren waren mit hohen Gesimsen verziert. War es erste oder zweite Etage links? Das Messingschild »Heymann« hing noch, aber auch hier beschmierte rote Farbe die Tür. Die Damen Heymann, zwei unverheiratete Schwestern, waren zweiundachtzig und vierundachtzig. Nachts hatte die Gestapo sie zusammen mit anderen auf ein Lastauto gestoßen. Wohin? Nach Polen? Wo so viele Menschen beim Einmarsch der Nazis umgebracht worden waren? In die dortigen Arbeitslager? Aber was sollten zwei so alte Damen im Arbeitslager? Ich spielte mit der Idee, die Namensschilder an den Wohnungstüren auszutauschen oder alle Juden in einsamen Häusern zu verstecken, damit die Gestapo keinen finde. Aber Max Bier sprach von den vielen Spitzeln, den kleinen Hitlern, den Treppenterriern, damit meinte er die Hausobleute, die uns das Leben sauer machten.

Die Wohnung erschien mir wie ein Trauerhaus, die immergleiche Routine – zusammentragen und verpacken – wie eine Entweihung. Ich hielt einen dunkelbraunen Gewichtsregulator in Händen. Der Sekundenzeiger fiel mir auf, weil ich die Verzierung in seiner Mitte noch nie an einem Regulator gesehen hatte: den Davidstern.

Etwa zwanzig Jahre später wurde ich zu einer Haushaltsauflösung in die Stralauer Allee gerufen. Bis auf eine Wanduhr war bereits alles verkauft. Ich besah sie mir genauer und erkannte die Heymannsche. Über den Trödlerladen von Max Bier mußte sie im Krieg in diese Wohnung gekommen sein.

»Dr. Wongtschowski – der Dank des Vaterlandes ist dir gewiß«, sagte Max Bier verbittert, als er die Auszeichnungen entdeckte, die der Arzt für seine Verdienste im Ersten Weltkrieg erhalten hatte. Wir waren in die Köpenicker Straße 6 bestellt worden, Ecke Pfuelstraße. Dr. Wongtschowski war, laut Aussage von Hausbewohnern, zusammen mit seiner Frau »abgeholt« worden. Immer wieder hörte man dieses harmlose Wort: »abgeholt«. Leichtfertig kam es aus den Mündern der Nachbarn, so als seien Wongtschowskis von lieben Freunden zu einem kleinen Bummel abgeholt worden. Doch hier war »abgeholt« worden, um zu morden.

Die Praxis wirkte, als könnte jeden Moment der nächste Patient hereinkommen. Herrenschreibtisch mit Oberteil und Aufsatz aus der Zeit um 1895, ursprünglich Nußbaum, poliert, jetzt aber weiß gestrichen, ein weißer Medizin- und Instrumentenschrank, daneben eine Chaiselongue. Die metallenen Auszeichnungen des Offiziers der Kaiserlichen Armee lagen in einer Schublade des Schreibtischs. Das Verwundetenabzeichen und das Kriegsverdienstkreuz schienen die Gestapo nicht interessiert zu haben. Ich betrachtete das Kreuz, als Max Bier mir anbot: »Nimm es und halte es in Ehren, als Andenken an Dr. Wongtschowski.« Auf dem Fußboden lagen zerrissene Urkunden und ein Poesiealbum, dessen Seiten zerfetzt waren. Der starke Leineneinband aber, mit silbernen Ornamenten und der Aufschrift »Poesie«, hatte standgehalten. Im Inneren des Einbands las ich zwei Inschriften: »Bianca Pniower 1891«, Dr. Wongtschowskis spätere Frau, und »Ruth Wongtschowski 1911«, seine Tochter.

1988 konnte ich nach siebenundzwanzig Jahren erstmals wieder in den Westteil Berlins kommen und ging in Erinnerung durch die Köpenicker Straße. Aber nichts mehr weist hin auf das, was hier geschah.

1942 mußte ich in die HJ eintreten, mein Vater hatte den Aufnahmeantrag gestellt. Mit viel Brimborium sollte uns in der bombastischen Aula der Schule in Berlin-Rummelsburg der sogenannte »Münchner Ausweis« überreicht werden, der meinige und der meines Freundes waren aber offensichtlich auf dem Weg von der »Hauptstadt der Bewegung« nach Berlin verschüttgegangen. Ich nahm an den Diensten nur selten teil, und so bekam meine Mutter ein Schreiben, in dem man sie aufforderte, dafür Sorge zu tragen, daß ich die Dienste nicht schwänze. Anderenfalls würde man mich der Polizei vorführen. Ich mußte mich melden und kam in Mahlsdorf in die Pflicht-HJ, die wir alle »Zwangs-HJ« nannten. Vor dem alten Gutshaus versammelten sich die schwarzen Schafe aus Mahlsdorf-Nord, -Süd und -Mitte. Wir bekamen Achselstücke an unsere Uniform geheftet. Sie interessierten mich zwar nicht, waren aber Anlaß für ein merkwürdiges Erlebnis: Eines Tages traten wir in Reih und Glied an, der Bannführer fixierte jeden von uns eindringlich, vor mir blieb er stehen. »Na, du stehst ja da wie die fromme Helene, in welchem Fähnlein bist du überhaupt?« schnaubte er mich an. Fähnlein? Fähnlein? dachte ich, flattert da was im Wind? Der Bannführer wurde abgelenkt, mein Nachbar flüsterte mir zu: »Das steht doch auf deinen Achselstücken.« Ach Gott, dachte ich, schielte auf meine rechte Schulter, sah eine 18, einen Strich und eine 124. In diesem Moment drehte sich der Bannführer wieder um und schrie: »Na, wird's bald«, und ich retournierte schneidig, die Hände an der Hosennaht: »18 bis 124«. Darauf er mit hochrotem Kopf: »Dat kann ick mir wohl aussuchen, wat?« Und ich, man durfte nie »ja« sagen, brüllte prompt »Jawoll« zurück. »Jawoll« – das war in dem Moment natürlich der größte Witz, und die anderen Jungs grölten los. Der Bannführer kriegte die Meute kaum noch in den Griff, zeterte: »Sprechverbot! Das ist ein Befehl.«

Er kommandierte uns ins Haus. Ich hörte sein Gefasel nur verschwommen, denn drinnen angelangt, galt meine Aufmerksamkeit den Türen mit ihren wunderbaren Gesimsen und den Fenstern mit den schlichten Messinggriffen. Nein, war das entzückend hier! Ich wollte, nachdem ich mich geistig von den Herrlichkeiten wieder gelöst hatte, nur noch eins: raus, weg von diesen Uniformen und dem brüllenden Affen.

Das ganze Ausmaß des Nazi-Grauens erahnte ich zum ersten Mal in den Spätsommertagen des Jahres 1942. Auf dem Weg von der Schule zu Biers bog ich von der Adalbertstraße rechts in die Köpenicker Straße ein und bemerkte einen Menschenzug: Männer und Frauen, alte wie junge, die Mütter mit Kindern auf dem Arm. Ein jeder trug ein kleines Köfferchen oder eine Tasche mit seiner Habe an der Hand.

In Sechserreihen wurde die Menge, von Uniformierten umringt, zur Schillingbrücke in Richtung Schlesischer Bahnhof, dem heutigen Hauptbahnhof, getrieben. Sie schleppte sich dahin, bedrängt von widerlichen Kommandos und Knüppeln, mit denen die Schurken auf die Geschundenen einschlugen. Ob das Kriegsgefangene sind? fragte ich mich. Doch dann sah ich die gelben Judensterne auf ihren Mänteln und Jacken. Wie ein Leichenzug trotteten sie über die Schillingbrücke, und als ich benommen beim Trödlerladen eintraf, erblickte ich Biers in der Ladentür. Viele Nachbarn waren ebenfalls aus ihren Läden getreten und gafften den Bedauernswerten hinterher.

Bier bedeutete uns hineinzugehen: »Die werden wohl nun in die Zwangsarbeitslager gebracht. Mit dem Zug vom Schlesischen Bahnhof aus.« Und ich dachte an D-Zug-Abteile, aber nicht an Viehwaggons, in denen sie in Wahrheit transportiert wurden. Irgend jemand müsse die brachliegenden Felder bestellen in Polen, meinte Bier. So war es den Deutschen in den Wochenschauen erklärt worden.

»Ja, aber was ist mit den alten Leuten, die können doch nicht mehr arbeiten«, warf ich ein. »Das begreife ich auch nicht.« Herr Bier wurde nachdenklich. Frau Bier stand während unserer Unterhaltung in Kittelschürze an ihrem Stammplatz neben dem Ofen, und mit einem Mal hob sie den rechten Zeigefinger, ihre Augen glitzerten: »Und ich sage euch, sie bringen alle um!« Max Bier, an seinem Schreibtisch vor seinen Papieren sitzend, schaute ungläubig: »Aber Muttchen, die können doch nicht Tausende von Menschen umbringen!«

Diese einfache Frau, die nie mehr als eine Volksschule besucht hatte, begriff instinktiv, was vor sich ging. Doch wir nahmen sie nicht recht ernst. Sie war ja mit den Jahren etwas wunderlich geworden, legte, wenn ein Geräusch im Trödelkeller zu hören war, den Finger auf die Lippen: »Jetzt lassen sie wieder das Horchgerät durch den Kamin herunter.« Sie litt langsam an Verfolgungswahn.

Um sechs Uhr abends ging ich wie gewöhnlich zum Schlesischen Bahnhof, um von dort nach Mahlsdorf zu fahren. Auf dem Bahnsteig angekommen, sah ich auf dem nebenliegenden Fernbahngleis einen Güterzug, dessen Lokomotive außerhalb der Bahnhofshalle abfahrbereit in Richtung Osten stand. Die Lüftungsschieber der Viehwaggons waren mit Maschendraht vernagelt. In den Wagen hörte ich Stöhnen und Kinderweinen. Wollte man etwa so die Menschen nach Polen schaffen?

So viele Dinge passierten damals, die ich zwar nicht begriff, doch die mir ungeheuerlich vorkamen. Doch da ich die große Katastrophe, die im Gange war, nicht bis ins letzte durchschaute, durchschauen konnte, belastete mich mehr die kleine, die sich zur gleichen Zeit bei uns zu Hause immer mehr zuspitzte.

Schon mit zwölf Jahren war mir klar, daß das Leben meiner Mutter und damit das meiner kleinen Geschwister bedroht war. Zu allem Unglück sollte ich Ende 1940 in das Kinderlandverschickungslager nach Zawisna – die Nazis hatten es kurzerhand in »Grenzwiese« umgetauft, weil ihnen der polnische Name nicht paßte – gebracht werden, in das meine ganze Schulklasse zu reisen aufgefordert war. Ich fürchtete, mein Vater könne meiner Mutter in meiner Abwesenheit etwas antun. Dem ungewissen Schicksal wollte ich in den Arm fallen. Am 5. Dezember 1940 tapste ich spätabends zum Schrank meines Großonkels und holte seinen sechsschüssigen französischen Revolver hervor. Das kalte Eisen war mir ein Gräuel, aber damit wollte ich es tun: die Pein für unsere Familie ein für allemal beenden. Ich schlich in den Garten, mein Vater kam, ich legte an und drückte ab – doch nichts geschah. Ich wußte nicht, daß ich den Sicherungshebel hätte lösen müssen. Mein Vater aber bemerkte von alledem nichts. Einen Tag später nahm ich Abschied.

Mit dem Schulfreund von Grenzwiese aus ins benachbarte Praszka. Kalt. Auf Karren und Pferdewagen ziehen die abgerissenen Menschen ihre letzte Habe, Stühle, Kisten und Taschen, schleppen sich in den Ortsteil, der hinter dem Zollhaus liegt. Die Holzpfähle, säuberlich in den Boden gerammt, stehen schon. Wie Telegraphenmaste. Beim nächsten Besuch gespannter Maschendraht drumherum. Die Juden eingepfercht ins Getto.

Was für ein schönes Gebäude! Die Synagoge, getüncht in verwaschenem Hellblau, gegliedert mit vier Pilastern, flach aus der Wand heraustretenden Wandpfeilern mit Kapitellen oben, einer Basis unten. Zwischen den Pilastern die Eingangstür des Flachbaus, links und rechts schmale hohe Fenster mit Sprossenteilung. Über der Synagoge ein Gesims, darüber, über die ganze Breite ausgeführt, ein Tympanon, in der Mitte der Davidstern. Sonnenstrahlen gehen von ihm aus, er ist vergoldet. Das Kind schaut mit großen Augen. Tage später: alte zerlumpte Frauen und junge, kaum zu unterscheiden, mit schwarzen Kopftüchern, Steine klopfend. Pferdefuhrwerke rollen heran. Mit Stangen bewaffnet brechen sie die Steine aus der Synagoge. Was passiert hier? Fassungsloses Nichtverstehen. Wieder Tage später: Nur noch die linke Gebäudehälfte steht. Die Juden, angetrieben von unsichtbaren Peinigern, schleifen ihr eigenes Gotteshaus mit roboterhaften Bewegungen. Traurige Wut, Lethargie – und die Kinderfrage: Wieso müssen sie das abreißen? Was ist das für eine Niedertracht?

Als ich im September 1941 aus der Kinderlandverschickung zurückkam, war die Situation zwischen meinen Eltern weiter eskaliert. Eines Abends schlug er sie so heftig, daß ihr Nasenbein brach.

Normalerweise hätte sich meine Mutter im Krieg nie evakuieren lassen – vor den Bombenangriffen hatte sie keine Angst –, aber sie ergriff die Gelegenheit, durch Evakuierung vor ihm zu flüchten. So fuhren meine Mutter, meine neunjährige Schwester, mein sechsjähriger Bruder und ich erleichtert am 10. August 1943 in das kleine Städtchen Bischofsburg in Ostpreußen – wir flohen nicht vor den Bomben, sondern vor dem Mann beziehungsweise Vater, der diesen Namen nicht mehr verdiente. Als wir angekommen waren, schluchzte meine Mutter: »Egal, wie der Krieg ausgeht, ich werde nie wieder zu ihm zurückkehren.« Es war eine Ironie des Schicksals: Ausgerechnet dieser entsetzliche Krieg brachte uns zum ersten Mal so etwas wie Freiheit.

Uns war ein Quartier in der schönsten und größten Konditorei des Ortes zugewiesen worden. Mit der Gastgeberfamilie verstanden wir uns auf Anhieb gut, in meiner Freizeit durfte ich ab und zu in der Konditorei aushelfen. So mancher Landser streichelte mir über das Hinterteil; einer kniff mich und zwinkerte mir zu, als ich leicht gebückt am Tisch die Rechnung schrieb. Was die sich nur dachten? Sahen sie in mir den Jungen in kurzen blauen Cordhosen oder das Mädchen mit Schürze?

Von Bischofsburg aus besuchte ich meine Nenntante Luise, die in der Nähe einen Gutshof leitete. In einem Barockschrank entdeckte ich ihre alten Kleider, die sie 1895 zuletzt getragen hatte, fünfzehnjährig. Danach trug sie nur noch Männersachen: Stiefel, Reithosen, rechtsgeknöpfte Jacken, dazu einen Rasierpinselhut und einen grünen Lodenmantel – sie sah aus wie ihr eigener Gutsinspektor, breitschultrig und schmalhüftig, wie sie war. In der Landwirtschaft natürlich eine praktische Garderobe, aber sie hatte noch einen anderen Grund, den ich damals nicht ahnte: Meine Tante war lesbisch.

In einem alten Bordürenkleid mit zugehakter Taille vor dem Spiegel stehend, fand ich mich wunderschön. Plötzlich ging die Türe auf, und ich befürchtete ein Donnerwetter, als ich im Spiegel meine Tante hereinkommen sah, denn sie war eine sehr resolute Person. Stattdessen kam sie leise lächelnd von hinten auf mich zu, faßte mich um die Taille, drehte mich um, schaute mich von oben bis unten an und schmunzelte: »Hübsch siehst du aus! Sag mal, ziehst du so was gerne an?« Nachdem ich verschämt genickt hatte, erklärte meine Tante: »Weißt du, mit uns beiden hat die Natur sich einen Scherz erlaubt. Du hättest ein Mädchen werden müssen und ich ein Mann.« Dann trat sie mit ihren Stiefeln kräftig auf, die Sporen klirrten, und damit war alles erledigt.

Das Leben geht ja mitunter seltsame Wege. Man wird zum Beispiel mit der Nase auf Dinge gestoßen, ohne zu ahnen, warum. Es war ein regnerischer Tag, als ich mich in der großen Bibliothek meiner Tante umsah und ihre vielen Bücher bewunderte. Ich griff wahllos ins Regal, erwischte ein Buch mit grauem Einband und schlug es auf. Es hieß »Die Transvestiten« und war verfaßt von einem gewissen Magnus Hirschfeld. Transvestiten? Was ist denn das? Wohl nichts für mich, dachte ich. Ich wollte das Buch schon wieder an seinen Platz zurückstellen, aber die nächste Seite blätterte sich wie von selbst um, und ich las die Widmung an meine Tante mit dem Zusatz »in Verehrung zugeeignet vom Verfasser Dr. Magnus Hirschfeld, Berlin 1910«. Jetzt interessierte mich das Buch, und ich begann zu lesen: über den erotischen Verkleidungstrieb; von Männern, die sich gern bunte Sommerkleider anziehen, und von Frauen, die Hosen und Jacketts tragen. Ich kroch förmlich in das Buch hinein. Meine Tante trat ein, wieder fühlte ich mich ertappt, und als sie fragte, was ich denn läse, druckste ich rum: »Es heißt ›Die Transvestiten‹, und es ist mir zufällig in die Hände gefallen.« – »Das lies dir mal gut durch«, überraschte sie mich erneut, »denn das geht uns beide an.«

Schon in den ersten Kriegsjahren hatte ich mir Frauensachen angeschafft. Bei Haushaltsauflösungen entdeckte ich häufig Kleider, Röcke, Blusen, auf die stürzte ich mich und kaufte alles, was mir gefiel und paßte – von Blusen und Röcken bis zu Hüftgürteln und Unterwäsche. Mit meinem ersten Freund, Christian, teilte ich den Hang zu Frauenkleidung. Christian war als Kind schon Transvestit und sah sehr mädchenhaft aus. Wir gingen oft gemeinsam zum Baden und hatten unsere ersten erotischen Erlebnisse. Ein Herz und eine Seele, bildeten wir ein frühjugendliches Liebespaar. Waren wir bei ihm, zogen wir uns immer die Kleider und Röcke seiner Mutter an und bewunderten uns gegenseitig. Eines Tages kamen wir auf die Idee, uns die Haare einzudrehen, die Täschchen unter den Arm zu klemmen und in Friedrichshagen über die Friedrichstraße, die heutige Bölschestraße, zu spazieren.

An eines hatten wir nicht gedacht: Im Krieg war es Jugendlichen unter einundzwanzig verboten, nach neun Uhr abends ohne elterliche Begleitung auf die Straße zu gehen. Es war aber bereits halb zehn, als wir, frohgemut und kichernd, untergehakt aufbrachen. Zwei Männer in Zivil kamen uns entgegen, ich wollte in einem Hauseingang warten, bis sie vorbei waren, aber Christian, übermütig geworden, hatte keine Lust, sich zu verstecken. Schon standen sie vor uns: »Na, ihr beiden Hübschen!« Eine HJ-Streife. Wir sollten unsere Namen nennen, sie hielten uns wohl für ein paar Mädels auf Drall, Halbwüchsige, die »was abschleppen« wollten.

Ehe wir uns versahen, hatten sie uns am Wickel und schleppten uns zum nahegelegenen Polizeirevier. Dort sperrte man uns kurzerhand in eine Zelle, weil wir uns geweigert hatten, unsere Namen preiszugeben. Sie drohten, uns einen Monat lang einzusperren oder uns mit dem Rohrstock »ein bißchen einzuheizen«. Uns wurde mulmig, Christian kullerten schon die Tränen, und so nannten wir unsere Namen. Da stutzten die Polizisten: »Nanu, ihr Schwindelliesen könnt doch nicht Lothar und Christian heißen, das sind doch Jungsnamen.« Ich druckste herum: »Na ja, sie nennen mich immer alle Lottchen.« – »Aha, so ist das.« – »Und mich immer Christine«, ergänzte Christian. Nun fragten sie nach unseren vollen Namen, und nach unserer Antwort waren die Beamten völlig konsterniert. Aber nur kurz: Geschwind griff ein Diensthabender Christian unter den Rock, verabreichte ihm eine Backpfeife und rief entrüstet: »Das ist tatsächlich ein Bengel!« Die Prüfung fiel natürlich bei mir nicht anders aus, das Geschrei war groß. Christians Mutter wurde herbeitelephoniert und angebrüllt. Käme das noch einmal vor, würde man uns melden. Diesmal blieb es bei einer Tracht Prügel, die uns die Beamten verabreichten. Sie dachten sicherlich, da haben sich diese beiden Bengels einen kleinen Spaß erlaubt. Hätten sie den tieferen Grund geahnt, dann hätten sie uns wohl als »abartig« der Gestapo gemeldet.

Hosen waren mir immer ein Graus, ich versöhnte mich erst ein bißchen mit ihnen, als immer mehr Frauen – vor allem nach dem Krieg – Hosen trugen. Meinen ersten Anzug zur Einsegnung wollte ich partout nicht anziehen. Und obwohl meine Mutter und mein Großonkel mir zuredeten, »du kannst doch nicht in kurzen Hosen gehen«, ließ ich mich nicht erweichen. Dann riß unserer Haushälterin der Geduldsfaden, und sie bestimmte: »Der wird jetzt angezogen.« Als ich mich weiterhin standhaft weigerte, lief sie wütend ins Bad, holte den Ausklopfer, und ehe ich mich versah, hatte sie mich übers Knie gelegt und versohlte mir den Hintern. Den Tränen nahe, mußte ich mich der Gewalt beugen. »Viel lieber würde ich ein schwarzes Kleid tragen«, stieß ich mit tränenerstickter Stimme hervor. Sie musterte mich Häuflein Elend in weißem Hemd, Fliege und Anzug und mußte zugeben: »Ja, das würde dir auch besser stehen.«

Im Krieg erhielt man Kleidung nur noch auf Punktkarte: Beim Kauf von Mantel, Jacke, Hose oder Strümpfen, egal ob Herren- oder Damenkleidung, schnitten die Verkäufer die Punkte der Karte ab. Ich brauchte einen neuen Mantel und fuhr mit meinem Großonkel zu Leineweber. Auf dem Weg mahnte er: »Er muß dir aber gefallen, denn wenn die Punkte abgeschnitten sind, ist alles gelaufen.« Das Verkaufsfräulein kam, ich zog einen Mantel an, einen mit Gürtel, den ich bis zum Geht-nicht-mehr zuschnürte. Resultat: Falten, wohin man schaute. »Ja, Kindchen«, sagte die Verkäuferin gouvernantenhaft, »das muß locker hängen, so siehst du ja aus wie ein abgebundenes Würstchen, das geht nicht.« – »Der gefällt mir aber nicht«, entgegnete ich mit einem Blick in den Spiegel, »der ist ja gar nicht tailliert und hängt so.« Jungenmäntel seien nicht tailliert, meinte sie pikiert, nur Mädchenmäntel. Also ging ich mit meinem Großonkel in die Mädchenabteilung, wo das Verkaufspersonal natürlich erst mal glotzte. »Ja«, meinte mein Großonkel nüchtern,

»Sie haben recht gehört. Sehen Sie doch mal nach, ob Sie nicht einen passenden Mantel für ihn haben.« Sie nahmen meine Taille Maß, eins, zwei, drei, von der Stange einen Mantel geholt, ich mich vor den Spiegel gestellt und gewußt: Das ist der Mantel, den ich will. Tailliert, glockig fallend, so mußte er sein. Und selbst die Verkäuferin entlockte sich ein: »Ja, siehst hübsch aus.« Kurzum, der Mantel wurde gekauft, die Punkte abgeschnitten, nur beim Rausgehen wandte sich mein Onkel mir noch mal zu: »Hoffentlich merkt dein Alter nichts, sonst setzt es eine fürchterliche Tracht Prügel.« Er merkte es nicht, war wohl blind für alles, was nicht in seine Weltanschauung paßte, und hat, so glaube ich, es nie begriffen, daß ich ein Mädchen in einem Jungenkörper war.

Das muß ich natürlich für all diejenigen, die mit dieser Aussage wenig oder gar nichts anfangen können, ein bißchen erklären. Vom Wesen her fühle ich mich als Frau, was aber nicht heißt, daß ich mich meiner männlichen Geschlechtsteile geniere. Nein, ich bin kein Transsexueller. Würde ich allerdings dazu verurteilt, einen Bart zu tragen, wäre mir das unerträglich. Schon in der Schule dachte ich: Sicher, du bist wohl ein Junge, aber eigentlich bist du doch eher ein Mädchen. Was das alles für mein weiteres Leben bedeutete, das ahnte ich natürlich nicht, so sehr war ich in meiner Mädchenrolle drin.

Doch zurück zu meiner Tante: Auf dem Gut arbeiteten mehrere Stalljungen, und einer hatte es mir besonders angetan. Trotz männlicher Figur, breitschultrig mit schmalen Hüften, besaß Günther weibliche Züge. Er brachte mir bei, auf den Pferden des Hofes zu reiten. Da Hochsommer war und ich keine passenden Sachen hatte, ritt ich in kurzer Hose mit ihm aus. Diese war denkbar ungeeignet – ich ritt mir nicht nur die Schenkel, sondern auch den Hintern wund. Zurück auf dem Hof, goß er in seiner Stube kaltes Wasser in eine

Emailleschüssel: »So, nun zieh mal deine Hosen aus.« Das war mir peinlich, und ich fragte zögernd: »Hosen aus?« – »Ja«, kam es mir entgegen, »dann kannst du dich mit deinem Hintern in die Schüssel setzen, das kühlt.« Sehr verschämt tat ich, wie mir geheißen, und das Bad linderte meinen Schmerz doch beträchtlich. Mein Galan ließ es sich nicht nehmen, mich eigenhändig abzutrocknen, was mich heftig erotisierte. Wir küßten uns, faßten uns heißblütig an und standen in der Mitte des nichtverriegelten Zimmers. Es kam, wie es kommen mußte: Die Tür ging auf, herein trat meine Tante, die vom Stalljungen ein Pferd gesattelt haben wollte. Aber statt ungehalten zu sein, da er sich doch im Dienst sehr privaten Vergnügungen hingab, entschuldigte sie sich: »Ach, Verzeihung, das hab' ich nicht gewußt. Laßt euch nur Zeit.« Die Tür fiel ins Schloß. Viel Zeit ließen wir uns indes nicht, dazu waren wir zu erregt. Mit Günther, den ich ungemein mochte, verbrachte ich von nun an jede freie Minute.

Meine Tante war nicht nur verständnisvoll, was Sexualität anbelangte, sondern auch ein sehr politischer Mensch. Sie berichtete mir von den Gräueln im Warschauer Getto und ließ sich weitsichtig über die Weltlage aus: »Ich sage dir«, dabei saß sie vor mir auf dem Sofa, und ihr Gesicht versteinerte, »diese Verbrecher, die uns regieren, werden bald ihr Ende finden, denn viele Hunde sind des Hasen Tod. Aber auch wir werden darunter leiden, in spätestens zwei Jahren ist hier nichts mehr, dann sind wir arme Flüchtlinge auf der Landstraße, und, anders als nach dem Ersten Weltkrieg, werden wir nie wieder in diese Gegend zurückkehren können.«

Mit fünfzehn Jahren waren ein Haus und Möbel für mich unverrückbare Dinge. Nicht im Traum hielt ich es für möglich, daß man ihrer verlustig gehen konnte. Ihre Worte irritierten mich, und ich fragte beunruhigt: »Und was passiert dann?« – »Ja«, erwiderte meine Tante lakonisch, »anstecken,

Fässchen Benzin ins Treppenhaus, dann fackelt die Bude ab. Fünf Jahre später ist alles eine Ruine, und aus den Fenstern wachsen Bäume.« Diese Antwort konnte mich, den Sammler, selbstverständlich nicht zufriedenstellen. »Und die Möbel?« fragte ich entgeistert.

»Das ist tote Materie, der tut's nicht weh, wenn sie verbrennt. Das Vieh müssen wir retten, das ist das einzig Wichtige.« Ich war anderer Meinung, und in meinem Kopf rumorte es. Auch die schönen Dinge wollte ich retten, die im Haus meiner Tante standen. Ohne ihr Wissen beauftragte ich einen Spediteur und ließ ausrechnen, was es kosten würde, alle Möbel in eine Scheune in der Nähe Berlins zu transportieren, die leerstand. Als meine Tante die ersten Eintragungen in der Transportliste las, die ich eiligst zusammengestellt hatte – eine Kommode, ein Trumeauspiegel, ein Salonvertikow, eine Standuhr –, überflog sie die nächsten Seiten, auf denen natürlich ebenfalls Gründerzeitliches aufgelistet war, und schaute mich mit amüsiertem Blick an: »Na, sag mal, Herzchen, du räumst mir ja mein ganzes Haus aus. Wo sollen wir denn sitzen? Auf dem Melkschemel vielleicht?« Sie lachte aus vollem Halse. Als ich versicherte, den Transport selbst zu bezahlen, schien meine Entschlossenheit sie zu beeindrucken, und tatsächlich, die Rettung fand statt – von ihrem Geld.

Das war im September 1943. Heute bin ich froh über meine »Verrücktheit«, denn dank ihr sind der Salon, die Stuckspiegel, Kronleuchter, Phonographen, Uhren, Trichtergrammophone und Walzen über den Umweg der Scheune in Motzenseebad und des Schlosses Friedrichsfelde in mein heutiges Gründerzeitmuseum gekommen. Die kostbaren Barockschränke im Haus meiner Tante ließ ich stehen – sie besaßen weder Säulen noch Kugeln noch Muschelaufsätze. Sicher waren sie viel wertvoller als der ganze Gründerzeitkram, aber das interessierte mich nicht. Ich ging nach meinem Gefühl.

Meiner Tante war nicht verborgen geblieben, wie bedrückt ich nach Bischofsburg gekommen war. Nach und nach erzählte ich von dem tyrannischen Despoten zu Hause. Sie packte die Wut: »Wenn dein Vater noch einmal deine Mutter schlägt, dann stürz einen Stuhl um, reiß ein Bein heraus, und schlag so lange auf ihn ein, bis er kein Lebenszeichen mehr von sich gibt – versprich mir das! Er darf nicht am Leben bleiben, sonst bringt er euch alle um.« Sie faßte die Reitgerte fester, mit der sie am Vormittag noch wilde Pferde gezähmt hatte, die die Stallburschen sich nicht zuzureiten trauten, und ich schwöre, wenn mein Vater im Zimmer gewesen wäre, sie hätte ihn totgeprügelt.

Gut und Böse – diese beiden Prinzipien verkörperten meine Mutter und mein Vater. Eins lernte ich damals: Ein Menschenleben, wie lange es auch währt, ist kurz. Vollkommen kann niemand sein, aber man muß den Mut haben, für die Gerechtigkeit zu kämpfen, unter welchen Umständen auch immer, und mit allen Mitteln, auch unter Einsatz des eigenen Lebens, um Unrecht und Gefahr von anderen abzuwenden.

In unserem Zimmer in Bischofsburg hatte ich mir einige alte Photographien meines Großonkels über mein Bett gehängt. Ein Jahr zuvor war er verstorben. Am 23. Dezember 1943, seinem achtzigsten Geburtstag, stand ich an unserem Fenster und blickte in den Hof. Es schneite in dicken Flocken. Da gewahrte ich einen Mann mit Hut, Mantel und Koffer, der im Schneegestöber um die Hausecke bog. Mit Entsetzen erkannte ich ihn, es war mein Vater. Schnell hatte ich mich der »unmännlichen« Hausschürze entledigt. Gebannt starrte ich auf die Tür, als mein Vater hereinstürmte. Grußlos schaute er sich im Zimmer um, und als sein Blick auf die Bilder meines Großonkels in Stuckrahmen fiel, befahl er mir, sie sofort abzuhängen.

Er hatte Weihnachtsurlaub und logierte im Städtchen im Hotel »Deutsches Haus«. Wir verlebten mit unserer Gastgeberfamilie ein trügerisch-harmonisches Weihnachtsfest. In diesen Tagen fand im Hotel eine Aussprache zwischen meinen Eltern statt. Meine Mutter, die in Bischofsburg einen Anwalt konsultiert hatte, erklärte kategorisch, sie wolle sich scheiden lassen. Er bedrohte sie, und sie kehrte völlig verstört aus dem Hotel zurück.

Als meine Tante davon erfuhr, bestellte sie meinen Vater aufs Gut. Dort stritten sie sich bis aufs Blut, der Diener trat ein, blieb wie angewurzelt stehen mit seinem Messingtablett, auf dem ein gerade eingetroffener Brief lag, denn in diesem Moment zog mein Vater seinen Dienstrevolver. »Noch ein Wort, und ich schieße.« Worauf Tante Luise ihrerseits einen sechsschüssigen Trommelrevolver zückte: Der Sicherungsflügel knackte, und sie drohte: »Bei drei bist du draußen, du Strolch, sonst knallt's. Ich zähle.« Mit soviel Courage hatte mein Vater nicht gerechnet und zog sich fluchend zurück. Die Flügeltür hatte er gerade hinter sich geschlossen, als meine Tante »drei« zählte und schoß. Die Kugel durchschlug das Holz und blieb in der gegenüberliegenden Tür stecken. »Schade, daß ich nicht getroffen habe«, war meine Tante noch Jahre später ergrimmt.

Diese unglaublich starke Frau war mir immer ein guter Freund. Ihre Lebensgefährtin hatten die Nazis im sogenannten Euthanasieprogramm umgebracht. »Sie ist verschollen«, seufzte sie, als ich nach ihrer Freundin fragte. Sie hielt mich sicher für zu sensibel, wollte mir wahrscheinlich auch nicht »zuviel« erzählen, weil sie – wie ich später von ihr erfuhr – Kontakt zu polnischen Widerständlern hatte.

Im Januar 1945 führte sie einen Flüchtlingstreck mit Pferden und Wagen von Ostpreußen nach Berlin an. Der Gauleiter von Ostpreußen, »der Oberverbrecher«, wie meine Tante ihn zu nennen pflegte, hatte Befehl gegeben, jeden Treck aufzuhalten und alle Flüchtlinge hinzurichten. In einem Dorf versuchte der örtliche Nazi-Chef den Treck zu stoppen: »Wenn Sie den Flüchtlingstreck anführen, muß ich Sie erschießen«, brüllte er meine Tante an. »Zum Erschießen gehören zwei: einer, der erschießt, und einer, der sich erschießen läßt. Ich gehöre nicht zu letzteren«, erwiderte meine Tante ruhig und entschlossen. Der Nazi fühlte sich verulkt, und selbst als meine Tante den Revolver, den sie unter ihrem Pelz trug, zückte, nahm er sie nicht ernst. Er öffnete den Riemen seiner Pistolentasche, meine Tante drückte ab. »Nehmt ihm die Waffen ab und schmeißt ihn über den Zaun in den tiefen Schnee. Nächsten Frühling werden die Polen dort einen verfaulten Nazi finden«, erklärte sie den entsetzt blickenden Flüchtlingen. Die Pferde wieder angetrieben, ging es weiter nach Berlin.

Nach dem Krieg fungierte sie als Mittelsmann der polnischen Exilregierung in London, fuhr in die Schweiz und nach England, um ihre Auftraggeber zu treffen. Alles war sehr geheimnisvoll. Nach 1945 lebte sie kurze Zeit in West-Berlin, und wenn ich sie auf ihre Verbindungen ansprach, lachte sie und tippte mit dem Finger auf meine Nase: »Ach, Fräuleinchen, kümmere dich mal um deine Möbel, von Politik verstehst du sowieso nichts. Ich möchte auch nicht, daß du in Gefahr gerätst, du wohnst ja im sowjetischen Sektor.«

Einmal bummelten wir gemeinsam über den Ku'damm. Meine Tante interessierte sich zwar überhaupt nicht für schöne Kleider, ich aber um so mehr. Vor einem Geschäft, »Die gute Linie«, blieb ich stehen, und da lag er im Fenster: ein wunderschöner schwarzer Rock, Seide oder Taft, und ich, in Frauenbluse, kurzer Cordsamthose, Kniestrümpfen und Damensandaletten, seufzte: »Ach, guck doch mal, der schöne Rock.« – »Na, wenn du ihn haben willst, kauf ich ihn dir«, bot mir meine Tante an. Ich jubelte innerlich, wir betraten den Laden, ein Verkaufsfräulein kam uns entgegen, aber auf unser Begehren ernteten wir irritierte Blicke. Meine Tante tat, als sei unser Wunsch nichts Außergewöhnliches. Die Bedienung fingerte das Prachtstück aus dem Schaufenster, und meine Tante ermunterte sie: »Ja, wollen Sie ihn nicht mal anhalten?« Die Verkäuferin nickte mir freundlich zu, offenbar hatte es bei ihr geklickt. Sie legte mir den Rock an die Taille und meinte, er müsse passen. Ich in die Kabine, Rock an, er saß, als wäre er für mich geschneidert worden. Ich drehte mich vor dem großen Spiegel im Verkaufsraum, und meine Tante war ganz begeistert: »Den kaufen wir, behalt ihn gleich an.« Wie wir dann, untergehakt, den Ku'damm weiter Richtung Halensee spazierten, hielten uns wohl alle für Großvater und Enkelin.

Meine Tante erzählte mir, daß sie sich eigentlich schon mit sechs Jahren, als sie zum ersten Mal auf einem Pferd saß, wie ein Junge gefühlt habe. Sie offenbarte sich ihrem Vater, der seiner erstaunten Gattin lapidar mitteilte, daß Luise eigentlich Luis heißen müsse. So wurde sie später tatsächlich von vielen genannt, bekam aber auch noch einen anderen Spitznamen: der Administrator.

Nach dem Mauerbau war es mir nicht mehr möglich, sie zu sehen: Sie lebte inzwischen in England. In Kontakt blieben wir über einen britischen Kurier, einen unscheinbaren freundlichen Mann Ende Sechzig, der mir in einem Aktenköfferchen ihre Briefe überbrachte, die ich – da meine Tante das Öffnen der Briefe an der Sektorengrenze fürchtete – in seinem Beisein auf der Rückseite der Originale beantwortete. Sie bestärkte mich aus der Ferne: »Mach weiter so, und laß dich nicht beirren.« Ich habe sie nie wieder gesehen, und 1976 starb sie, sechsundneunzigjährig.

Im Dritten Reich, oder was 1944 von ihm noch übrig war, nahm die Katastrophe ihren Lauf. Die meisten deutschen Städte lagen in Trümmern, und meine Mutter bekam einen Brief, in dem sie aufgefordert wurde, in unserem Haus Räume für Ausgebombte zur Verfügung zu stellen. So fuhr ich Ende Januar 1944 von Bischofsburg zurück nach Mahlsdorf, um die Möbel umzurücken und den Einzug der Fremden vorzubereiten, mißtrauisch beäugt von meinem Vater, der noch im Haus lebte. Es herrschte Untergangsstimmung in Berlin: Niemand wußte, ob er am nächsten Tage noch ein Dach über dem Kopf haben und am Leben bleiben würde.

An einem Februarabend, spät in der Nacht, alle Fenster waren der Fliegerangriffe wegen verdunkelt, stellte mein Vater mich zur Rede: Wie ich zu ihm und meiner Mutter stünde, beziehungsweise zu wem ich halten würde? Und zum ersten Mal hatte ich in diesem Augenblick den Mut, ihm die Stirn zu bieten, und sagte ihm alle seine über die Jahre hinweg begangenen Grausamkeiten ins Gesicht. Er schlug mich zu Boden. Dann holte er seinen Dienstrevolver und schob einen Ladestreifen ein. »Du hast eine Stunde Bedenkzeit. Es gibt nur eine Entscheidung, ich oder deine Mutter«, setzte er mich unter Druck. Andernfalls würde er mich »totschlagen wie einen räudigen Hund und in die Jauchegrube werfen« und anschließend nach Ostpreußen fahren, um meine Mutter und meine Geschwister »über den Haufen zu schießen«. Diese Worte höre ich wie heute, und noch immer läuft mir ein Schauer über den Rücken, wenn ich an diesen Abend zurückdenke:

Er schließt mich im ehemaligen Schlafzimmer meines Großonkels ein und zieht den Schlüssel ab. Ich sitze zitternd im Nachthemd auf der Bettkante, und die Uhr im Nebenzimmer, wo mein Vater auf der Couch liegt, schlägt – dreißig Minuten sind vorbei. Angst vor dem eigenen Tod habe ich nicht. Aber er wird auch Mutti umbringen. Nur ich kann es noch verhindern. Doch ich habe keine Waffe. Weil das Hausmädchen am nächsten Tag die Küche aufräumen will, die nach einem Bombenangriff von Glassplittern übersät ist, hat sie die Küchengeräte fein säuberlich auf dem Boden des Großonkel-Zimmers ausgebreitet. Ich sehe das massive Kuchenrührholz. Es liegt schwer in der Hand. Damit will ich mich verteidigen, wenn mein Vater in einer halben Stunde kommt. Aber nach ein paar Minuten weiß ich, daß ich mit dem Stück Holz nicht viel werde ausrichten können gegen den Vater, der mit seinem Dienstrevolver immer im Keller übt. Mir fällt der Zweitschlüssel fürs Zimmer ein. Mein Großonkel ist ein sorgfältiger Mann gewesen. Für jeden Raum im Haus gibt es einen Zweitschlüssel. Ich weiß, wo er ist, gehe zur Frisierkommode und ziehe die rechte Schublade auf. Er blinkt mir entgegen. Leise drehe ich den Schlüssel im Türschloß herum. Schwach dringt das Mondlicht herein, bescheint den Stuhl neben der Couch, auf der ich die Silhouette meines Vaters wahrnehme. Ich schleiche zum Stuhl, auf dem die Waffe liegt, schiebe ihn vorsichtig zur Seite. Der dicke Teppich schluckt jedes Geräusch. Den Revolver lasse ich liegen. Ich kann ja doch nicht mit ihm umgehen. Die Wanduhr schlägt mit Westminster-Gong zur vollen Stunde. Mein Vater streckt die Hand aus, will das kalte Eisen an sich nehmen, er greift ins Leere. Ich schlage zu. Einmal, zweimal, dreimal ...

Es war keine Tat im Affekt, konnte es nicht sein, sondern eine mit Vorsatz. Es gab keine andere Wahl, das wußte ich. Als die Kriminalpolizei kam, war ich innerlich befreit, weil ich wußte, daß der Unhold meiner Mutter nichts mehr antun konnte. Die Tötung war eine Art Vorbeugenotwehr, und dazu stehe ich, auch wenn es keine gesetzliche Regelung für den Tatbestand gibt, eines anderen Menschen Leben vorbeugend zu retten. Die brutalen Mißhandlungen, die er an mir begangen hatte, konnten niemals auslösendes Moment für meine Tat sein. Ich hegte weder Haß noch Rachegefühle gegen ihn, aber dem Angriff auf das Leben meiner Mutter und das meiner Schwester und meines Bruders mußte ich zuvorkommen.

Die Kriminalpolizei suchte nach einem Motiv, fand aber keines, und das Gericht überließ die Arbeit einem Psychiater. Von der Jugendstrafanstalt in Tegel fuhr Kriminalrat Ernst Unger, ein warmherziger Mann mit großen nachdenklichen Augen, mit mir in die Universitäts-Nervenklinik nach Tübingen. Dort sollte mich Dr. Dr. Robert Ritter untersuchen, ein unnahbarer, kühl und geschäftsmäßig auftretender Mann und zugleich die Zentralfigur rassistischer »Zigeunerforschung« im Dritten Reich. »Lotharchen, daß du mir ja nichts von Juden erzählst, denn Dr. Ritter ist ein Nazi«, warnte mich der mitfühlende Kriminalrat Unger. Er war in Sorge, fürchtete, ich könnte mich verplappern.

Ritter, einer der schillerndsten Schreibtischtäter im nationalsozialistischen Staat, kam 1935 auf die Idee, erbbiologische Untersuchungen an »Zigeunerbastarden« vorzunehmen, und binnen kürzester Zeit entwickelte er sich mit seinen kruden Forschungen, sehr zur Freude des Reichsführers SS, Heinrich Himmler, zum Experten auf diesem Gebiet. Schon im November 1936 avancierte er zum Direktor des »Rassenhygiene-Instituts« in Berlin-Dahlem. Seine Mitarbeiter und er hatten die Aufgabe, alle »Zigeuner« des Reiches nicht nur zu erfassen, sondern sie auch rassisch zu begutachten und zu selektieren. Höchst vage, wie alle NS-Forschung, die die Überlegenheit der nordisch-arischen Rasse »wissenschaftlich« zu untermauern suchte, verfolgte er Stammbäume zurück, um »reinrassige Zigeuner«, die überleben sollten, von »Zigeunerbastarden« zu scheiden, die per se »asozial« seien und folglich den Juden in die Gaskammern zu folgen hätten. Nicht daß Ritter ein Freund von »reinrassigen Zigeunern« gewesen wäre: Diese sollten, wie Tiere in einem Gehege, in Reservaten zusammengeschlossen und weiteren »wissenschaftlichen« Untersuchungen zugeführt werden. Wie ernsthaft Ritter seine »wissenschaftlichen« Untersuchungen nahm, macht das Protokoll einer der wohl makabersten Sitzungen des Reichssicherheitshauptamtes im Winter 1941/42 deutlich: Unschlüssig, wie die »Ausmerzung« der »Zigeunerbastarde« zu bewerkstelligen sei, diskutierten die anwesenden Herren deren Ersäufung im Mittelmeer. Dem widersprach Ritter mit dem Hinweis, daß die von ihm vorgenommene anthropologische Untersuchung und Erfassung erst zu zwei Dritteln abgeschlossen sei. Als die ihm zugebilligte Frist von einem Jahr abgelaufen war, befahl Himmler, alle »Zigeunermischlinge« nach Auschwitz-Birkenau zu verschleppen.

Als die »Endlösung der Zigeunerfrage« fast bewerkstelligt war, wandte sich Ritter einem neuen Forschungsgegenstand zu: dem straffällig gewordener oder »asozialer« Jugendlicher. Darunter fielen zum Beispiel die Hamburger »Swing-Jugendlichen«, die diese amerikanische Musik liebten und zu ihr tanzten, was insbesondere Himmler zur Weißglut brachte, der »brutales Durchgreifen« befahl. Mit der kriminalbiologischen Sichtung waren, bevor die Jugendlichen ins Jugend-KZ eingewiesen wurden, Robert Ritter und Eva Justin betraut, seine Assistentin.

Sei es, daß die Berichte über das Ehemartyrium meiner Mutter ihn beeinflußt hatten, seien es die vielen positiven Zeugenaussagen der Nachbarn, jedenfalls war Ritter bei unseren Gesprächen äußerst freundlich und führte mich in Begleitung seiner Assistentin in die Stadt, ins Kino und zum Tübinger Schloß. In der Universität ließ er mich vor Studenten einen kleinen Vortrag über den Edison-Phonographen halten. Das alles gehörte zu seiner Beobachtung und diente der Vorbereitung seines für das Gericht zu schreibenden Gutachtens. Noch im Wintersemester 1944/45 bot er in der Tübinger

Universität eine Veranstaltung mit dem Titel an: »Übung über die charakterliche Artung jugendlicher Rechtsbrecher (mit gelegentlichen Vorführungen)«. Ich war, ohne es zu ahnen, eine dieser »Vorführungen«.

Eva Justin war bei den Roma und Sinti noch unter einem anderen Namen bekannt: Lolitschai. Das »rothaarige Mädchen«, so die Übersetzung aus der Sprache der Roma, spionierte in Zwangslagern herum und fragte dort bevorzugt kleine Kinder – scheinbar harmlos – nach deren Verwandten. Waren diese ausfindig gemacht, wurden sie ins Institut bestellt und erlebten eine sehr viel weniger harmlose Lolitschai. Konnte eines der unglücklichen Opfer bei den Stammbaumbefragungen nicht mit den Namen seiner Vorfahren dienen, kam schon mal die Antwort: »Wenn du nicht die Wahrheit sagst, kommst du ins KZ.«

Später, kurz vor Kriegsende, erschlich sich Eva Justin mit tatkräftiger Hilfe ihres Mentors eine Promotion, wobei sie in ihrer Arbeit »Lebensschicksale artfremd erzogener Zigeunerkinder und ihrer Nachkommen« ihre unter Ritter erzielten »Untersuchungsergebnisse« weidlich nutzte. Nie hätte ich gedacht, daß an einem Doktorhut Blut kleben kann, aber genauso war es.

Rund dreißigtausend deutsche Roma und Sinti wurden aufgrund der »wissenschaftlichen« Erkenntnisse Dr. Dr. Robert Ritters und Eva Justins ums Leben gebracht.

Alle diese Menschen haben einen Ort auf dieser Welt gehabt, wie armselig er auch gewesen sein mag. Es waren Tüchtige unter ihnen und weniger Tüchtige. Aber alle hatten etwas gemeinsam: Sie haben gelacht und geweint, gespielt und gearbeitet, gedacht und gefühlt. Ritter und Justin, die für den Tod von vielen von ihnen mitverantwortlich waren, haben nicht einen von eigener Hand getötet. Sie waren keine Mörder. Jeder Mörder hat ein Motiv, so niedrig es auch ist:

Haß, Eifersucht, Habgier. Sie haben ihre Opfer wahrscheinlich nicht einmal gehaßt, waren keine Täter, sondern haben nur eine Tätigkeit ausgeübt. Sie vermaßen Köpfe, nahmen Blut ab, füllten fein säuberlich Tabellen und Formblätter aus, schrieben Gutachten, die letztlich Todesurteile waren.

Diese furchtbaren »Wissenschaftler« waren von einer Durchschnittlichkeit, die das Grausige ihrer Tat erst bemerkenswert macht, keine Teufel in Menschengestalt, sondern – im Falle Eva Justins – eine schöne, junge, rötlich-blonde Frau, mit schmalem Gesicht und halblangem Haar. Ich sehe sie noch vor mir im Schloßhof von Tübingen, mit ihrer Aktentasche in die Institute gehend. Im Sonnenlicht lief sie bis zum letzten Treppenturm und verschwand in einer Tür. Gab sie mir die Hand, wirkte sie freundlich und nett in ihrem Sommerkleid, bunt und weiß abgesetzt, den Blick freigebend auf ihre schönen Beine und ihre Sommerschuhe mit halbhohen Hacken. Nahm sie mich bei der Hand, ging etwas Gutes von ihr aus, so empfand ich es jedenfalls – da war sie, jene Banalität des Bösen, die wohl das Beunruhigendste an der ganzen Nazi-Barbarei ist. Daß es keiner Affekte und krimineller Energien bedarf, sondern lediglich beflissener Dienstwilligkeit, Gehorsams, Pflichtbewußtseins und der technischen Kapazität zur Verwirklichung des Massenmordes, das kann einem heute noch angst machen.

Nach Kriegsende stritt Ritter jede Mitverantwortung am Völkermord von Roma und Sinti ab, und wie so viele andere fand er nachsichtige Richter. Die Anklage gegen Ritter wurde 1950 vom Landgericht Frankfurt am Main fallengelassen. Die höhere Gerechtigkeit wollte es, daß Ritter ein Jahr später, mit fünfzig Jahren, starb, inzwischen in der Adenauer-Republik zum Regierungsrat befördert. Wer weiß, welche Karriere ihm beschieden gewesen wäre, hätte er noch zwei Jahrzehnte gelebt?

Drei Wochen verbrachte ich in der geschlossenen Abteilung der Universitätsklinik. Dort wimmelte es von Geisteskranken. Vielfach ältere Menschen, die in Umnachtung gefallen waren durch die grauenvolle Bombardierung oder weil sie alle Angehörigen im Krieg verloren hatten. Ich teilte das Zimmer mit einem Soldaten, dessen Gehirn von einer fortgeschrittenen Syphilis angegriffen war. Völlig debil, hielt er mich für eine französische Nutte und sprang mit mir um die Betten. Ich zog die Notglocke.

Einige Tage später war er verschwunden, und als ich einen Pfleger fragte, wo er geblieben sei, bekam ich im breitesten Schwäbisch zu hören: »Mariaberch, Kreis Reutlingen, da kommt er halt hiin, kriegter a Spritz, is er hiin.« Diese württembergische Heilanstalt, in die sich Robert Ritter und Eva Justin kurz vor dem Zusammenbruch des Dritten Reiches absetzten, diente auch als »Euthanasiestation«. Ich fürchtete, nach Mariaberg gebracht zu werden, untersuchte man mich doch auf meinen Geisteszustand und punktierte mein Rückenmark.

Ich erinnere mich, daß Ritter mich fragte, ob ich schon mal Geschlechtsverkehr gehabt hätte. Ich schaute ihn verwundert an: Geschlechtsverkehr? Dieses Wort hatte ich noch nie gehört. Ja, ob ich denn nicht wisse, wie das sei zwischen Mann und Frau? Er suchte es mir, medizinisch verquast, zu erklären – »das männliche Glied ist der Verbindungsschlauch zur Frau«, das sei wie bei den Hühnern –, aber das interessierte mich nicht. Ich verspürte eher eine Abneigung gegen seine detaillierten Ausführungen. Sicher lag das auch daran, daß Sexualität bei uns zu Hause mit einem Tabu belegt war.

Wenn die Menschen hungrig oder durstig sind, sagen sie es, wenn sie geil sind, sagen sie es nicht. Obwohl es doch zum Leben gehört und man es nicht negieren kann. Als Kind wurde mir immer alles miesgemacht – das ist pfui, das darfst du nicht und so weiter. Ich weiß noch, wie ich einmal auf der Toilette wichste, vergessen hatte, die Tür zu verriegeln, das Dienstmädchen reinkam und entrüstet fragte: »Lothar, was machst du denn da?« Im Grunde genommen war die Frage überflüssig, denn es war sehr eindeutig, was ich »da« machte. Ein schlechtes Gewissen wegen nichts und wieder nichts machte die unsinnige Fragerei noch dazu.

Aber ich hatte ja auch andere Reaktionen kennengelernt, die meiner Tante etwa, als sie mich mit dem Stallburschen »in flagranti« überraschte. Was soll auch das ganze Moralisieren, was ist schließlich der Mensch? »Das höchstentwickelte Tier, ein Zweifüßler, weiter nichts«, pflegte meine Mutter zu sagen.

Ich verspürte keine Neigung, Robert Ritter von alledem zu erzählen, sondern wehrte Fragen nach meiner Sexualität ab.

Im Juni 1944 holte mich Kriminalrat Unger wieder aus Tübingen ab und fuhr mit mir zurück in die Jugendstrafanstalt Tegel. Ernst Unger nahm mich bei der Hand wie mein Großonkel früher. Das Schicksal hatte mir einen väterlichen Freund gesandt, wenn auch nur für kurze Zeit. Als wir uns in den Tegeler Anstaltsmauern verabschiedeten, wußte ich, wieviel ich ihm zu verdanken hatte.

Im Januar 1945 sollte mein Prozeß stattfinden. Meine Mutter hatte einen Verteidiger engagiert. Als sie mich das erste Mal nach meiner Tat besuchte, sprachen wir beide kaum – wir schauten uns nur in die Augen und fühlten beide dasselbe: daß wir von einem Alptraum befreit waren.

Das Gefängnis, im vorigen Jahrhundert in Kreuzform gebaut, besaß vier Flügel, in deren Mitte sich die Zentrale befand. Ich saß in Zelle 75 ein, die hell und sauber war und den Blick nach Süden freigab. Eines Tages wurde ich verlegt ins Parterre in Zelle 13 – und bekam einen Riesenschreck:

nicht weil ich abergläubisch, sondern weil das Innere der Zelle total verkommen und verdreckt war. Ich erbat mir vom Kalfaktor Eimer und Schrubber, ging ans Sauberscheuern und putzte die blinden Fenster. Nun hatte ich zwar ein propperes, kleines, gewölbtes Kämmerchen, aber diese Seite ging nach Norden, so daß kein Sonnenstrahl hereinfiel. Dies sollte ich indes nur wenige Tage bedauern, denn auf den Südhof fiel eine Bombe, Splitter flogen umher, und der Junge, der in Zelle 75 verlegt worden war, wurde tödlich am Kopf verletzt.

Die Tage, Wochen und Monate gingen eintönig dahin, und ich war um meine Mutter besorgt. Ich wußte kaum, wie es ihr ging. Briefe schreiben war nur selten erlaubt, überdies wurden sie zensiert. Ich überlegte hin und her, ob es wohl einen anderen Weg gegeben hätte, meine Mutter, meine Geschwister und mich vor meinem Vater zu retten, doch ich kam zu dem Schluß, daß ich das Richtige getan hatte, und so hoffte ich auf gerechte Richter. Wenige Tage vor der Verhandlung erschien ein Wehrmachtswerber, der mich – das Recht außer Kraft setzend und damit offenbarend, wie es um diesen Staat bestellt war – bei sofortiger Freilassung für die Wehrmacht anheuern wollte. Der Anstaltspfarrer Dr. Poelchau, ein mutiger, aufrechter Mann, sah das Formular anläßlich eines Besuches auf meinem Tisch liegen und warnte: »Bloß nichts unterschreiben, das ist ein Himmelfahrtskommando.« Das hätte er nicht zu sagen brauchen, ich hätte es sowieso nicht unterzeichnet.

Endlich, an einem verschneiten trüben Januartag des Jahres 1945, wurde meine Verhandlung vor dem Jugendgericht in Moabit eröffnet. Ihr Ablauf ist mir nur noch nebelhaft in Erinnerung – ich war einfach zu aufgeregt. Nachdem meine Mutter als Zeugin ihre Aussage gemacht hatte, resümierte der Vorsitzende Richter, ein alter, verständnisvoll wirkender Mann: »So ein furchtbares Eheleben, wie Sie es bei Ihrem Mann zu erdulden hatten, ist mir in meinen vielen Dienstjahren noch nicht begegnet. Ihr Junge tut mir aufrichtig leid.« Nach etlichen Verhandlungstagen, die Presse war ausgeschlossen, ging der Prozeß seinem Ende entgegen. Das Gericht hielt mir vor, daß ich doch vor meinem Vater hätte fliehen können, anstatt ihn zu erschlagen. Die richterliche Einlassung, ich hätte aus dem Fenster des im Hochparterre liegenden Zimmers springen können, setzte mich damals – und auch heute noch – in Erstaunen. Ja, wo sollte ich denn hinfliehen im vom Krieg zerstörten Deutschland, das überdies niemand so einfach verlassen konnte?

Mein Anwalt hatte Freispruch beantragt, das Gericht jedoch verurteilte mich zu vier Jahren Jugendgefängnis. Die Zeit der Untersuchungshaft wurde angerechnet und meiner Mutter anheimgestellt, nach einem halben Jahr ein Gnadengesuch einzureichen. Doch alles kam ganz anders.

Im Februar und im März wurden die Luftangriffe auf Berlin immer heftiger. Auch an meinem siebzehnten Geburtstag luden die alliierten Bomber wieder ihre Last über der Stadt ab. Die Tiefflieger flogen über die Anstaltsdächer, im Gefängnis herrschte bereits Endzeitstimmung. Wollte man vom Gefängnisgebäude in den Hof gehen, mußte man erst durch ein Meer von Glasscherben staksen, die ehemals die Fenster des Gefängnisses gebildet hatten. Am 22. April marschierte die Rote Armee auf Tegel, und aufgeregt schnatternd hechelten die Aufseher über die Gänge. Alle Insassen sollten nach Plötzensee in die dortige Haftanstalt verlegt werden, aber einer der Transporte war unterwegs von Bomben getroffen worden.

Die Russen standen schon in Tegel, eine weitere fahrbereite Grüne Minna gab es nicht mehr. Der Aufseher brachte mich in die Zentrale. Dort saß auf seinem Platz hinter der großen Glocke, wie ein Kapitän auf seinem sinkenden Schiff, der Anstaltsleiter und telephonierte, während wenige Meter über dem Dach die Tiefflieger hinwegheulten, so daß wir den

Luftzug förmlich spürten. Fünf, sechs Jungen lehnten mit mir an der Wand und warteten. Der Anstaltsleiter, meine Karteikarte in der Hand, sagte mit wegwerfender Handbewegung zu seinem Hauptwachtmeister: »Gute Führung. Entlassen.« In einem Nu verschwand er im Gang.

Eine halbe Stunde später stand ich vor dem Gefängnis auf der Straße und wunderte mich über die vielen Menschen, die, mit Handwagen voller Gepäck, Kinderwagen mit Federbetten und schreienden Kleinkindern auf dem Arm, in Richtung Stadtmitte zogen. Ich fragte eine Frau, wie ich zum Bahnhof Tegel käme. »Wat willste denn da?« kam es entgeistert zurück. »Ich will mit der S-Bahn nach Mahlsdorf fahren.« Schallendes Gelächter: »Nach Bahnhof Tegel? Da ist doch längst der Iwan, wat glaubse denn, warum wir flüchten?« Also, wie alle anderen, zu Fuß weiter. Auf der Müllerstraße im Wedding stürzten schon wieder Tiefflieger heran. Ich flüchtete in ein Haus, in dessen Keller ich Menschen vermutete, stieg die Treppe hinab, sah aber, als ich durch die Verschläge spähte, nur Gerümpel und – den wunderschönen Muschelaufsatz eines Kleiderschrankes. Noch komplett mit Kugeln an den Seiten, wahrscheinlich aus den neunziger Jahren. Mein Gott, ist das ein schöner Aufsatz, den müßte man retten, wahrscheinlich wird das Haus zerstört und der Muschelaufsatz mit, dachte ich. Draußen fauchten Bomben, das Haus dröhnte, der Beschuß wurde stärker – ich gebe zu, daß es eigentlich völlig absurd ist, in einer solchen Situation einen Muschelaufsatz zu bedauern, aber so bin ich nun mal. Mein Bestreben, zu bewahren, ist stärker als alles andere.

Ich verließ den Keller, als es sich draußen etwas beruhigt hatte. Kurz danach nahten erneut Tiefflieger, und ich stolperte in den U-Bahn-Eingang Seestraße. Unten leuchteten die roten Schlußlichter eines Zuges, neben dem letzten Wagen stand der Zugabfertiger. Die Fahrkartenverkäuferin rief mir schon zu: »Lauf schnell, es ist der letzte Zug über Stadtmitte. Danach fährt nichts mehr.« Die U-Bahn schien nur auf mich gewartet zu haben, denn kaum war ich eingestiegen, fuhr sie ab. Mutterseelenallein saß ich in diesem Zug. Er hielt an jeder Station, aber niemand stieg mehr ein. Die Wagen waren sauber, hatten noch Glasscheiben, und die Messingsäulen und -stangen blitzten wie Gold. Die Szenerie mutete gespenstisch an, und ich wußte nicht mal, wo aussteigen. So fuhr ich über Friedrichstraße und Französische Straße bis Stadtmitte, verließ den Wagen – um den Zug zu nehmen, der gerade auf dem gegenüberliegenden Gleis einfuhr und mich zurück zum Bahnhof Französische Straße beförderte. Dort kannte ich mich am besten aus, hatte ich mir inzwischen überlegt. Der Bahnhofsvorsteher löschte hinter mir die Lichter, als ich den U-Bahnhof verließ – auch diese Bahn war die letzte gewesen.

Oben angekommen, blieb ich entsetzt stehen: Nur noch Ruinen oder qualmende Trümmerhaufen kündeten von den ehemals schönen Häusern. Am Eckhaus Friedrichstraße hingen noch die Reklameschilder der Firma Loeser & Wolff. Ich rannte, so schnell ich konnte, die Französische Straße entlang in Richtung Kurstraße. Dort geriet ich unter Beschuß und flüchtete in die große, unverschlossene Eingangstür des Reichsbankgebäudes. Statt Schutz erwartete mich in der Vorhalle der nächste Schrecken: Eine Handvoll SS-Männer hatte sich dort versammelt, und kaum hatten sie mich bemerkt, legten sie ihre Karabiner auf mich an. »Halt, stehenbleiben, oder wir schießen!« befahl einer. Völlig verdattert machte ich einen Knicks und sagte: »Entschuldigen Sie bitte, ich wollte nur vor dem Beschuß Zuflucht suchen und gehe sofort wieder.« Ohne eine Antwort abzuwarten, machte ich mich blitzschnell aus dem Staube und kam, an Häuser- und

Ruinenwänden Schutz suchend, bis in die Nähe des Stadtschloßes. Ein Trupp Soldaten marschierte über den Platz, als der Kriegslärm zu einem Inferno einschlagender Granaten anschwoll. Ich sprang in einen geschützten Türbogen. In meiner unmittelbaren Nähe schlugen Splitterbomben ein. In der linken Ecke kauernd – die schwere Pforte hatte ich in der kurzen Zeit nicht öffnen können –, hörte ich die Schreie der Sterbenden. Dann war alles still. Eben hatte ich die Soldaten noch im Gleichschritt gehen sehen, mit Tornistern, Brotbeuteln und Feldflaschen, jetzt lagen sie tot und zerfetzt auf dem Platz. Ihr Anblick war so entsetzlich, daß ich einer Ohnmacht nahe war.

Ich raste Richtung Königstraße, wo mich erneut Granaten empfingen. Völlig verzweifelt stürzte ich in den Eingang einer Antiquitätenhandlung an der Ecke Burgstraße, deren kaputte Ladentür halb offen stand. Das Geschäft war durch die Druckwellen der Bomben verwüstet, Möbelstücke umgestürzt, und von der Decke hingen Rohrputz und Stroh herunter. In diesem Bild trauriger Zerstörung stand ein alter Mann von etwa siebzig Jahren neben einer hohen Barockstanduhr und starrte mich mit entsetzensgeweiteten Augen an. Er schien auf die nächste Bombe oder Granate und den damit verbundenen Tod nur zu warten. Das war kein Händler, kein Trödler um des Broterwerbs willen, das war ein Idealist und ein echter Herr: eine Erscheinung aus dem neunzehnten Jahrhundert, voller Würde und Noblesse, er hätte ein Rittergutsbesitzer sein können oder ein Offizier alter preußischer Schule. Kerzengerade wachte er neben seiner Standuhr. Groß, schlank, weißhaarig, der schwarze Anzug, den er sicher früher schon trug, als er noch im Laden bediente, voller Kalk. Seine Gesichtszüge waren zur Maske erstarrt, dennoch erahnte ich den gutherzigen, gebildeten Aristokraten in ihm.

Er sah mich und sah mich nicht, starrte durch mich hindurch. Die Fenster des Ladens waren zerstört, der Brandgeruch wehte von den gegenüber in Flammen stehenden Häusern herüber. Aber das schien ihn nicht zu kümmern. Er hätte in den Keller gehen können, aber nein, er harrte in seinem Laden aus, das war sein Geschäft. Ich fühlte mich als Eindringling in seinem Reich.

Anfangs hatte ich ihn gar nicht bemerkt, war auf die Uhr zugegangen, die ich so schön fand. Da erst nahm ich ihn wahr, regungslos, links neben der Uhr, als wäre er schon in anderen geistigen Sphären. Ich entschuldigte mich, daß ich so in sein Geschäft gestürzt war. Aber er antwortete nicht, und mir schien, das Grauen hätte ihn um den Verstand gebracht. Nach Kriegsende war dieses Haus völlig zerstört. Was mag aus dem alten Herrn geworden sein? Immer denke ich an ihn, wenn ich an dieser Ecke entlanggehe, wo heute Brachland ist.

Ich lief, nachdem ich mich mit einem Knicks verabschiedet hatte, Richtung Jannowitzbrücke. Das Maschinengewehrfeuer war inzwischen verstummt. So als hätte man mich als letzten rüberlassen wollen, setzten die Schüsse wieder ein, kaum daß ich die Brücke überquert hatte. Gerade erreichte ich die Ecke zur Köpenicker Straße, als unter furchtbarem Krachen die stählernen Bögen der Brücke einknickten wie gekochte Spaghetti, in die Tiefe stürzten und in der Spree versanken.

Ich wollte zu den Biers, aber der Trödelkeller war abgeschlossen, zu dumm, und ich lief gleich weiter in die Melchiorstraße, wo das Ehepaar wohnte. Frau Bier öffnete und beide drückten mir lange die Hände: Ich war zu lieben Menschen heimgekehrt und fühlte mich beschützt, obwohl um uns der Krieg wütete. Biers bereiteten mir am Abend im Wohnzimmer auf dem Sofa ein Nachtlager, ich schlief im Mantel, denn die Fensterscheiben waren längst zerstört, und nachts wurde es kühl. Sie ruhten auf dem Küchenboden.

Am nächsten Morgen weckte mich der Kriegslärm. Wir

frühstückten trockenes Brot mit Wasser. Das war die erste und letzte Nacht in diesem Wohnzimmer: Hinter der Holzwand war eine Hälfte des Hauses weggebombt, und wenn die Druckwelle der Bomben heranrollte, schwankte die Holzwand gefährlich. Ich hätte aus dem zweiten Stock hinunterstürzen können. Deshalb händigten mir Biers den Schlüssel zu ihrem Laden in der Köpenicker Straße aus. Ich mußte irgendwo untertauchen, im »Volkssturm« kämpften Kinder neben Greisen, und ich verspürte nicht die geringste Neigung, eine Waffe in die Hand zu nehmen. Nach Mahlsdorf flüchten konnte ich nicht. Dort hätten sie mich an der nächsten Ecke weggefangen und an die Wand gestellt. Andererseits konnte ich nicht wochenlang im Trödelkeller hocken, ich hatte kaum noch etwas zu essen. Als ich das erste Mal meinen Keller verließ und mich auf die Straßen des im Endkampf zuckenden Berlins begab, wäre mir das fast zum Verhängnis geworden.

»Raum 6 – 34 Personen« stand auf der Wand des Luftschutzkellers in der Schule an der Manteuffelstraße 7 in Berlin SO 36. Dorthin flüchtete ich mich, als der Beschuß wieder einmal übermäßig stark geworden war. Was ich nicht wußte, war, daß Ende April 1945 die Feldpolizei, die sogenannten Kettenhunde, und SS-Streifen Jagd machten auf unbewaffnete alte Männer und junge Burschen, und zwar bevorzugt in öffentlichen Luftschutzkellern.

Auf mitgebrachten Hockern, Stühlen oder Bänken saßen dort Kinder, Frauen und Greise, zwischen sich ein Köfferchen oder einen Rucksack mit den letzten Habseligkeiten. Mit einem halben Brot, eingewickelt in ein Handtuch, und einer alten Weckeruhr mit Glocke im Arm hatte ich einen Platz neben einigen älteren Frauen bekommen, die unverblümt ihre Meinung äußerten: Na, wie lange wollen die Verbrecher noch machen? Lieber ein Ende mit Schrecken als ein Schrecken ohne Ende. Wenn doch bloß die Russen schon hier wären, daß der Spuk endlich ein Ende hätte! Eine andere Frau wollte Näheres erfahren haben: »Treptow soll in russischer Hand sein, und am Schlesischen Tor wird gekämpft. Am Schlesischen Bahnhof sind sie auch schon – was ist eigentlich mit der Schillingbrücke? Die Brommybrücke soll im Wasser liegen, und das Proviantamt in der Köpenicker Straße steht unter Beschuß.« Niemand jedoch wußte Genaueres.

Von draußen drang der Kanonen- und Bombendonner herein, plötzlich schwieg jeder still: Am Anfang des Ganges begann die Razzia auf wehrfähige Männer jeden Alters. Biers hatten mir berichtet, daß vor einigen Tagen alte Männer abgeführt und in der Manteuffelstraße erschossen oder aufgehängt worden waren – mit einem Pappschild um den Hals: »Ich bin zu feige, das Vaterland zu verteidigen.« Plötzlich bauten sich die Kettenhunde vor mir auf, rissen mich von meinem Stuhl und brüllten: »Warum trägst du keine Waffe?« Ich stammelte nur: »Was soll ich denn damit?« Das war natürlich das Verkehrteste, was ich sagen konnte.

Sie stießen mich den Gang entlang, zum hinteren Ausgang und auf den nahegelegenen Schulhof, der von Brandgeruch und Rauchschwaden erfüllt war. Einer der vier, die ihre Waffen auf mich gerichtet hatten, bellte: »Bei Fluchtversuch wird geschossen!« Sie trieben mich auf die halb eingestürzte Mauer zu, die den Schulhof vom dritten Hinterhof in der Köpenicker Straße 152 abtrennte. Dort befand sich die Likörfabrik Kirchner. Plötzlich fiel auf jener Seite ein Schuß, ein Frauenschrei gellte und verstummte abrupt. Über Mauertrümmer im Fabrikhof angelangt, erblickte ich eine am Boden liegende junge Frau, Blut sickerte aus ihrer Bluse. Ein Mann in Zivil zog ihr gerade den Rock über die Knie, einige Meter entfernt hantierte der Henker, ein SS-Mann, an seiner Waffe. Neben der toten Frau lagen einige Flaschen, die ihren Händen wohl entglitten waren. Eine war zerschlagen, und Rotwein lief an ihren Füßen vorbei auf den Trümmerschutt zu.

Die Frau hatte sich, wie so viele andere, aus dem Keller der Firma Kirchner, wo Rotwein lagerte, einige Flaschen genommen, um sie gegen Brot einzutauschen – dies reichte für den SS-Mann, sie wegen »Plünderung« zu erschießen.

In den letzten Kriegstagen sah ich so viele Tote, aber diese junge Frau hat mich am meisten erschüttert – gemordet wegen ein paar Flaschen Wein. Entsetzen und Mitleid im Herzen und das Gefühl, nicht helfen zu können, ließen mich, ein paar Sekunden vielleicht, innehalten. Der SS-Mann hatte meine Bewacher etwas gefragt, das ich vor Aufregung nicht verstand, und einer von ihnen antwortete barsch: »Das Früchtchen ohne Waffe ist unser, das machen wir gleich im nächsten Hof ab.« Wollte er auch mich erschießen? Ich erhielt einen Tritt ins Hinterteil, verlor beinahe das Gleichgewicht und wäre auf die Flaschen neben der Toten gefallen, hätten die beiden hinter mir stehenden Kerle mich nicht an den Armen gepackt. Sie schubsten mich durch die Tordurchfahrt des Fabrikgebäudes bis in den nächsten Hof.

»Den Beutel weglegen!« befahlen sie. Ich aber hielt alles krampfhaft fest, besonders die Uhr – wenn schon, dann wollte ich mit ihr zusammen sterben. Außerdem war es kein Beutel, es war ein Handtuch. Hätten sie gesagt: »Das Handtuch weglegen!«, wer weiß, vielleicht hätte ich es getan. Aber meinen schönen Wecker und meinen letzten Kanten Brot, alles eingewickelt in das saubere weiße Tuch, in den Schutt legen? Das widerstrebte mir, ordentliche Hausfrau, die ich damals schon war. Und als die Stimme erneut bedrohlich anhob: »Beutel weglegen! Das ist ein Befehl!«, da war mir alles Wurscht, und ich dachte: Nun erst recht nicht.

Ich schaute zu Boden, weil ich nicht in die Gewehrläufe blicken wollte, und hatte den Gedanken an Rettung schon fast aufgegeben, als ich, wie aus dem Nichts aufgetaucht, plötzlich ein Paar Stiefel und Wehrmachtshosen mit Biesen vor mir sah. Mein Blick glitt langsam höher, ich bemerkte den Pleitegeier mit dem Hakenkreuz an der Brust, und – meine Angst ließ nach, als ich das Gesicht sah.

Gütige, müde Augen blickten mir aus einer kummerzerfurchten Miene entgegen. In dem grauhaarigen Mann sah ich nicht den Uniformierten, sondern den Menschen. Resolut und stark – trotz aller Sorgenfalten – erschien er mir wie jemand, der sagt: Ich mache, was ich will. Der hatte Gefühl und Bildung, das war kein grobschlächtiger Mensch. Ganz im Gegensatz zu den vier SS-Häschern, die sich mit Gewehr im Anschlag ein paar Meter entfernt aufgepflanzt hatten. Sachte drückte der Offizier meine Schultern gegen die Wand. Nachdem er mich gemustert hatte, fragte er: »Sach mal, bisten Junge odern Mädchen?«

Meine Haare hatten lange keinen Friseur mehr gesehen, ich trug Spangenschuhe zu meinen Kniestrümpfen, kurze Hosen und darüber einen taillierten Damenmantel, den mir meine Trödlersleute geschenkt hatten. Da ich quasi zum Tode verurteilt war, dachte ich: Na ja, was soll's, als Junge ist man tot, wenn man erschossen wird, als Mädchen auch. Ich antwortete: »Ein Junge.«

Danach begann ein regelrechter Disput zwischen dem Offizier und meinen Peinigern, die sich offensichtlich ihre Beute von niemandem streitig machen lassen wollten. Der Offizier fragte nach meinem Alter, und ich antwortete: »Sechzehn.« Daß ich seit dem 18. März siebzehn war, hatte ich völlig vergessen. Dies rettete mir das Leben. Denn der Offizier drehte sich abrupt um, stampfte erregt auf und schrie die Streife an: »Wat, soweit sind wir noch nich, daß wir schon de Schulkinder erschießen, Schweinerei, verdammte!«

Plötzlich das Knattern von Flugzeugmotoren, das pfeifende Fallen der Bomben, im anderen Hof ein gebrülltes »Fliegerdeckung!«, aber es war zu spät: Eine Detonation folgte der anderen, die Hilferufe und das Stöhnen der Sterbenden drangen herüber, Staub und Qualmwolken waberten durch die Tordurchfahrt. Die beiden Kettenhunde und die SS-Banditen verschwanden im Dunst, der Offizier half mir hoch, und ich lehnte halb betäubt an der Wand. Er aber sprach mir gut zu, ich solle schnell vorlaufen und mich in einem Keller verstecken, nur nicht in einem öffentlichen Luftschutzkeller. »Die Iwans stehen schon in Treptow, noch drei, vier Tage, dann sind sie am Schlesischen Tor.« Sein beruhigendes Zureden wurde unterbrochen von fürchterlichen Explosionen, das Fabrikgebäude bekam einen Volltreffer ab. Das Dachgesims mitsamt dem obersten Stockwerk löste sich im Zeitlupentempo in einzelne Steintrümmer auf und stürzte auf den Hof. Der Offizier hatte noch »Weg!« geschrien, war einen Moment später verschwunden, und ich, keine Sekunde zu früh, sprang durch die Tordurchfahrt und war wieder allein. Was wäre wohl aus mir geworden ohne diesen Offizier, der doch bestimmt genug mit sich selbst zu tun hatte, anstatt mir beizustehen, wo es doch auf ein Menschenleben mehr oder weniger gar nicht ankam?

Nachdem der Staub sich verzogen hatte, hastete ich durch die Höfe zum Vorderhaus. Welch ein Kontrast: Die Scheiben zwar alle kaputt – die Druckwellen hatten selbst die Pappen aus den Fensterrahmen geschleudert –, aber die Häuser standen noch, und in den Bäumen auf dem Hof, die schon das erste zarte Frühlingsgrün trugen, zwitscherten die Spatzen, als gäbe es Krieg, Tod und Verderben nicht. Draußen aber, auf der Köpenicker Straße, sah es schlimm aus. Die gegenüberliegenden Häuser nur noch rauchende Trümmer, die ganze Straße mit ihnen übersät. Die Oberleitung der Straßenbahn lag, teilweise zerrissen, wie Spinnweben auf dem Damm.

Die Schillingbrücke zum Schlesischen Bahnhof lag unter Maschinengewehrfeuer. Über Trümmer rannte ich so schnell es irgend ging zu meiner Behausung in der Köpenicker Straße 148, in den Bierschen Trödelkeller. Aber wie sah es hier aus! Die Holzplanken, mit denen ich die Schaufenster sorgfältig geschützt hatte, waren herausgeflogen. Flugs nagelte ich alles mit den zum Teil zersplitterten Brettern wieder zu. Währenddessen brannte das Eisenwaren-Geschäft gegenüber vollkommen aus, die Gluthitze krocht über die Straße. Ich eilte zur Wohnung der Biers in die Melchiorstraße, um alles zu berichten. Als ich geendet hatte, stieß Max Bier hervor: »Jetzt werden die Nazis von ihren Verbrechen eingeholt, aber wir werden mit in den Abgrund gerissen.« Wir hatten kaum noch zu essen und zu trinken.

Mit den letzten ergatterten Brotmarken reihte ich mich beim Bäcker in der Melchiorstraße in eine lange Schlange ein. Eine Straßenecke weiter fielen Bomben. Plötzlich erschien weinend die Bäckermeisterin in der Tür. Die Backstube hatte einen Volltreffer abbekommen, Bäckermeister und Geselle waren sofort tot. Wir sahen uns alle nur an, niemand sprach ein Wort. Dann schnarrten die Rolläden herunter: Eine Bäckerei existierte nicht mehr.

Ständig sprachen mich größere Hitlerjungen auf eine Waffe an, und da es, wie ich am eigenen Leib erfahren hatte, in den letzten Tagen der Nazi-Barbarei immer gefährlicher wurde, ohne Waffe durch das zerfallende Berlin zu irren, beschloß ich, mir im Polizeirevier in der Wrangelstraße 20 eine zu besorgen. Ich hätte natürlich nicht einen einzigen Schuß abgegeben, es sei denn auf die SS oder einen Nazi. Auch in der Wrangelstraße plünderten die halbverhungerten Berliner die Geschäfte, deren Fenster entglast und deren Verbretterungen als Brennholz längst weggetragen waren. Hungrig stieg ich durch das Schaufenster eines Lebensmittelgeschäftes, in dem es von Menschen wimmelte. Hoffend, vielleicht noch ein paar Knäckebrotscheiben zu finden, stolperte ich über herausgerissene Kästen: Mehl und Erbsen lagen, verdorben, auf dem Fußboden. Nichts, was ich hätte essen können.

Im Polizeirevier hing die Eingangstür halb offen und schief

in den Angeln. Im ersten Stock klopfte ich an eine Tür, niemand antwortete. Ich trat ein, und am Tisch saß ein Mann, wohl der Revierleiter, vor sich einen Revolver. Auf die Frage nach einer Waffe deutete er wie geistesabwesend auf das nächste Zimmer. Mir war unheimlich zumute. Die Tür dieses Raums stand weit offen, Glassplitter übersäten Boden und Möbel. Alles befand sich in Auflösung – irgendwie beruhigte mich das.

Aus dem letzten Zimmer drangen Stimmen, die Tür war verschlossen, ich klopfte an. Ohne das »Herein« abzuwarten, betrat ich den Raum. Hier fläzten sich fünf Polizisten, einer prostete mir zu und setzte eine Flasche Schnaps an seinen Mund. Alle, bis auf einen, schienen angeheitert zu sein, zwei Flaschen kreisten. Auf meine Frage nach einer Waffe erscholl tosendes Gelächter: »Mädchen, du bist gut, aber zieh dir erst mal eine Uniform an, haha, letztes BDM-Aufgebot.« Einer murmelte etwas von »heroisch«, und ich fragte mich, ob alle schon verrückt seien. Der Nüchterne musterte mich vom Kopf bis zu den Waden, und die Sache begann mir peinvoll zu werden. Er deutete mit der Hand in eine Ecke hinter dem Mannschaftsspind: »Da stehen die Waffen, alle von 1914, aber Munition ist keine mehr da. Du kannst dir eine nehmen und so tun als ob, aber raten tu ich's dir nicht, es ist sowieso schon alles aus.« Das erleichterte mich, ich mußte lachen. Und prompt hieß es: »Mädchen, du bist aber drollig, bleib nochn bißchen bei uns, da wirds lustig, und hier hast du polizeilichen Schutz.« Der am meisten Angesäuselte schwankte auf mich zu, faßte mich um die Taille und gab mir einen Kuß. Der Fuselgeruch, die Uniform, das unter den hundert Meter weiter einschlagenden Geschossen erzitternde Haus – Weltuntergangsstimmung. Ohne Waffe verließ ich so schnell wie möglich das Zimmer, lief runter und raus aus dem Haus.

Zurück in der Köpenicker Straße – Chaos: Landser und

sogar SS-Männer poltern durch die kaputte Ladentür die Holztreppe herunter in den Trödelkeller. Alles will Uniform und Waffen loswerden, fragt nach Zivilklamotten. Ich aber schicke sie weiter, denn mir ist klar, daß es mich das Leben kosten kann, wenn die Russen kommen und Uniformen und Waffen bei mir finden. Im Vorderraum des Trödlerladens steht ein Denkmal, das jenem Unter den Linden detailgetreu nachgebildet ist – der »Alte Fritz« auf seinem Pferd scheint sich über das freiwillige »Entmilitarisieren« doch sehr zu wundern.

Einen Tag später stürzte eine mir unbekannte Frau aus der Nachbarschaft durch die kaputte Ladentür, fiel mir um den Hals und rief: »Sie sind da, der Krieg ist aus! Sie kommen die Köpenicker Straße lang, das Proviantamt ist besetzt, die Manteuffel- und die Wrangelstraße sind schon voller Russen, endlich sind wir frei!« Dann hastete sie davon und ließ mich völlig verdutzt stehen. Doch nach einigen Minuten begriff ich: Das so sehnlich Erwartete war endlich eingetroffen. Die Nazigreuelpropaganda, daß die Russen uns alle töten würden, glaubte ich nicht. Allerdings war meine Angst nicht ganz gewichen, am Engelufer sollte noch immer SS wüten.

Am Nachmittag des 26. April 1945 rasselten schwere russische Panzer Richtung Innenstadt, Fußtruppen folgten. Auch Pferdewagen bahnten sich mühsam den Weg durch die teilweise verschüttete Köpenicker Straße. Währenddessen rollten russische Soldaten in ihren erdfarbenen Uniformen Kabeltrommeln ab, und ich wunderte mich: Mein Gott, wollen die hier jetzt elektrischen Strom legen? Dann aber sah ich im Nebenhaus, wie einer der Soldaten ein Holzkästchen öffnete und horchte: Es waren Feldtelephone, die dort mit wahnsinniger Geschwindigkeit installiert wurden. Das Schießen verlagerte sich mehr und mehr in Richtung Jannowitzbrücke, und da ich neugierig war, stellte ich mich halb verdeckt in den Eingang des Trödlerladens. Immer mehr Soldaten zogen vorbei, manche riefen mir etwas zu und lachten. Ich verstand zwar nichts, lachte und winkte aber zurück. Als sich der Beschuß verstärkte, verzog ich mich nach hinten in die Küche. Ein sowjetischer Kommissar kam mitsamt Dolmetscher und einigen Soldaten zu mir in den Keller und bedeutete mir, die Kampfzone zu verlassen, denn die SS könne sich noch in der Nähe verborgen halten und alles niedermachen.

Inzwischen zogen draußen viele Menschen mit Kinder- und Handwagen vorbei, ihre letzten Besitztümer mühsam aus dem Inferno rettend, Richtung Treptow. Ich schloß mich der schweigenden Menge an. Hinter der Manteuffelstraße wurde der Beschuß so stark, daß ich in dem großen Hausflur des Proviantamtes Schutz suchte. Dort drängten sich russische Frauen, die von den Nazis als Zwangsarbeiterinnen verschleppt worden und nun frei waren.

Am Tag, nachdem ich den Trödelkeller verlassen hatte, steckten versprengte Nazis das Haus mit Flammenwerfern in Brand. Im Hochparterre wohnte eine junge Frau. Bei meinem letzten Besuch beschwor ich sie: Im Keller sei sie sicherer, und wärmer sei es auch. Doch sie mochte nicht umziehen, hatte Angst, das Haus könnte einstürzen und sie im Keller begraben. Wie sie am Fenster ihrer Wohnung stand, ihr Kind auf dem Arm und hinter sich ein verstaubter Mahagonisekretär – das ist ein Bild, das ich niemals vergessen werde. Was wohl aus ihr geworden ist?

Der in einer Kellerkammer von Max Bier und mir sorgsam gehütete Schatz wertvoller jüdischer und hebräischer Bücher verbrannte unter den Flammenwerfern der SS-Schergen. Um sie der Nachwelt zu erhalten, hatten wir über Jahre auf die Werke geachtet – ein schweres Verbrechen damals. Und da man immer Kontrollen oder Hausdurchsuchungen befürchten mußte, hatte ich eine Papptafel mit der Aufschrift »Altpapier« auf dem Bücherhaufen angebracht. Aber alle Mühe war vergebens, vor der Feuersbrunst konnte ich sie nicht schützen.

Auf dem Weg zum Hochbahnhof Schlesisches Tor versperrte ein beschädigter Straßenbahnwagen die Fahrbahn. Links von ihm hätte ich die Köpenicker Straße zwar passieren können, aber hier züngelten Flammen aus einem Haus. Ich schaute mich um – keiner weit und breit, ich war der letzte. Ich fürchtete, die Fassade könnte herabstürzen, aber wo sollte ich sonst durchkommen? Den Mantelkragen über meinen Kopf gezogen, rannte ich durch den Glutofen. Hinter dem Schlesischen Tor war die Treptower Chaussee, die heutige Puschkinallee, frei von Trümmern, und auf den Sockeln der Gitterzäune saßen Menschen. Wir hatten überlebt. In den Villen hinter den Zäunen waren die Stäbe der Roten Armee untergebracht. Es war ein eiliges Kommen und Gehen von Meldern, Offizieren und einfachen Soldaten. Auf dem Bürgersteig verteilten Rotarmisten dicke Kommißbrotscheiben, auch ich bekam eine. Das letzte Stück von meinem trockenen Kanten hatte ich längst verzehrt, in mein Tuch war nur noch der Wecker eingewickelt – ich konnte ihn zwar nicht verspeisen, wußte aber immer, wie spät es war. Ich setzte mich auf die Mauer, aß mein Kommißbrot und atmete durch.

Vor dem Bahnhof Treptow standen auf zwei Gleisen unzählige Straßenbahnwagen mit verpappten Fenstern. Als es dämmerte, wollte ich dort ein Plätzchen für die Nacht ergattern, ein völlig aussichtsloses Unterfangen: Alles war überfüllt, selbst auf den Trittbrettern hatten es sich obdachlose Berliner mehr oder minder bequem gemacht. So zog ich von dannen, auf der Suche nach Obdach, in Richtung Straßenbahnhof Treptow. Und tatsächlich: Auf dem menschenleeren Hof entdeckte ich einen Triebwagen, einen der guten alten aus der Zeit vor dem Ersten Weltkrieg, mit Laternendach und innen mit Mahagoniholz getäfelt. Ich zog an den Leinen, und die

Messingglocken tönten melodisch über den verwaisten Bahnhof. Ich rollte mich auf einem der Sitze ein und schlief den unbeschwerten Schlaf der Jugend – bis mich jemand am Arm berührte.

Ich erschrak, als ich in den Schein einer Taschenlampe blinzelte und die Waffen mehrerer Soldaten auf mich gerichtet sah. SS? Nein, es waren die mir inzwischen vertrauten erdfarbenen Uniformen. Was sie kauderwelschten, verstand ich zwar nicht, ahnte es aber und stand auf, um mich nach Waffen durchsuchen zu lassen. Mit gesenkten Gewehrläufen verließ das Kontrollkommando den Wagen. Munter geworden, räumte ich mein Nachtasyl.

Der Kriegslärm war verstummt, aber pausenlos rollten Lastwagen mit Soldaten und Nachschub in Richtung Stadt. Ein Soldat radelte, holprig und unsicher, an mir vorbei, warf sein Gefährt ein paar Meter weiter unzufrieden in den Staub und verschwand. Ich sah mir das Fahrrad genauer an. Nein, das würde er bestimmt nicht wieder holen wollen: Es hatte zwar zwei Räder, eine Lenkstange und einen Sattel, aber Reifen, Schutzbleche und Handbremse fehlten. Mit meinem Fund kehrte ich zurück zu meinem Straßenbahnwagen, um mich noch ein bißchen aufs Ohr zu legen. Um halb sechs war die Nacht endgültig zu Ende – Kanonendonner riß mich aus dem Schlaf. In der Nähe des Wagens drehte ich ein paar Proberunden mit meinem Fahrzeug, was recht gut ging. Eine Streife hielt mich an, musterte das Rad, ließ mich aber mit der Bemerkung »Nix gut« weitereiern. Aber wohin jetzt? Zurück zum Trödlerladen konnte ich nicht mehr, denn schon am Anfang der Schlesischen Straße war ein Schlagbaum errichtet; nur Militärfahrzeuge durften passieren. Ich machte kehrt, wackelte mit meinem Rad in Richtung Osten auf die Treptower Chaussee zu, denn ich wollte nach Hause, nach Mahlsdorf.

Zwischen Flüchtlingen und Nachschubtransporten der

Roten Armee radelte ich nach Köpenick. Vorbei an den Resten der jüdischen Synagoge, die 1938 zerstört worden war, dachte ich: Endlich hat dieses bestialische Verbrechersystem ein Ende.

Am Giebel des jüdischen Altenheims an der Mahlsdorfer Straße blühte über den Säulen wieder der Davidstern. 1942 hatten die Nazis die jüdischen Bewohner »abgeholt«, deportiert und vergast. Die HJ okkupierte das Haus, und kurz danach hingen Ölgemälde, die den alten Juden geraubt worden waren, auf den Korridoren und in den Dienstzimmern der Hitlerjugendführer. Den Davidstern verdeckte das HJ-Emblem.

In den fünfziger Jahren wurde das Eingangsportal des Altenheims eingerüstet, der Davidstern entfernt und durch ein Zementquadrat ersetzt. Daß an diesem Haus eine Gedenktafel angebracht werden muß und natürlich der Davidstern am Giebel, ist – noch zu DDR-Zeiten – dem Rat des Stadtbezirks nicht eingefallen. Der Abteilung Volksbildung des Bezirksamts bis heute übrigens auch nicht.

Als ich mich von der Schlesischen Brücke am Morgen des 27. April 1945 aufmachte, zeigten die Zeiger meines alten Weckers sechs Uhr. Um zwölf Uhr mittags schritt ich durch die Gartentür meines Geburtshauses in Mahlsdorf – frei von Fliegeralarm, Bomben und Granaten konnte nun ein neues Leben beginnen.

Das Haus war voll mit Ausgebombten und Flüchtlingen, in jedem Zimmer lebten mindestens vier Menschen, und die Wäscheleinen spannten sich strahlenförmig von den Kronleuchtern zu den Wänden. Ich zog in den Keller. Anfang Mai beschlagnahmte ein Trupp der Roten Armee das Haus, und binnen einer Stunde waren alle Bewohner – nur das Notwendigste durften sie mitnehmen – an die Luft gesetzt. Ich schlüpfte in der Nähe in einer Dachkammer unter. Nun hatte ich zwar eine trockene Bleibe, aber nichts zu essen. Das Leben retteten mir – die Besatzer.

Schnell bekam ich Kontakt zu den Soldaten in unserem Haus, durfte zunächst den Garten wieder betreten und mich später sogar mit meinen Möbeln, die unversehrt im Keller standen, in zwei kleinen Räumen im Stall häuslich einrichten. Ich hatte wieder »Stube und Küche«.

Obwohl draußen die Sonne schien, ließen die Russen tagsüber in sämtlichen Zimmern die Kronleuchter brennen; alle Radios waren auf Sender Moskau gestellt, und Väterchen Stalins Reden erschallten durchs Haus – die Sicherungen brannten durch. Ständig kamen die Offiziersburschen zu mir in den Stall gelaufen und gestikulierten wild mit den Händen: »Es arbeitet nicht, es arbeitet nicht!« Schwupp, sausten sie zurück ins Haus und ich hinterher. Die Sicherungen waren bald aufgebraucht, neue waren nirgendwo aufzutreiben, und so flickte ich mit dünnem Draht die alten.

»Es arbeitet nicht!« konnte aber auch etwas anderes heißen. Dann war das gußeiserne, innen emaillierte Trichtertoilettenbecken aus dem Jahre 1914 total verstopft und drohte überzulaufen. Gummisauger her, alles schnell behoben, der Bursche stand dabei und staunte nicht schlecht. Zum Dank lud er mich ins Eßzimmer ein, goß mir ein großes Wasserglas mit Wodka voll und prostete mir zu.

Ich trinke überhaupt keinen Alkohol, habe seinen Geruch immer schon als unangenehm und stechend empfunden, wollte den gutmütigen Offiziersburschen aber nicht beleidigen. Als er sich umdrehte, goß ich den Inhalt des Glases durch das offenstehende Fenster in den Vorgarten – die Blumen mögen mir verzeihen.

Das leere Glas sehend, strahlte er von einem Ohr bis zum anderen, bleckte seine weißen Zähne, goß es erneut randvoll und rief: »Trinken, trinken!« Sicher meinte er es gut, nur mir wäre es schlecht bekommen. Und so wartete ich den Moment ab, in dem er mir etwas zu essen in eine alte »Prawda« einrollte – Genosse Stalin blickte ernst vom Titelblatt –, und tränkte erneut die Blumen mit dem Wodka.

Anfangs war es mir verboten, den Keller allein zu betreten: Die Soldaten fürchteten wohl, ich könnte das Haus in die Luft sprengen. Aber als alle Vertrauen zu mir gefaßt hatten, durfte ich wieder in die weißgekalkten Räume einziehen. Ganz in meinem Element, richtete ich mir meine kleine »Wohnung« ein, putzte die Fenster und hängte Gardinchen auf.

In dieser Zeit lebte ich von Brennesselsuppe, unreifen Beeren und Wasser, und hätten mir die Soldaten für meine Hilfe nicht ab und an etwas zugesteckt, wäre ich glatt verhungert. Ich war froh, wenn etwas »nicht arbeitete«.

Anfangs hatten die sowjetischen Soldaten noch Plünderungsrecht, Häuser und Wohnungen durften nicht abgeschlossen werden, und sie holten sich, was sie brauchten. Frauen und Mädchen taten gut daran, sich zu verstecken, wollten sie Vergewaltigungen aus dem Wege gehen. Waren nachts Russen im Anmarsch, schlugen die Anwohner Kochtopfdeckel aneinander, um Alarm zu schlagen. Verbunden mit dem Ruf »Kommandant, Kommandant!« half das meist schon, und die Soldaten, oftmals betrunken, zogen weiter. Das metallische Geräusch verriet immer genau, in welcher Straße sich die Militärs gerade aufhielten. Ich will nichts beschönigen, es kam zu Exzessen russischer Soldaten, besonders Frauen und Mädchen gegenüber, aber letztlich hörte das alles sehr schnell auf, denn die drakonischen Strafen für Vergewaltigungen schreckten die meisten ab. Auch meine Mutter wurde von einem Rotarmisten bedrängt, ein Offizier zu Pferde ritt heran und wollte ihn auf der Stelle erschießen. Dank ihrer Fürbitte gelang es, den Offizier von seinem Vorhaben abzubringen, und der Soldat dankte meiner Mutter überschwänglich.

An einem sonnenheißen Tag im Juli 1945 waren sie zurückgekehrt, und wir lagen uns in den Armen: meine Mutter, meine Schwester, mein Bruder und ich. Was gab es nicht alles zu erzählen! Sie waren im Oktober 1944 mit dem letzten Zug aus Bischofsburg vor der herannahenden Roten Armee nach Kunersdorf im Erzgebirge evakuiert worden. Auf abenteuerlichen Wegen gelangten sie nach Kriegsende teils mit Güterzügen, teils mit Pferdefuhrwerken, teils zu Fuß bis nach Schöneweide. Dort stellten sie einen Teil des Gepäcks unter und machten sich mit einem kleinen Handwagen auf den Weg nach Mahlsdorf.

Einen Monat später traf unsere Hausbesatzung Abreisevorbereitungen. Besonders die roten Plüschdecken aus Kaisers Zeiten hatten es den Soldaten angetan. Die Rückenlehne des Offiziersautos dekorierten die Burschen mit der Decke aus dem Salon meines Großonkels, hinter die Seitenfenster hängten sie zurechtgeschnittene Gardinen, als sehnten sie sich nach ein bißchen Gemütlichkeit nach diesem schrecklichen Krieg. Auf dem Proviantlastwagen saß ein Bursche, zupfte die Saiten der Gitarre meiner Mutter, und mit alten Biergläsern voll Wodka prosteten sich die Soldaten zu. Melancholische Melodien singend und uns zuwinkend, fuhr die Kolonne von dannen in die Garnison nach Potsdam.

Der nächste Trupp ließ nicht lange auf sich warten. Ein deutschsprechender Offizier, mit dem ich mich gerne unterhielt, erklärte mir: »Hitler nicht gut, Stalin auch nicht gut.« Sowohl die braune wie die rote Diktatur bezeichnete er als »Gewaltherrschaft«.

Im Sommer 1945 hingen viele rote Fahnen an Häusern und Gartenzäunen. So manches Fahnentuch hatte in der Mitte einen dunklen runden Fleck – die neuen Mitläufer hatten die Hakenkreuze abgetrennt. Aber es gab auch überzeugte Kommunisten, die bereits in der Weimarer Republik die Nazis bekämpft hatten. Sie hofften jetzt auf eine bessere Zeit.

Bald konnten wir wieder alle Räume unseres Hauses benutzen, aber das Leben blieb schwer. Meine Mutter litt an Hungerödemen und wog nur noch achtzig Pfund, meine Geschwister weinten vor Hunger. Eines Tages nahm mich meine Mutter völlig verzweifelt in der Küche beiseite: »Die letzten Schmucksachen haben wir gegen Lebensmittel eingetauscht, wir sind nicht mal in der Lage, die Strom- und Gasrechnung zu bezahlen, und das Haus können wir nicht anknabbern. Ich weiß mir keinen Rat mehr. Es bleibt uns nichts anderes übrig, als den Gashahn aufzudrehen.« Ich mußte etwas unternehmen, schließlich war ich jetzt der Haupternährer der Familie.

Als die Straßenbahn wieder losbimmelte, fuhr ich in den Trödlerladen zu Biers, um zu arbeiten. Aber schon als sie durch die Köpenicker Straße quietschte, sah ich, daß das Haus mit dem Laden nur noch ein Trümmerhaufen war. Ich traf die traurige Frau Bier in ihrer Notwohnung, ihre Privatwohnung war ausgebombt. Zwei Wochen zuvor war ihr Mann Hungers gestorben. Wie oft denke ich an seine Worte, daß »auch wir zugrundegehen werden«.

Doch ich verzagte nicht. An die Bäume in Mahlsdorf heftete ich kleine Zettel und offerierte alte Schränke, Tische, Stühle, Bettstellen, Waschtoiletten, Trumeauspiegel, Wanduhren, Schallplatten, Grammophone und Küchengeräte, denn davon hatte ich genügend. Und tatsächlich: Die Leute kamen und kauften. Sie zahlten zwar nur wenig – ein Stuhl mit Lederbezug ging für fünf Mark weg, ein Vertikow für fünfundzwanzig, Trumeauspiegel und Bettstelle für fünfzig Mark –, aber schließlich besaß niemand viel Geld.

Die Idee war geboren, eine eigene Trödelhandlung zu eröffnen. Aber vor deren Verwirklichung hatten die Götter das Gewerbeamt gesetzt. Ich machte mich auf ins Rathaus Lichtenberg: mein erster Kontakt nach dem Krieg mit einer deutschen Behörde. Mein Antrag wurde abgelehnt mit der umwerfenden Begründung, Trödelhandel sei nicht mehr nötig. Die Ställe sind noch dieselben, nur die Schweine sind andere, dachte ich. Ich konnte nicht ahnen, daß es noch über vierzig Jahre so weitergehen sollte.

Das Arbeitsamt vermittelte mich ins Holzlager einer Bautischlerei. Da stand ich nun, völlig unzweckmäßig gekleidet in meinem taillierten Damenmantel und mit Schuhen, die bald auseinanderzufallen drohten, bei bitterer Kälte – inzwischen war es Winter geworden – und Schneefall, und sollte einen großen Stapel harziger Bohlen vom Hof in das Lager schleppen. Nach kurzer Zeit bemerkte der Vorarbeiter meine blaugefrorenen Hände und Knie. Im Vorzimmer des Chefs, in dem ich mich erst mal aufwärmen konnte, hörte ich, wie er im Nebenzimmer mit dem Arbeitsamt telephonierte: »Wat habt ihr mir denn da für ne verhungerte Jungfer geschickt, die is ja jetz schon fix und alle von der Kälte, die braucht nen warmen Arbeitsplatz, am besten direkt am Ofen. Wat ick hier brauche, isn kräftiger Lagerarbeiter mit Lebensmittelkarte I und nich son Lieschen mit Lebensmittelkarte V für Hausfrauen. Also, ick schick se euch gleich wieder rüber. – Wat, det isn Junge? – Ihr braucht mir doch nischt zu erzählen, n oller Berliner wees doch Bescheid.« Offensichtlich doch nicht so ganz.

Ich wechselte in eine Mahlsdorfer Fahrradwerkstatt. Fritz Heppert, der Inhaber, schickte mich allerdings schon bald zu seiner Frau in die Küche: »Lottchen, du bist zu langsam für diese Arbeit. So kannst du kein Geld verdienen, geh lieber in die Küche, da paßt du besser hin.« Damit hatte er zweifelsohne recht, und seine Frau war mit ihrem neuen Dienstmädchen sehr zufrieden.

»Trumeau und alter Hausrat zu verkaufen.« Der an einem Baum in unserer Nachbarschaft befestigte Zettel interessierte mich, und ich fand mich unter der angegebenen Adresse in der Steinstraße 31 in Mahlsdorf-Süd ein. Die Fenster waren mit Jugendstilgittern versehen, in deren Mitte eingeschmiedet die Initialen FZ. Das gußeiserne Relief am Giebel des Hauses zeigte eine Lokomotive mit langem Schornstein. Wer hier wohl wohnen mag? dachte ich. Eine Marmortafel beantwortete meine Frage: »Franz Zimmermann, königlich-preußischer Lokomotivführer a.D.«.

Doch Franz Zimmermann lebte nicht mehr, sein Sohn und seine Schwiegertochter bewohnten jetzt die Villa und wollten sich von vielem trennen. Mehr aus Neigung denn aus Kunstverstand hatte Zimmermann im Laufe seines Lebens einiges angehäuft – von Nippes und Kitsch bis zu Raritäten und Kunstgegenständen. Ich sollte die Haushaltsauflösung übernehmen – natürlich eine hochinteressante Tätigkeit, aber keine lukrative, erwarb ich doch viele Stücke aus der Gründerzeit gleich selbst.

Das Haus und seine Bewohner hatten eine bewegte Geschichte hinter sich. Die hohen Fenster und Flügeltüren, noch heute vorhanden, stammten aus dem Berliner Palais Unter den Linden des Grafen Reedern. Der erste Besitzer der Mahlsdorfer Villa diente dem Adeligen als Haushofmeister und baute aus dem Schinkel-Bau vieles aus, als es 1907 abgerissen wurde, weil der Hotelier Adlon auf dem Grundstück sein berühmtes Hotel errichten wollte.

So gelangten neben den Fenstern und Flügeltüren auch vier Sandsteinfiguren, die die Dachbrüstung des Palais verschönerten, auf Umwegen nach Mahlsdorf. Der Haushofmeister stellte sie zur Zierde in seinen Vorgarten, ohne allerdings ihren Wert zu ahnen. Ein Sammler alter Plastiken, der die Figuren unbedingt erwerben wollte, zuckelte mit einer Kutsche so lange durch Mahlsdorf, bis er sie in jenem Vorgarten entdeckt hatte. Für die Figuren bezahlte er genausoviel, wie der Haushofmeister für den Bau seiner Villa hatte aufbringen müssen.

Der alte Zimmermann war Monarchist, verabscheute die Nazis und hatte auch für die russischen Besatzer nichts übrig. So holte er, als die Rotarmisten Mahlsdorf besetzten, seine alte königlich-preußische Soldatenuniform aus dem Schrank und stellte sich mit seinem – freilich ungeladenen – Gewehr auf die Eingangstreppe, um die ungebetenen Gäste zu empfangen: »Über diese Schwelle kommen die Russen nur über meine Leiche.« Beim Anblick des alten Herrn in seinem musealen Aufzug und mit seinem Uraltgewehr – selbst das Bajonett hatte der Kaisertreue aufgepflanzt – konnten sich die Soldaten ein Lachen nicht verkneifen. Sie entwaffneten ihn und versprachen ihm, sein Haus nicht zu plündern. Und wirklich: alles blieb unangetastet. Lediglich zwei kleine Zwischenfälle ergrimmten den alten Lokomotivführer: Während der Hausdurchsuchung kackte ein Rotarmist in den Sockel der Eßzimmerstanduhr, während ein anderer, gleich daneben, in das Bowlengefäß pinkelte.

Das ganze Haus war ein einziges Museum, als ich es ein Jahr nach diesen unappetitlichen Zwischenfällen betrat: Die Frau des Lokomotivführers, eine gewesene Lehrerin, hatte die Sammelleidenschaft ihres Mannes voll und ganz geteilt.

1946 erfuhr ich, daß das Schloß in Friedrichsfelde abgerissen werden sollte. Die Russen waren gerade mit Sack und Pack abgezogen, und schon bemächtigten sich Vandalen des barocken Schlosses, rissen, wie Geier und Hyänen aus einem toten Tier, Dielen, Dachbalken, Türen und einen Teil des Treppengeländers heraus – als Brennholz. Fast dreihundert Jahre alte Geschichte zählt nicht, wenn einem das Holz im Hier und Jetzt fehlt, um sich zu wärmen oder Mahlzeiten zu kochen.

Anders bei mir: Das schöne Schloß, das ich seit meiner Kindheit kenne, dessen Architektur mich so beeindruckt und dessen Festsaal es mir so angetan hat, soll abgerissen werden? Das schockierte mich. Was für eine Barbarei! dachte ich und ging zur Gutsverwaltung. Irgendwie mußte man diesen unsinnigen Beschluß doch noch kippen können.

Nein, es führe kein Weg am Abriß vorbei, die Gelder seien schon bewilligt, hieß es. Ich brauche wohl nicht zu betonen, wie schwer es gerade in Deutschland ist, Beschlüsse staatlicher Stellen rückgängig zu machen, zumal wenn bereits Geld bewilligt und der Amtsschimmel schon losgaloppiert ist. In der Regel schauen einen die Beamten an, als wollte man anarchisch ihre hehre Ordnung über den Haufen werfen. Mein Rettungsunterfangen, heute mit Sicherheit von vornherein zum Scheitern verurteilt, gelang 1946, in jener chaotischen Zeit, die jede Ordnung ad absurdum führte.

Im Nebenzimmer der Gutsverwaltung tippte eine alte weißhaarige Dame auf einer Schreibmaschine herum. Emmy Schneider, die frühere Sekretärin des Schloßbesitzers, Sigesmund von Treskow, fragte: »So, Sie wollen das Schloß übernehmen?« Dann wandte sie sich an den Verwalter: »Herr Schubert, geben wir ihm doch das Schloß. Wir könnten das Geld besser für den Bau der drei Silos auf dem Hof verwenden.« – »Welch famose Idee!« pflichtete er ihr bei.

Herr Schubert musterte mich allerdings von oben bis unten mit reserviertem Grübeln, sein Blick fiel, leicht erstaunt, auf meine kurzen Hosen: »Haben Sie denn überhaupt Geld, um ein Schloß aufzubauen?« – »Nein«, antwortete ich, »Geld hab' ich überhaupt keins, aber zwei Hände.«

Durch die alte Platanenallee gehe ich zum Schloß. Vom Teich her grüßt eine Karyatide, eine jener wunderbaren weiblichen Statuen, früher lampentragend, jetzt lichtlos. Über die Rampe, 1800 beim Umbau des Schlosses angelegt, komme ich in die Halle. Imposant, mächtig. Mein Blick fällt auf die wunderbare Eichentreppe, die sich in den ersten Stock windet. Rechts der Sandsteinkamin aus dem siebzehnten Jahrhundert. Gobelinähnliche Stoffe, mit Löchern und Rissen, kleiden die Wände. Durch das Oberlicht fällt der Schein der Sonne auf die Kassettendecke. Ich nähere mich der Treppe. An ihrem Fuße die auslaufende Rundung, barock. Durch eine zweiflügelige Eichentür gelange ich in das rechts von der Halle abgehende Zimmer. Es ist mit blauen Tapeten ausgeschlagen. Ansonsten völlig leer. Die eichenen Fensterläden schließen tadellos, unterstützt von handgeschmiedeten Vorlegestangen. Originale von 1695. Im Nebenzimmer leichtbeschwingte Malerei, klassizistisch. Ein Gedicht aus dem Jahre 1800. Unter der Deckenkehle laufen Messingstangen entlang, Bilder hingen hier, durch bronzene Ösen gehalten, kontrastierend mit der weiß-goldenen Tapete. Das Parkett alt und gut, Gediegenheit ausstrahlend wie der weiße Kachelofen.

Zurück in die Halle. Von hier in den nördlich gelegenen Parterresaal. Gelbe Tapete, in jeder Ecke ein Porzellanofen, verziert mit Kinderplastiken. Klassizistische Gesimse. Eichenpaneel, Parkett, Fenster mit Bajonettverschlüssen. In die Fensterpfeiler eingelassen sind hölzerne Spiegelrahmen aus der Biedermeierzeit. Aus dem vorgelagerten Pavillon führt eine Treppe in den Garten. Gußeisernes Geländer und am Auslauf Lampenkandelaber.

Wieder zurück in den Saal. Links das Zimmer mit roter Tapete. Parkett und Eichenvertäfelung. Eine stumpfe Ecke, ins Parkett eingelassene schwarze und weiße Marmorfliesen erzählen ihre Geschichte: Hier wärmten sich die Schloßbewohner einst am Kamin.

Vom Parterresaal in den ehemaligen Salon. Holzleisten teilen die Wände, die mit alten weinroten Samttapeten ausgeschlagen sind. Ein überwältigender Meißner Kaminofen, schlank und turmhoch. Die Feuerstelle, flankiert von zwei Karyatiden, die das prachtvolle Gesims tragen, ist reiner Klassizismus.

Unten in der Halle stehend, gewahre ich unter der Deckenkehle der oberen Etage ein durch Konsolen unterbrochenes Stuckgesims. Der Deckenspiegel – oval eingefaßt von gemalten Girlanden, die Malerei setzt sich fort in der Deckenkehle.

In die Bel-Etage über die Eichentreppe. Zwischen dem ersten und zweiten Absatz fehlt ein Teil des Geländers längs der Wand. Zerhackt von Flüchtlingen, in hungrige Öfen gestopft.

Die Treppe erklommen. Durch die mittlere Tür in den Großen Festsaal. Vier Säulenpaare mit korinthischen Kapitellen tragen die Decke. An den Wänden Pilaster, dazwischen Spiegel, jeweils vis-à-vis einem Fenster, das hereinfallende Licht reflektierend. Ovaler Deckenspiegel, eingefaßt von einem blumenumrankten Gitter, lichter Sommerhimmel mit kleinen, fetten, getüpfelten Wölkchen. Die vier Ecken der Deckenkehle zieren Freskomalereien: Trophäen von Fahnen, Lanzen, Trommeln.

Vom Saal aus gen Osten: das Kattunzimmer. Das Baumwollgewebe ist abgerissen. Unter der Bespannung eine grün bemalte Holzvertäfelung, in Felder aufgeteilt. Die klassizistisch fächerartig gemalte Decke ist von überwältigender Schönheit. Von der Tür zum Saal fehlt ein Flügel: ebenfalls herausgebrochenes Brennholz.

Der Raum hinter der Bibliothek wüst, die Decke herabgefallen, nasse, verfaulte Trümmer bedecken den Boden. Hier wurde 1772 Prinz Louis Ferdinand von Preußen geboren, sein Bruder August 1779.

Als ich das Schloß zum ersten Mal besichtigte, war der Glanz früherer Jahrhunderte abgebröckelt, eingestürzt, weggetragen, der alte Charme aber, morbide zwar, erhalten.

Über die preußisch-militaristischen Traditionen war im Sommer 1945 auf der Potsdamer Konferenz der Siegermächte im Schloß Cäcilienhof schon das Verdikt gesprochen, die staatsrechtliche Auflösung Preußens 1947 durch den Alliierten Kontrollrat nur noch ein postum ausgestellter Totenschein. In der Sowjetischen Besatzungszone ging man mit Akribie an die Arbeit: Die »Aktion gegen Junkerbesitz« sollte auch die steinernen Überreste des adligen Erbes beseitigen.

Schloß Friedrichsfelde, nicht preußischen Ursprungs, sondern 1695 vom Holländer Benjamin Raule zunächst als kleines villenähnliches Lusthaus an der Stelle eines Jagdschlößchens errichtet, war, als mir die Verwaltung übertragen wurde, in einem üblen Zustand: die Fenster allesamt zerschlagen, die Fensterflügel demoliert, die Türflügel fehlten und das Dach zerlöchert, wund vom Bombenhagel.

Um es auszubessern, holte ich mir mit Zustimmung der Bauern die Dachsteine einiger Scheunen, die abgerissen werden sollten. Mit selbstgefeilten Schlüsseln machte ich die vordere Haustür abschließbar. Dann schraubte ich starke Dielenbretter vor die Terrassentür, um einigermaßen sicher zu sein vor den russischen Soldaten, die durch die Gegend marodierten und deren »Besuch« ich fürchtete. Alles war völlig verdreckt. Da hab' ich erst mal richtig saubergemacht.

Meist arbeitete ich nachts, kletterte im fahlen Licht des Mondes auf dem Dach herum, turnte durch die Zimmer, schraubte, hämmerte und bohrte. Im Schloßpark flanierten am Tage die Berliner, und des Nachts verabredeten sich dort Liebespärchen zum Rendezvous oder, so die Witterung mitspielte, auch zu mehr. Im nahen Dorf flüsterte man sich mit wissender Miene zu, daß es nicht mit rechten Dingen zugehe im Schloß. Da ich mit einem Leuchter durch die Zimmerfluchten ging und mitunter bei Reparaturarbeiten polterte, vermutete man ein Schloßgespenst.

Mit dem Jugendstileßzimmer meines Großonkels zog ich ein; danach kam sein Wohn- und Arbeitszimmer, das ich heute noch besitze, an die Reihe; dann ein kleines Eßzimmer mit Säulenbuffet und die Salonmöbel meiner Nenntante. Und natürlich eine Unmenge an Uhren, Grammophonen, Musikautomaten, Kronleuchtern, Bildern und Möbelstücken: Damit richtete ich nach und nach fünf Zimmer komplett ein. Da es in den hohen Räumen vor Kälte nicht auszuhalten war, zog ich in die warme Stube im Keller des Schlosses, wie es sich für ein Hausmädchen gehört.

Drei Zimmer waren fertig eingerichtet, ich putzte gerade in Kopftuch und Schürze den Blauen Salon, die Fenster standen offen. Der Musikautomat mit den zwölf Glöckchen spielte, die Klänge schallten bis in den Park. Vor dem Fenster hatte sich eine Menschentraube gebildet. Als das Stück zu Ende war, rief einer: »Ach, das war ja hübsch, können Sie das nicht noch mal laufen lassen?« – »Sie dürfen ruhig reinkommen und sich den Musikkasten angucken, die Tür ist offen«, entgegnete ich. Mit einem Mal umringten mich fünfundzwanzig Leute, die sich interessiert umschauten. Ich war völlig perplex. Na, das kann ja heiter werden, dachte ich. Kein Fenster verglast, nichts restauriert, und oben ist Sperlingslust. Außerdem hatte ich doch noch nie eine Führung mit fremden Leuten veranstaltet. Ich zog den Automaten wieder auf, hoffte, er würde die Leute schon zufriedenstellen.

Kaum war der letzte Ton verklungen, klatschten sie, und ein Besucher fragte, ob sie nicht auch die anderen Räume des Schlosses besichtigen könnten. Wir stiegen die alte Holztreppe empor und betraten den Festsaal im ersten Stock. Hier fehlten zwar die Klinken an den Türen, die Fenster waren noch nicht eingesetzt, und Fledermäuse hingen, mit den Köpfen nach unten, an den Stuckgesimsen, aber das störte niemanden. Ich erzählte ihnen von der Geschichte des Festsaales und den Schicksalen der Besitzer. Am Ende des kleinen Rundgangs fragte einer aus der Gruppe: »Das war aber interessant, wo kann man denn hier einen Obulus entrichten?« Auf diese Frage wußte ich nichts Rechtes zu antworten.

In der Halle prunkte auf der Konsole eines Trumeauspiegels eine Majolika-Vase. »Die Vase dort hat einen dicken Bauch, da schmeißen wir was rein«, freute sich eine ältere Dame. Und tatsächlich, alle stellten sich an, die Münzen klimperten, und als ich die Vase im Salon ausleerte, fand ich sechsundachtzig Mark vor. Dafür konnte man damals, vor der Währungsreform, einen Laib Brot kaufen. Nicht viel, dachte ich, aber immerhin, für das bißchen Erzählen.

Am nächsten Sonntag erschienen wiederum Besucher bei mir im Schloß, direkt nach dem Gottesdienst im nahen Gemeindehaus, der um viertel vor elf beendet war. Ich malte eine Papptafel und hängte sie mit einer Kordel an die Klinke: »Schloßführungen jeden Sonntag um elf und um zwölf Uhr. Außer dieser Zeit nach Vereinbarung.« So halte ich es noch heute in meinem Gründerzeitmuseum.

Zunächst wohnte ich allein in der Ruine. Nach ein paar Monaten schauten sich Gutsarbeiter und Flüchtlinge um und fragten, ob sie nicht bei mir einziehen könnten. Was denn die Miete bei mir kosten würde? »Überhaupt nichts«, entgegnete ich, »ihr müßt nur für die entsprechenden Räume Glasscheiben besorgen.« Glas wurde damals noch bewirtschaftet, man kriegte nie so viel, wie man eigentlich brauchte. Alte Röntgenplatten wurden aus dem nahegelegenen Krankenhaus besorgt, abgewaschen und zugeschnitten. Zusätzlich kaufte ich bei Trödel-Kaiser am Schlesischen Bahnhof alte, wertlose Bilder, entfernte die Rahmen, schnitt die Glasscheiben zu und setzte sie in die Unterfenster ein. Die Oberfenster vernagelte ich mit Pappe, füllte zur Isolierung Laub in die Zwischenräume, so daß selbst Schneestürme meiner Konstruktion nichts anhaben konnten.

Die Flüchtlinge und ich waren wie eine Familie. Abends

saßen wir zusammen, oft spielte ich Grammophonplatten vor, und wir tanzten.

Doch im Frühjahr 1948 standen urplötzlich ein paar geschäftige Herren von der Treuhandgesellschaft auf der Matte – so was gab's damals schon. Sie teilten uns in der Treppenhalle lapidar mit, daß wir das Haus zu räumen hätten. Den Familien waren bereits Wohnungen zugewiesen worden. »Habt ihr denn überhaupt Möbel?« fragte ich meine Mitbewohner, die mir so ans Herz gewachsen waren. »Wir sind mit dem Hundewagen gekommen, wir werden mit dem Hundewagen ziehen«, war die Antwort. Das ließ ich nicht zu, sondern verschenkte einen Teil meiner Sammlung an die Familien. So war ihnen geholfen und mir: Ich mußte ja binnen drei Tagen das Schloß verlassen und konnte nicht alles mitnehmen. Kurzerhand stellten die Bauarbeiter die Möbel in den Garten, und ich karrte alles mit dem Pferdefuhrwerk nach Mahlsdorf. Natürlich war das ein oder andere Stück, wenn ich von einer Fuhre zurückkehrte, nicht mehr an seinem Platz, aber was konnte ich schon tun? Als nächstes becircte ich mit weiblicher Schläue den Landrat von Bernau, um den Abriß von Schloß Dahlwitz zu verhindern. Mit zwei Pferdefuhrwerken voller Möbel zog ich in den vom jüdischen Architekten Friedrich Hitzig 1854 erbauten neoklassizistischen Bau.

»Hier müssen Sie raus! Kommt gar nicht in Frage, daß Sie hier ein Museum einrichten. Das wollen wir nicht, und das brauchen wir auch nicht. Das Schloß ist Junkerbesitz, und es wird abgerissen, basta!« erklärte mir der Bürgermeister, nachdem er einen angewiderten Blick auf meine Sammlung geworfen hatte. Unbedarft, wie er war, hielt er sie wohl für Möbel aus einem Schloß und damit für eine Ausgeburt aristokratischer Höllen.

Mit dem Mann war nicht zu reden, da hätte ich auch mit einer Mauer Konversation treiben können. Ich ging zum

Landratsamt Bernau – im Nordosten unweit Berlins gelegen –, der maßgeblichen Stelle, und fiel dem Landrat solange auf die Nerven, bis er einer gemeinsamen Besichtigungstour durchs Schloß zustimmte.

Das Wappen an der Terrasse anstarrend, wollte er schon wieder kehrt machen und erklärte: »Wir wollen diese Junkerschlösser alle weghaben, da führt kein Weg dran vorbei.« Ich konterte streng sozialistisch: »Genosse, das gehört doch jetzt alles uns, es ist Volkseigentum, die Junker sind längst enteignet, und wir könnten aus diesem Schloß etwas Nützliches für die Werktätigen machen. Ein Kinderheim zum Beispiel.« Bei dem Wort »Kinderheim« wiegte er bedächtig den Kopf und überlegte laut: »Na ja, ein Kinderheim fehlt uns eigentlich.«

So tummelten sich bald Jungen und Mädchen im Dahlwitzer Schloß. Der klassizistische Stuck freilich wurde abgeklopft. Wenn ich heute dort vorbeiradele, halte ich kurz inne, umrunde einmal mit bedächtigen Schritten das Schloß und wünsche ihm alles Gute.

Seit 1945 spaziere ich häufig im Kleid durch die Gegend. Sicher, in den Wintern ging ich in Hosen und langen Mänteln, aber wenn die Witterung es zuließ, trug ich Kleider.

In solch mädchenhaftem Aufzug lief ich natürlich Gefahr, unsanft von Russen angegangen zu werden. Doch ich hatte Glück: Als mich eines Tages einige Soldaten überwältigt und mein Kleid schon hochgestreift hatten, aber dann doch nicht das fanden, was sie suchten, brachen sie in schallendes Gelächter aus. Einer gab mir einen Klaps auf das Hinterteil, und das war alles – es hätte schlimmer kommen können!

Von Seiten der Mahlsdorfer, die mich von Kindesbeinen an kannten, erntete ich wohlwollendes Achselzucken: Na, ist ja ulkig, der läuft eigentlich nur mit Männern durch die Gegend, nie mit Frauen, trägt so altmodische Kleider, ob der wohl schwul ist? Das war alles.

Christinchen, mein alter Schulfreund, mit dem ich im Fummel, vierzehnjährig, der HJ-Streife in die Arme gelaufen war, hatte weniger Dusel. Sie kokettierte gern, stakste oft in Pumps und Sommerkleid, mit Schaumgummibrüsten und Büstenhalter zu Schwulentreffpunkten. Als sie nach Kriegsende am Bahnhof Friedrichshagen in der Nähe der Herrentoilette herumstolzierte, fiel sie fünf Russen in die Hände, die sie offenbar für ein deutsches Fräuleinwunder hielten. »Komm, Frau, schlafen, Mädchen, komm, dawai, dawai!« Christinchen schüttelte ihre blonde Mähne, aber die Russen packten sie am Arm. Sie riß sich los – Kamerad Ruski natürlich mit Hallo hinterher –, lief über die Wiese in Richtung Freilichtbühne und stolperte über einen Baumstumpf. Sie flog in hohem Bogen hin, ihr Täschchen kullerte Gott weiß wohin und sprang auf. In einem solchen Moment denkt eine Tunte ja vor allem an Lippenstift und Spiegel und nicht daran, davonzurennen. Die fünf Russen zerrten Christinchen in eine dunkle Ecke auf eine Parkbank und machten sich über sie her. Letztlich war es ihnen wohl egal, ob Männlein oder Weiblein.

Christinchen heulte sich bei mir aus, hatte Schmerzen, und ich begleitete sie zum Arzt. Der schüttelte den Kopf, stellte aber lediglich eine Entzündung fest.

Christinchen arbeitete viele Jahre als Sekretärin und wurde von den Kolleginnen akzeptiert. Schon 1980 wurde sie berentet und zog zunächst nach West-Berlin, um später dem Mann ihrer Träume nach Westdeutschland zu folgen.

Uhrmacher oder Möbelhändler? Meine Mutter rätselte, was ich denn mal werden solle. Vom Uhrmacherdasein hatte mir schon mein Großonkel abgeraten: »Uhrmacher? Den ganzen

Tag mit der Lupe in der Werkstatt sitzen? Wenn du alt bist, kannst du nicht mehr richtig sehen«, sorgte er sich.

Als es in den dreißiger Jahren modern wurde, Möbel glatt und klotzig zu bauen, verging mir die Lust darauf, mein Leben mit Mobiliar zu verbringen, das nicht aus der Gründerzeit stammte. Also wurde ich nach dem Krieg eine Art Dienstmädchen, bis meine Mutter mich beiseite nahm: »So geht es nicht weiter, du mußt was Richtiges lernen.« Da die Musikstücke auf meinen Edison-Walzen oft in Englisch angesagt wurden, interessierte mich diese Sprache. Ich besuchte Kurse und legte 1949 mein Dolmetscherexamen ab. So hatte ich doch noch etwas »Richtiges« gelernt, bevor ich meine Ausbildung als Museumskonservator begann.

Der Winter 1948/49 war barbarisch kalt. Die unbeheizten Räume der Sprachenschule, in denen wir mit klammen Fingern kaum schreiben konnten, vertauschten wir mit der herrschaftlichen Altbauwohnung meiner Mitschülerin Mechthild. Jeder Schüler mußte zu jeder Unterrichtsstunde eine Preßkohle mitbringen, damit der kleine Notofen beheizt werden konnte. Den Mantel behielten wir dennoch an. Mechthilds beste Freundin war Uschi Dressler, Tochter des Malers August-Wilhelm Dressler. Quirlig wie ein Schneebesen, dazu bunt gekleidet, war sie ganz Bohemien, und hatte, dem Künstlerkindklischee entsprechend, nie Geld in der Tasche. Mit schelmischen Augen schaute sie mich aus ihrem hübschen ovalen Gesicht an und begrüßte mich mit großer Schauspielergeste: »Ah, Lotharchen!«

August-Wilhelm Dressler, nicht sehr groß, untersetzt, grauhaarig, betrachtete sich interessiert meine nackten Beine, als ich in kurzen Hosen sein Atelier betrat, um seine Kaminuhr zu reparieren. Bilder von dicken nackten Frauen hingen an den Staffeleien – wegen seiner expressionistischen Malerei

II

IV

VI, VII

Raum 6
34 Personen

XII, XIII

XVI, XVII

Gastwirtschaft

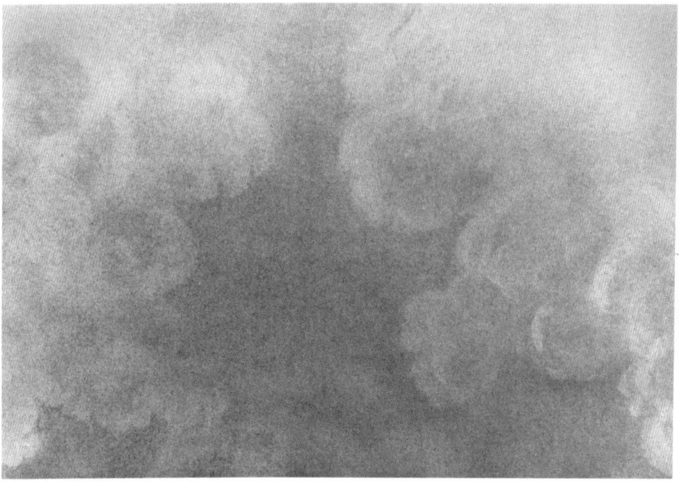

XXII, XXIII

XVI, XVII

XXVIII

XXXII

war Dressler unter den Nazis verfemt. »Hast du nicht Lust, für zehn Mark in der Stunde Modell zu stehen?« lockte er mich. Nach einem ersten Schreck fand ich Gefallen an der Idee. Warum eigentlich nicht? Ich war zwar schüchtern. aber nicht prüde. Außerdem reizte mich das Geld. Grammophonplatten kosteten nur fünfzig Pfennige, eine Bluse drei Mark fünfzig, ein neuer schöner Damenrock fünf Mark. Für acht Mark fünfzig konnte ich einen Sommer lang schmuck aussehen. Hübsch bin ich ja, ging es mir durch den Kopf, und ich schaute in den riesigen, oben abgerundeten Spiegel, während ich nackt posierte und die Studenten und Studentinnen aus Dresslers Malklasse mein auf dem Hocker angewinkeltes Bein malten. Wurde es mir langweilig, betrachtete ich mir die schönen sprossengeteilten Fenster und die Biedermeiermöbel, die im Atelier herumstanden.

Eigentlich bin ich ein Einzelgänger, war es schon immer. Mein Hausfrauendasein, meine Möbel und später das Herumpusseln in meinem Museum haben mir fast genügt. Aber eben nur fast: Sexualität läßt sich ja nicht unterdrücken, warum sollte man es auch?

1949 ging ich das erste Mal auf eine »Klappe«, eine öffentliche Männertoilette. Irgend jemand hatte mich ermuntert, geh doch mal dahin, am besten auf eine im Park, da stehen viele Männer. Such dir einen aus!

Zu jener Zeit konnte man nicht inserieren, eine schwule Subkultur mit Bars existierte nicht – was sollte man also tun, wenn man nicht wie ein Mönch leben wollte? Und das wollte ich unter keinen Umständen!

Mit arg gemischten Gefühlen betrat ich die Toilette am S-Bahnhof Bellevue. Ich wollte zunächst wirklich »nur mal gucken«, aber die Atmosphäre machte mich an. Viele Sprüche waren auf die Kacheln geschrieben, wer wen sucht und für was. Da dämmerte es mir erstmals: Hier kann man auch Freunde für länger kennenlernen.

»Ach Gott, was bist du denn für ein süßes Ding!« Der ältere Mann, der die Klappe betreten hatte, schaute mich freundlich an. Wir setzten uns draußen auf eine Bank und sprachen miteinander. Immer war es mir wichtig, herauszufinden, was für ein Menschenkind ich vor mir hatte. Kann ich Vertrauen haben? Ob die Männer jung oder alt waren, hübsch oder nicht so hübsch, das spielte für mich keine Rolle. Durch meine ausgeprägte weibliche Zurückhaltung und Schüchternheit – ich ging beileibe nicht mit jedem – bin ich vielleicht auch Gefahren aus dem Wege gegangen. Es war eine herrliche Nacht mit meiner ersten Klappenbekanntschaft, und am nächsten Morgen nach dem Frühstück drückte er meinen Arm: »Also Schätzchen, so etwas Reizendes wie dich habe ich noch nie gehabt. Du bist der erste Mensch, der nicht gleich nach Zigaretten fragt oder nach Geld.«

Es war kurz nach der Währungsreform, und er wollte mir tatsächlich zwanzig Mark geben, aber ich wies seine Offerte erstaunt zurück: »Nein, nein, behalte die mal, ich habe ja schließlich auch meine Freude gehabt.« Er schien perplex, jemanden gefunden zu haben, der aus Freundschaft und Liebe eine Nacht mit ihm verbrachte.

Mit zweiundzwanzig lernte ich ein recht maskulines Mädchen kennen, das rauflustige Züge wie ein Preisboxer hatte und mich irgendwie faszinierte. Zwar interessierte sie mich erotisch nicht besonders, aber mir gefielen ihre kurzen Lederhosen, in denen sie durch die Gegend lief. Eines Tages drohte das dralle Fräulein scheinbar scherzhaft: »Du bist ja wie ein Mädchen! Dir heb' ich mal die Röcke hoch und werd' dich vergewaltigen.« Ich nahm sie nicht ernst, aber als wir ein paar Tage später allein in der Wohnung ihrer Eltern waren, packte sie mich, warf mich aufs Bett, nestelte an meinen kurzen Hosen herum und riß sie herunter, die Schuhe flogen in die Ecke – sie vollführte einen irrsinnigen Ritt auf mir, kniff mir in die Brüste, packte mich an den Armen, so daß ich das Gefühl hatte, ich wäre die Frau und sie der Kerl.

Mit einer passiven Frau hätte ich weder über noch unter mir etwas anfangen können, aber mit der sexuell aktiven Hertha, so hieß die schwulenliebende Amazone, ging die Chose. Nachher kriegte ich einen Riesenschreck, dachte: O Gott, was ist, wenn sie jetzt ein Kind von dir kriegt? Wie dämlich ich damals noch war, zeigte sich eine Woche später, als wir allein in ihrem Elternhaus saßen, sie mich anschaute und fragte: »Na, Lotharchen, du guckst ja so traurig, was ist denn los?« – »Ach Hertha, ich gucke auf deinen Bauch. Ich glaube, er ist schon ein bißchen dicker als vergangene Woche.« Ich glaubte tatsächlich, sie sei schwanger! Hertha kugelte sich fast vor Lachen: »Lotharchen, jetzt muß ich dich doch mal richtig aufklären, das dauert ein dreiviertel Jahr. Außerdem kann ich gar nicht mehr schwanger werden.« Das verblüffte mich nun doch, aber sie trampelte zu einem Vertikow, zog den Schubkasten hervor und kam mit einem medizinischen Gutachten, das ihre Behauptung bewies.

Das war mein erster Ausflug in die Heterowelt, und er hat mich doch eher verschreckt.

Anfang der fünfziger Jahre lernte ich einen Kunstmaler kennen. Seine Landschaftsbilder erhielten die auf der Rennbahn Hoppegarten siegreichen Jockeys. Da die Preise auch in den Vitrinen von Hoppegarten ausgestellt wurden, benötigte er Bilderrahmen. Und die hatte ich zur Genüge.

Zu dieser Zeit verdingte sich der kaiserliche Offizier Herbert von Zitzenau, früher selbst aktiver Reiter, als Abwieger und Richter in Hoppegarten. Eines Tages blieb er vor den Vitrinen stehen und stieß den Kunstmaler an: Mensch, wo haben Sie denn bloß immer diese schönen alten Rahmen her? So etwas gibt es doch heute gar nicht mehr.« – »In Mahlsdorf lebt ein junger Mann, der sammelt solch alten Kram«, entgegnete der Maler, und Zitzenau beschloß aufgeräumt: »Den muß ich kennenlernen, ich hab' doch auch noch so viel altes Zeug auf dem Boden.«

Er hatte uns zum Tee bestellt, und ich war ganz aufgeregt: Herr von Zitzenau, Herrenreiter mit Villa in Karlshorst – ich dachte natürlich sofort an eine Gründerzeitvilla mit mindestens zwölf Zimmern. Und so machte ich mich so hübsch, wie ich konnte: kurze Hosen, himmelblaues Blüschen und das Haar schön aufgelockt. Vom Bahnhof Karlshorst schon ein Stückchen entfernt, beschlich mich ein komisches Gefühl: Mein Gott, das wird hier ja immer einfacher! Das Trottoir führte nicht zu einem schmiedeeisernen Gitter, sondern ging in einen Sandweg über. Hier konnte nichts mehr kommen, ade, Gründerzeitvilla.

Endlich standen wir vor einem Gartengrundstück mit einem schlichten Einfamilienhaus, 1926 erbaut. Weder Freitreppe noch sonst irgend etwas Hochherrschaftliches, der Drahtzaun schon völlig verrostet, so daß man den Eindruck gewann, nur der wilde Flieder, der ihn umrankte, halte ihn zusammen. Der Briefkasten preußisch schlicht: Holz mit eingeritztem Namensschild.

Auf unser Klingeln erschien auf der Seitentreppe ein einarmiger Mann, alt, jedoch groß und kräftig. Er begrüßte uns freundlich, aber ohne Zeremonie. Ich war ein wenig enttäuscht und wohl auch befangen.

Er erzählte von früher und führte mich durch das Haus, das er selbst nur zum Teil bewohnte; in den meisten Zimmern hausten Untermieter. Ich bemerkte die verschmutzten Teppiche und Läufer, und Zitzenau, mein Blick war ihm nicht entgangen, meinte verlegen: »Na ja, ich habe hier zwar eine Sängerin wohnen und 'ne Schauspielerin, aber die Fußböden dürfen Sie sich nicht angucken. Diese Weiber sind alle sehr schön, aber sauber macht von denen keine.«

Der stattliche Herrenreiter war mir inzwischen sympathisch geworden, meine Putzader getroffen, und so bot ich mich als Haushaltshilfe an. Gut bezahlen konnte er nicht, er bezog nur Mindestrente, und für seine Kriegsverletzung zahlte ihm der DDR-Staat keinen Pfennig, aber gegen ein geringes Entgelt und Naturalien – vor allem das »Gerümpel«, das auf dem Speicher stand: alte Kronleuchter, Gläser oder Bilder – fing ich bei ihm als Stubenmädchen an. Und im Nu waren die Zimmer picobello sauber.

Meinen Hauptlebensunterhalt bestritt ich als Mitarbeiter des Märkischen Museums. Jahrelang, von 1949 an, schippte ich Schutt aus diesem Museum, zunächst als freier Mitarbeiter. »Wissen Sie«, nahm mich eines Tages der Museumsdirektor, der von mir sehr verehrte Professor Dr. Walter Stengel, beiseite, »Sie sind fürs Museum geboren, und in drei Jahren sind Sie Konservator, von der Pieke auf.« So kam es denn auch. Ich ordnete das Depot und restaurierte Musikapparate. Ich nahm Uhren auseinander und setzte sie wieder zusammen, wie ich es bei einem alten Uhrmacher in Köpenick gelernt hatte, als ich zehn war. »Die drei Mark fünfzig für die Reparatur kannste dir sparen«, begrüßte er mich, als ich mit einem kaputten Regulator zu ihm kam. »Komm mal, Jungeken, ich zeig dir, wie das geht, an deiner Uhr ist doch alles in Ordnung. Nur die Pendelfeder ergänzen, reinigen, ölen.« Gesagt, getan, und diese Uhr läuft heute noch.

Zwischenzeitlich schloß das Märkische Museum mit mir einen festen Honorarvertrag. Bis 1971: Ich war zu einer Party eingeladen, warf mich in irgendeinen Fummel, setzte eine Perücke auf und machte mir einen vergnüglichen Abend. Auch jemand aus der Theaterabteilung des Märkischen Museums feierte mit, ein herzensguter Mensch, und kurz darauf erzählte er in der Frühstückspause unseren Kollegen von seinem »exotischen« Erlebnis: »Ach, unser Lottchen sah so süß aus auf der Party mit Perücke, blauem Kleid und Halskette.«

Was harmlos gemeint war, hatte unangenehme Folgen, denn ein anderer Kollege denunzierte mich. Wenige Tage später wurde ich direkt nach Arbeitsbeginn zum stellvertretenden Direktor, dem SED-Genossen Manfred Maurer, bestellt. Er saß hinter seinem Schreibtisch und sagte maliziös: »Kollege Berfelde, nehmen Sie Platz.« Na, argwöhnte ich, hier ist doch 'ne Zigarre im Busch, das kann doch nichts Gutes bedeuten. Eigentlich hätten sie mir dankbar sein müssen, da ich oft viel länger arbeitete, als ich mußte, Fenster putzte und saubermachte.

»Sie sollen am letzten Wochenende in Frauenkleidern auf einer Party gewesen sein.« Vor dem Wort »Frauenkleidern« machte er eine kurze Pause, offenbar vor innerer Empörung nach Luft ringend. Der Ekel war ihm förmlich an der Stimme anzuhören, er sprach das ominöse Wort nicht einfach so hin. Er erbrach es.

Innerlich fuchste mich das ungemein – was geht das Museum schließlich mein Privatleben an? –, aber nach außen blieb ich freundlich: »Aber ja, da haben Sie richtig gehört, ich hatte ein himmelblaues Kleid an, eine goldblonde Perücke auf, eine Perlenkette um den Hals und habe mich prächtig amüsiert.« Genosse Maurer hüstelte verlegen: »Ja ja, die neuen Gesetze seit 1969, aber Sie dürfen nicht vergessen, das Sie in einem städtischen Institut arbeiten.« – »Wissen Sie«, fuhr ich ungezwungen fort, »ob ich nun in Hosen oder im Kleid auf der Straße rumlaufe, ist völlig egal. Wer nicht ganz dämlich ist, sieht schon dreißig Meter gegen den Wind, daß ich eigentlich ein weibliches Wesen bin.«

Ich wurde nicht sofort entlassen, o nein. Man wandte sehr viel subtilere Mittel an, mich zu vergraulen. Das Kesseltreiben begann damit, daß man mich hinter vorgehaltener Hand »Gänseliesel aus Mahlsdorf« nannte, weil ich zu jener Zeit nachts auf einem Gutshof Schweine, Enten und Gänse hütete.

Als nächstes untersagte mir die Museumsleitung, Führungen in kurzen Hosen vorzunehmen. Angeblich hatten sich Frauen über meinen Aufzug bei der Direktion beschwert: Bekommt der junge Mann, der die Musik vorspielt, so wenig Geld, daß er sich nicht mal eine lange Hose kaufen kann? War natürlich alles Quatsch! Ich weiß von der Sekretärin, daß solche Beschwerden nie eingegangen sind. Solch spießige Klagen wären auch völlig absurd gewesen – damals waren kurze Hosen modern, Frauen liefen in ihren Hot-Pans durch die Gegend, daß die Arschbacken nur so knackten –, und ich dachte: Okay, wenn sie dir jetzt so kommen, können sie ihren Dreck alleene machen.

Da mein Honorarvertrag immer auf ein Jahr befristet wurde, wartete ich den 31. März 1971 ab, und – ich hatte es schon geahnt – er wurde nicht verlängert.

In der Musikmaschinenabteilung des Museums arbeiteten zwar rührige Menschen, aber sie hatten nur eine sehr begrenzte Kenntnis davon, wie die empfindlichen Musikwerke zu warten und vor allen Dingen zu reparieren waren. Ein achtundzwanzig Instrumente imitierendes Orchestrion, pneumatisch funktionierend, die Mechanik aller Instrumente und eine Notenrolle im Gehäuse, stellte das Prunkstück der Sammlung dar. Und, als wollte es sich an der bornierten Museumsleitung rächen, ein halbes Jahr nach meiner Entlassung gab es seinen Geist auf. Nun dackelten die Herren vom Museum wieder zu mir, faselten etwas von einem Vertrag als Aufseher, waren natürlich nur darauf erpicht, daß ich ihnen ihre Hauptattraktion wieder billig in Gang setzte. Ich lehnte ab, und sie kamen nicht umhin, zwei Mechaniker aus Köpenick zu holen. Die besahen sich ratlos das Orchestrion und gestanden zerknirscht ein: »Wissen Sie, wir können die Mechanik reparieren, nicht aber die Pneumatik.« So mußte das Museum einen Orgelbauer aus Leipzig hinzuziehen, der den Apparat komplett auseinandernahm. Ein halbes Jahr werkelten sie zu dritt vor sich hin: Insgesamt verschlang die Reparatur elftausend Mark. Bei mir, und dabei kann ich mir ein leises Lächeln nicht verkneifen, hätte der Druckausgleich, das Reinigen und das Nachstellen der Ventile sechzig Mark gekostet. Das geschieht euch recht, ihr Idioten, dachte ich.

Aber zurück zu meinen Erlebnissen mit dem Karlshorster Herrenreiter Zitzenau: Wie viele Frauen wollte ich erobert werden. Und Zitzenau, einerseits Kavalier alter Schule, andererseits charmanter Wüstling mit der humorig-witzigen Stimme eines preußischen Offiziers, schaffte es. Eines Tages war ein Gewitter im Anzug, ärgerlicherweise hatte ich gerade Fenster geputzt, und ich guckte durch die blanken Scheiben. Von Westen zog eine schwarze Gewitterwand heran, so daß Zitzenau meinte, ich solle dableiben, da ich den Weg bis zur Straßenbahnhaltestelle nicht mehr schaffte. Und während ich noch unentschlossen zum Fenster hinausschaute, die Radfahrer sich bereits das Cape über den Kopf zogen und die ersten Regenstöße losgingen, stand Zitzenau plötzlich hinter mir und griff mir zwischen die Hinterbacken. Ein erotischer Blitz durchzuckte mich, und was folgte, war eine klassische Verführung.

So begann unsere intime Freundschaft. Daß er über sechzig war, interessierte mich nicht. Ich hatte schon immer ein Faible für ältere Männer, und bei ihm fühlte ich mich beschützt. Was kann eine Frau sich mehr wünschen? Oft gingen wir gemeinsam auf die Rennbahn Hoppegarten, wo die Musiker auf meinen Wunsch hin meine Lieblingsstücke spielten – die »Amboß-Polka« oder den Walzer »Über den Wellen« von Juventino Rosas. Das Publikum, den Musikern heftig applaudierend, ahnte nicht, daß die fröhliche blonde junge Dame im altmodischen Sommerkleid in Wirklichkeit ein junger Mann war. Kleider machen eben Damen, wenn man die Figur hat – und die hatte ich. Einmal flötete eine »wirkliche« Dame neidisch, wo ich mir mein Kleid habe schneidern lassen. An die Brüstung des Musikpavillons gelehnt, gab ich bereitwillig Auskunft: »Beim Trödler gekauft.« Da lachte sie aus vollem Halse, drohte mir allerdings mit dem Finger, als hätte ich mit ihr üblen Schabernack getrieben. Verwundert sah ich ihr hinterher.

1957 erlitt Zitzenau einen Herzinfarkt, und er selbst machte sich im Sankt Hedwig-Krankenhaus über sein Ende keine Illusionen: »Hier komme ich nicht mehr heraus.« Ich versuchte noch, ihn aufzumuntern, aber er winkte, müde und matt, ab. Wenige Tage darauf starb er.

Fünf Jahre waren wir zusammengewesen. Beileibe nicht treu, nein, Zitzenau hatte mich regelrecht ermuntert, andere Männer kennenzulernen. Ich suchte wieder häufiger öffentliche Toiletten auf, lernte diesen und jenen kennen, zu einigen faßte ich Vertrauen, so daß sich Freundschaften entwickelten, die – wenn meine Verehrer im Westen wohnten – bis zum Mauerbau hielten.

Zum ersten Mal betrat ich ein schwules Lokal. Westberliner Freunde nahmen mich mit, allein hätte ich mich nicht getraut, und ermunterten mich: »Lottchen, da brauchst du keine Angst zu haben.« Ich schwuchtelte im Kleid mit.

Vor der kleinen Treppe zur Lokaltür war ein Gitterchen angebracht, wir klingelten und wurden eingelassen. Drinnen bot sich ein bizarres Bild: ein altes braunes Rückbuffet aus der Jahrhundertwende, stark angeräuchert, davor die flache Theke. Die linke Seite der Kneipenwand zierte ein Bild aus dem Berlin, wie es früher war – eine Häuserzeile mit Gaslaternen und Torbogen. An der stuckverzierten Decke hing an einem Haken ein uralter Kronleuchter. Alles mutete wie 1900 an. Doch auf den durchgesessenen Polstersesseln, deren ursprüngliche Farben, weil verblichen, nicht mehr auszumachen waren, lebte man ganz im Hier und Jetzt: Halbnackte Jungs, oft im Fummel oder in einem fast durchsichtigen zauberhaften Nichts, saßen auf den Schößen ihrer Begleiter. Alles schnatterte wild durcheinander. In diesem kunterbunten Gewusel aber gab es einen ruhenden Fels: die Wirtin.

»Na, nu hör bloß uff«, berlinerte sie durch ihr Lokal, knuffte einen Gast, der »Kappes« erzählt hatte und stapfte in ihrer ausladenden Motorradjacke wieder hinter den Tresen. Die hat ihren Laden im Griff, dachte ich, als ich in der ältesten Szenekneipe am Görlitzer Bahnhof stand: Elli's Bierbar.

Elli, burschikos und resolut, musterte mich aufmerksam, als ich schüchtern einen Saft bestellte. »Mensch, Schätzchen, haste dich hübsch gemacht«, schäkerte sie mich an.

Ich mochte ihre männlich-herbe Art und sie wohl meine weiblich-zurückhaltende. Denn als ich das nächste Mal die Kneipe besuchte, zur Abwechslung im Dirndlkleid, hob sie mich hoch, setzte mich auf die Theke und lachte: »Du bist meine Zierpuppe.«

In einem schmalen Hinterzimmer lagen die »stillen Örtchen«, und wenn die Transvestiten in ihren Kleidchen den Knauf zur Herrentoilette drückten, riefen vorlaute Gäste bisweilen: »Andere Tür!«

»Ein bißchen bi schadet nie«, schmunzelte Elli und faßte mir unter den Rock. Zwar war sie Lesbe, ihre Freundin kellnerte im Lokal, aber so genau nahm Elli es nicht, wie ich aus eigener Erfahrung weiß …

Im Hinterzimmer fanden gelegentlich kleine Sado-Maso-Partys statt. Wurde jemand über den Tisch gelegt und Elli machte Anstalten, ihm eine zu verpassen, ahnten wir: Wenn Elli zuschlägt, knallt es nicht nur, sondern brennt es auch. Meist gaben wir uns jedoch harmloseren Vergnügungen hin.

An einem Wochenende war Ringelpiez mit Anfassen angesagt, denn Elli hatte sich einen neuen Musikboxplattenspieler angeschafft. Eine Unmenge Schwule und Lesben drängten sich in der Kneipe, aber als der Tanz losgehen sollte, versagte das Ding. Elli bestürmte mich: »Mensch, Lottchen, guck doch da mal rein, du verstehst dich doch auf Musikmaschinen.« Als ich den Deckel abgehoben hatte und Drähte, Strippen, Lämpchen und was nicht alles sah, hob ich nur abwehrend die Hände: »Kinder, hier gucke ich rein wie die Kuh ins Uhrwerk. Das wird nie was.« Die ganze Tanzerei drohte schon ins Wasser zu fallen, als jemand vorschlug: »Na, Lottchen, kannste nicht dein Grammophon holen?« Na, das war 'ne Sache. Irgendwer fuhr mit seinem Auto vor, und wir zuckelten los. Ich holte Grammophon und Platten.

Der große Messingtrichter dröhnte auf Ellis Theke, alle hopsten durch die Bar, und ich kam zu meinem ersten Auftritt: Ich kannte die Liedtexte auswendig, und wenn die alten Platten zu sehr kratzten, sprang ich mit meiner Stimme ein. Von nun an stand ich regelmäßig an den Wochenenden in meinem Kleid oder meinen kurzen Cordsamthosen, dunkelblau oder schwarz, bei Hertie in Neukölln für sechs Mark billig gekauft, am Grammophon. Um mich herum Schwule im krachledernen Bayernlook oder in den damals gerade aufkommenden engen Jeanshosen. Elli versorgte mich in den Pausen mit Saft und Essen, schenkte mir sogar Gürtel und Schuhe: »Kiek doch mal, det kannste doch jut zu deinem Kleid anziehen.«

1961 war alles über Nacht vorbei. »Zur Unterbindung der feindlichen Tätigkeiten der revanchistischen und militaristischen Kräfte Westdeutschlands und Westberlins«, so hieß es im Beschluß des DDR-Ministerrates am 12. August 1961, »wird eine solche Kontrolle an den Grenzen der Deutschen Demokratischen Republik einschließlich der Grenze zu den Westsektoren von Groß-Berlin eingeführt, wie sie an den Grenzen jedes souveränen Staates üblich ist.«

In Moskau hatte man sich entschlossen, das »Ausbluten« des wichtigen Frontstaates dadurch zu verhindern, daß man die Bevölkerung einfach einsperrte. Hatten wir die Gründung des Staates DDR 1949 noch mit einem Achselzucken hingenommen – es tangierte uns einfach nicht –, waren die Folgen nun einschneidend. Überspitzt formuliert, waren wir die letzten Kriegsgefangenen des Zweiten Weltkrieges, die letzten Opfer des Nationalsozialismus, ohne den – man vergisst es gar zu leicht – es eine Mauer mit Wachtürmen und Stacheldraht nie gegeben hätte.

Auf der vorderen Plattform des Straßenbahnwagens redeten die Leute am folgenden Tag wild durcheinander: »Mensch, die machen die Grenzen dicht, fahren mit Panzern auf und ab und bauen eine Mauer.« – »So schlimm wird's schon nicht sein«, warf ein anderer ein. »Das mit der Mauer dauert vielleicht vierzehn Tage.« – »Noch nicht mal«, glaubte ein dritter. »Täuschen Sie sich nicht, das machen die Russen, nicht Ulbricht«, hielt ich dagegen. Und ihren beklommenen Gesichtern entnahm ich, daß ich nur das aussprach, was sie insgeheim wußten, aber nicht glauben wollten. »Ja«, pflichtete ein älterer Mann mir bei, »die Mauer kann ein Jahr oder zehn Jahre stehen.« – »Ach«, sagten die anderen, »das geht doch gar nicht: All die Schauspieler, die Künstler, die Ärzte, die hier in der Charité arbeiten, das kann sich nicht lange ...« – »Na, ihr werdet euch wundern«, prophezeite der Straßenbahnschaffner, »die kann lange stehen, wenn die Westalliierten nicht eingreifen. Und ich glaube nicht, daß sie das tun.« Er sollte recht behalten.

Ich schnupperte Erinnerung, als ich 1988 nach siebenundzwanzig Jahren wieder in Elli's Bierbar stand. »Hier hab' ich Grammophon gespielt«, klärte ich Moni auf, die jetzt den Laden führte. Elli war ein Jahr zuvor gestorben. »Wann war denn das?« fragte Moni. Ich fühlte mich, als wäre es gestern gewesen. »Ach, det is doch bestimmt lange her«, sagte sie gedehnt und winkte mit der Hand ab. Da erst wurde mir bewußt, daß seitdem tatsächlich schon fast drei Jahrzehnte vergangen waren.

Ich fragte nach meinen Freunden von damals, auch nach Claudetta, einem Transvestiten, mit dem ich so manche ausgelassene Stunde bei Elli verbracht hatte. »Mensch, der ist doch schon über siebzig und wohnt im Seniorenheim in der Blücherstraße. Aber sonntags kommt er meist her«, erzählte Moni.

Am nächsten Sonntag stand ich am frühen Abend bei ihr an der Theke. »Guck mal, wer da kommt«, flüsterte Moni mir zu. Ein altes weißhaariges Männlein mit Brille schlurfte an seinen Stammplatz in der Ecke, fiel schwer in das Sofa und bestellte Bier und Likör. »Claudetta«, rief Moni, »wat meenste, wer hier an der Theke sitzt?« Claudetta hob den Kopf, sein Blick schweifte durch den Raum. »Lottchen, du?« Freudig und wehmütig zugleich, hatte ich wenigstens einen meiner alten Freunde wiedergetroffen.

Das war das traurigste Kapitel für mich, als ich 1988 begann, meine »Auslandsreisen« nach Kreuzberg, Tempelhof, Charlottenburg, Neukölln, Spandau zu machen. Neben den Reisen zu Stätten der Erinnerung – zum Trödelkeller von Max Bier, der Wohnung von Dr. Wongtschowski und in die Manteuffelstraße 7 mit Schule und Luftschutzkeller – wollte ich natürlich auch Menschen wiederfinden, die mir lieb waren. Claudetta war die einzige, die noch lebte.

Doch zurück in die Fünfziger. Mir fällt Max Palmowsky ein, meine Liebe nach dem Tode von Zitzenau. Ich sortierte gerade Schlüssel bei Ludwig in seinem Eisenwarenladen in der Charlottenburger Schloßstraße, Ecke Seelingstraße, als Max den Laden betrat, Sammler von Antiquitäten und Trödel, ein regelmäßiger Kunde. Als ich das nächste Mal bei Ludwig erschien, raunte er: »Du, der Max interessiert sich für dich, würde dich gern mal zum Tee einladen.« Er hatte eine winzige, aber geschmackvoll eingerichtete Hinterhauswohnung – und wollte durchaus nicht nur Tee mit mir trinken. Kaum hatte ich auf dem Biedermeiersofa neben ihm Platz genommen, zeigte er mir Bilder von nackten Männern, Originaldrucke französischer Werke, zum Teil aus dem vorigen Jahrhundert. Das war für mich damals etwas ganz Neues.

Max war bisexuell, groß, schlank, dunkelhaarig und genau mein Typ. Um die fünfzig, strahlte er väterliche Ruhe aus: Bei ihm fühlte ich mich wie in einem geschützten Hafen. Daß er auch auf Frauen stand, nahm ich ihm nicht übel. Warum auch? Allerdings hatte er eine Schwäche für besonders üppige Frauen. Schwere Maschinen, mit Ärschen wie Tausendtalerpferde.

In Mahlsdorf wohnte eine Matrone, so recht nach seinem Geschmack. Sie wiederum suchte einen potenten, schlanken, dunkelhaarigen Mann. Ich spielte quasi die Kupplerin, warnte ihn aber vor: »Die ist so dick, die wird dir bestimmt zuviel sein.« – »Egal«, entgegnete Max Palmowsky glänzenden Auges, »schaff mir das Weib ran!«

Er lud sie zum Kaffee ein, und auch ich sollte nicht fehlen. »Ich bin nicht prüde«, röhrte die Walküre, »und bevor hier was läuft, möchte ich euch beide mal in Aktion sehen.« Ich hatte Hemmungen, wir beide vor dieser Frau? Max fand zwar Gefallen an der Idee, wollte sie in unser Spiel aber mit einbeziehen und forderte sie lüstern auf, sich ebenfalls auszuziehen. Sie tat es ohne Umschweife – ich mochte gar nicht hinschauen. Eine so üppige Frau mit einem derartigen Hinterteil und großen Brüsten, das ließ bei mir jegliche Erotik absterben. Max regte es hingegen sehr an, nach allen Regeln der Kunst schoben sie eine Nummer. Eifersucht spürte ich nicht, weil sie mich erotisch nicht anzog: Für mich war diese Frau ein Neutrum.

Mit Max schloß ich eine erotische Freundschaft, die bis zum Mauerbau andauerte. Danach schrieben wir uns regelmäßig. 1967 kam einer meiner Briefe als unzustellbar zurück, Empfänger nicht zu ermitteln. Nicht einmal Max' Grab habe ich gefunden. Das ist wohl Schicksal, wenn man ältere Männer liebt. Zuletzt sitzt man allein auf einer Bank.

»Freund, 47, sucht Freund für gegenseitige Hiebe mit Rohrstock, Rute oder Peitsche. Bitte hier anschreiben.« Die Nachricht in der alten Bahnhofsklappe, noch aus Kaisers Zeiten mit gußeisernen Konsolen und alten Blenden, entflammte mich. Ich kritzelte eine Antwort, gab Uhrzeit und Erkennungszeichen an. Ein paar Tage später spazierte ich, scheinbar uninteressiert, die Hände auf dem Rücken – das Erkennungszeichen – in der Nähe des Bahnhofs Ostkreuz auf und ab. Da sah ich ihn: trotz seines Alters jungenhaft wirkend, groß, schlank und drahtig-sportlich. Eine Mischung aus sorglosem Gassenjungen und graziler Katze. Gleichzeitig strahlte er jene Sicherheit aus, die mich an Männern immer gereizt hat.

Schon sehr früh mochte ich Sex härterer Gangart. Bereits in der Schule reckte ich meinen Hals, wenn Mitschüler mit dem Rohrstock versohlt wurden, obwohl sie mir auch leid taten. Pfiff das dünne Stöckchen durch die Luft, hielt ich den Atem an – in einer Mischung aus Scham, Schande und erotischen Gefühlen genoß ich es, selbst etwas mit dem Rohrstock auf den Hintern zu bekommen. Nahm der Lehrer mich am Kragen und mußte ich mich bücken, wußte ich zwar, daß der erste Schlag brannte wie Feuer, aber der zweite und dritte schmerzten schon nicht mehr. Sie waren für mich eher aufregend.

Die Böswilligen, die Philister und Moralapostel schreien, sobald sie etwas nicht verstehen – und was verstehen sie schon! –, pfui, das geht über unseren Horizont, also muß es krank sein, etwas Perverses, weg damit! Sollen sich doch die Psychologen mit meiner Art, Sexualität auszuleben, beschäftigen, ich geißle mich nicht ständig mit der Frage, warum ich so geworden bin, wie ich bin. Es macht mir Spaß, ich schade mit dem, was ich tue, niemandem, im Gegenteil, also, warum soll es etwas Schlechtes sein?

Mit klopfendem Herzen fuhr ich mit Jochen, meiner Eroberung von der Bahnhofsklappe, nach Mahlsdorf. Er war ganz verrückt auf Rollenspiele. Eines will ich erzählen: Ich holte meine Sammlung an kurzen Hosen aus dem Schrank – Cordsamthose, Nietenhose, Jeanshose, Badehose, Lederhose – und breitete sie auf dem Bett aus, während er auf Zettelchen Nummern von 1 bis 6 schrieb, die er den verschiedenen Hosen zuordnete. Die nächste Zettelsammlung war bestimmt für die verschiedenen Zuchtinstrumente – dünner Rohrstock, dicker Rohrstock, Rute, Peitsche, Siebenstriemer. Mit zwei Würfeln knobelten wir Zuchtinstrument und Hose aus. Dann multiplizierten wir die beiden Zahlen miteinander: Das Ergebnis legte die Anzahl der Schläge fest, die er mir oder ich ihm verpaßte. Wobei mir der passive Part immer lieber war, wohl auch mehr meinem Wesen entspricht. »Mein Gott, du handhabst ja den Rohrstock wie eine Jungfer im Mädchenpensionat«, zog Jochen mich auf, wenn ich ihm nicht Zuchtmeister genug war.

Siebenundzwanzig Jahre, bis zu seinem Tod 1987, war ich mit ihm zusammen. Er war Sportlehrer und in den dreißiger Jahren ein bekannter Tennisspieler. Im Dritten Reich hatte er eine Sandkastenbekanntschaft geheiratet, eine Lesbe, um vor den Nazis sicher zu sein.

Jochen beherrschte mich, und ich ließ mich gern beherrschen. Er beriet mich, machte Bauzustandsphotos von meinem Haus und ermahnte mich, jede Rechnung aufzubewahren. Von selbst wäre ich nie auf so etwas gekommen. Den Haushalt mit weiblicher Hand in Ordnung zu halten ist das eine, aber für Papierkram bin ich zu schusselig, das liegt mir einfach nicht. Als braves Weib tat ich, was Jochen mir sagte. Ich sah in meinen Männern das, was ein Mädel in der damaligen Zeit in einem Mann sah. Ich fühlte mich beschirmt, konnte auf sie zählen, wenn ich in Not war, und deshalb faszinierten sie mich.

Dieses Haus ist mein Schicksal. In höchster Not rief es mich, und ich war zur Stelle. Hier habe ich mir meinen Traum verwirklicht. Nicht nur den Traum vom eigenen Museum – es ist mehr als das, es ist mein Zuhause. Ich bin Museumsführer, Bewohner und Putzfrau in einem, und ich habe mich eingerichtet, wie eine Frau der bürgerlichen Mittelschicht sich um 1900 einrichtete.

In diesem Spätbarockbau untersuchte mich der Schularzt, als ich ein kleiner Steppke war. Seitdem ließ mich das Gutshaus nicht mehr los. Immer beobachtete ich, wie es ihm in den Zeitläuften erging.

Erbaut um 1780, war es zunächst ein Amtsvorwerksgutshaus der Staatsdomäne Köpenick. 1821 wurde es an Privatleute verkauft. 1869 erwarb es der wohlhabende jüdische Kaufmann Lachmann. Er modernisierte es im Stil der Zeit, ließ Flügeltüren mit Gesimsen, Supraporten anbringen und baute die vorgesetzte Freitreppe mit dem neoklassizistischen Stuck an der Hofseite. Die Parkseite mit der kleinen Terrasse und der Freitreppe blieb original erhalten, wurde lediglich restauriert. Im ganzen Haus ließ Lachmann Doppelfenster mit französischer Einteilung einbauen, die in jenen Jahren so beliebten Kreuzfenster.

Lachmanns Erben verkauften das Gut. Die letzten Rittergutsbesitzer in »Mahlsdorf an der Ostbahn«, wie es damals postalisch lautete, waren die Schrobsdorffs, eine thüringische Patrizierfamilie. Der Vater von Renate Schrobsdorff, einer Nichte des Dichters Friedrich Rückert, predigte in der böhmischen Brüdergemeine in Rixdorf.

1920 ging das Haus in den Besitz der Stadt Berlin über und wurde zehn Jahre als Kinderheim genutzt. Dann zog die Dorfschule ein, das Haus wurde umgebaut: Zwischenwände wurden herausgerissen, um Platz zu schaffen für vier Klassenzimmer. Abwechselnd waren danach Arbeitsdienst, Kartenstelle, Bürgermeisteramt und Arbeitsamt untergebracht, dann Straßenreinigung, Hilfsschule, Kinderwochenheim, Jugendamt, Finanzamt, Kriminalpolizei, Volksbücherei, Untersuchungsraum für den Schularzt und Kindergarten.

Ab 1958 stand das Haus leer. Eines Morgens schaukelte ich mit der Straßenbahn an ihm vorbei und sah einen Fensterflügel in den Ästen der Bäume hängen. Ich schaute genauer hin und bekam einen tollen Schreck: das Dach zerlöchert, Scheiben zerschlagen, Flügeltüren im Garten verstreut.

Ich stieg aus der Straßenbahn und inspizierte das Haus vom Keller bis zum Boden. Ein Jahr Leerstand hatte genügt, eine Ruine aus ihm zu machen. Vandalen hatten die Dielung rausgerissen, sie als Brennholz weggetragen und die Türklinken abmontiert. Toiletten- und Handwaschbecken in den oberen Räumen waren ebenso zertrümmert wie das Porzellan in der Küche. Auch die schönen neuen Eichenschränke lagen demoliert auf dem Boden. Alles, was nicht niet- und nagelfest gewesen war, hatten sie herausgeschleppt.

Als ich die Ruine sah, dachte ich, alle seien dem Wahnsinn verfallen. Nicht nur, daß irgendwelche Banausen das geschichtsträchtige Gutshaus in ein Trümmerfeld verwandelt hatten, nein, auch von offizieller Seite fühlte sich offensichtlich niemand verantwortlich. Wer wohl zuständig ist? fragte ich mich. Ich ging zum nebenan gelegenen Gutshof und fragte den Hofmeister, einen netten Menschen von bäuerlichem Phlegma, was mit dem Haus werden solle. »Sie meinen das Stadtschloß?« fragte er. Für die Mahlsdorfer hieß es »Stadtschloß«, obwohl es doch ein Gutshaus war. »Riesenkate mit Freitreppe« nannte Theodor Fontane solche Bauten. Der Hofmeister, den Kopf zur Seite geneigt, erklärte mir: »Das Ding wird abgerissen.«

Der letzte Hausmeister des Gutshauses verdingte sich inzwischen als Fahrkartenknipser auf dem Bahnhof Mahlsdorf. Abends um halb zehn suchte ich ihn in seinem Häuschen an der Sperre auf. Zwischen abfahrenden und ankommenden Zügen erzählte er mir, daß er versucht habe, das Haus zu sichern. Er hatte die Türen ein ums andere Mal mit Brettern vernagelt, aber einen Tag später waren sie wieder aufgebrochen.

Kurzentschlossen zog ich von meinem Geburtshaus in Mahlsdorf-Süd in das Gutshaus, ich mußte es doch vor weiterer Zerstörung bewahren. Auf dem nackten Fußboden richtete ich mir mit ein paar Decken einen Schlafplatz ein, und mit einer Trillerpfeife neben der Decke entschlummerte ich. An die nicht abschließbaren Türen hatte ich Holzbalken gelehnt, darauf Mauersteine getürmt. Bereits in der ersten Nacht versuchte jemand ins Haus einzudringen, meine »Alarmkonstruktion« fiel mit Getöse zusammen, ich schreckte hoch, stieß einen gellenden Pfiff aus und brüllte:

»Was ist da los?« Ein kurzes Poltern folgte, dann war Ruhe: Der ungebetene Gast hatte das Haus in Windeseile verlassen.

Die Lichtenberger Abteilung Volksbildung gab sich unnachgiebig. Mehrmals war ich vorstellig geworden, aber man erklärte mir, daß ich das Haus nicht bekommen könne. Den Wiederaufbau für mehr als zweihundertfünfzigtausend Mark hatte der Rat des Stadtbezirks abgelehnt. Stattdessen hatten die Provinzpolitiker Geld für den Abriß im Haushaltsplan untergebracht: sechzigtausend Mark. Damit sollte die Sprengung des Feldsteinfundaments und der Kappengewölbe des Kellergeschosses bezahlt werden. »Wenn das Geld da ist, dann wird es dafür auch verwendet«, lautete die sozialistisch-bürokratische Antwort auf meinen Hinweis, daß der Stadtbezirk durch mein Angebot sechzigtausend Mark einsparen könnte.

Für immer sollte dieses Stückchen Mahlsdorfer Ortsgeschichte verschwinden. Doch der Zufall – genauer gesagt: sozialistische Schlamperei – kam mir zu Hilfe.

Der ausquartierte Kindergarten hatte im Dorf nur eine Notunterkunft bekommen, so daß die Verwaltung ein endgültiges Domizil für die Jungen und Mädchen suchte. Ihr begehrlicher Blick war auf das Landhaus eines Fuhrunternehmers gerichtet, der in den Westen gegangen war. Wie damals üblich, konfiszierte man es.

Im Rahmen des kindergartengerechten Umbaus hatte man zwar eine Kohle-Zentralheizung eingebaut, aber eine entscheidende Kleinigkeit vergessen: einen größeren Schornstein.

Der Bezirksschornsteinfeger schüttelte den Kopf: »So nehm' ich den Schlot nicht ab«, eröffnete er, preußisch korrekt, der entsetzten Kindergartenleiterin. Und das unmittelbar vor Eröffnung dieses Prestigeobjektes! Der Abriß des alten Schornsteins vom Keller bis zum Dach und der Neubau sollten siebzigtausend Mark kosten.

Als ich in Lichtenberg zum x-ten Mal vor der Bürotür der Abteilung Volksbildung stand, erscholl von drinnen Gebrüll: »Wo soll ich denn siebzigtausend Mark für einen neuen Schornstein hernehmen? Der Abriß des alten Schuppens in Mahlsdorf kostet mich doch schon sechzigtausend Mark.«

Das Gezeter nahm und nahm kein Ende, so daß ich anklopfte und hereinplatzte. Mehr als rausschmeißen können sie dich nicht, dachte ich. Mir war inzwischen alles wurscht.

Als hätte er einen Goldesel vor sich – wenn man's genau nimmt, war ich ja auch einer –, hellten sich die Züge des Finanzhaushaltssachbearbeiters auf. Schrillte die Stimme eben noch im höchsten Diskant, war er nun die Sanftmut und Freundlichkeit in Person und begrüßte mich, sich vom Schreibtisch erhebend, jovial und aufgeräumt: »Da kommt er ja. Wollen Sie den alten Schuppen noch haben?« Ohne eine Antwort abzuwarten, wandte er sich erklärend an den neben ihm stehenden Kindergartenbauleiter: »Wenn dieser junge Mann das Gutshaus in Mahlsdorf übernimmt, habe ich sechzigtausend Mark frei. Den fehlenden Betrag kriegen wir dann auch noch zusammen.« Natürlich wollte ich.

Er überließ mir das Haus, allerdings ohne irgendwelche schriftlichen Abmachungen mit mir zu treffen. Er nötigte mir nur eine Unterschrift ab, mit der ich zusicherte, alle Arbeiten auf eigene Gefahr zu verrichten. Damit hatte sich die Verwaltung doppelt abgesichert: Zum einen konnte sie mich jederzeit wieder vor die Tür setzen, zum anderen war die Stadt Berlin, falls ich beim Dachdecken vom Haus stürzen sollte, niemandem gegenüber haftpflichtig. Mir war das einerlei, ich wollte nur das Haus retten.

Ich schaffte erst mal Ordnung. Eine irre Arbeit, denn Dreck und Glassplitter steckten in buchstäblich jeder Ritze. Die Ruine ohne Heizung, ohne Wasser, ohne Klo, ohne Scheiben verwandelte ich peu à peu wieder in ein Haus. Ich zog Hunderte von Nägeln aus noch vorhandenen Türen, Fensterrahmen und Wänden, die die früheren Nutzer hinterlassen hatten.

Ich wollte die Zeit von 1870 bis 1900 wieder auferstehen lassen und hielt mich an die Vorgaben des Kaufmanns Lachmann, der das Haus im Stil des Neoklassizismus modernisiert hatte. Das paßte wunderbar zu »meiner« Gründerzeit.

Obwohl die sogenannten Gründerjahre nur kurze Zeit währten – sie begannen 1871 nach dem deutsch-französischen Krieg und endeten bereits 1873 unrühmlich mit einer großen Depression, dem »Gründerkrach« –, nennt man die verschiedenen Modestile, die Einrichtungsgegenstände und auch die Architektur der Jahre zwischen 1870 und der Jahrhundertwende den Gründerzeitstil.

Die Industrialisierung schritt rasant voran: Maschinen produzierten schneller und, weil in großen Mengen, billiger. Gesimse und Kehlleisten konnten nun maschinell gefräst, die zum Teil aufwendigen Beschläge gestanzt, gepreßt oder gegossen werden, während zuvor Handwerker jedes Stück einzeln hatten fertigen müssen.

Ein Heer von Künstlern übertraf sich in immer neuen Entwürfen. Die Möbelhersteller kopierten nahezu alle historischen Stile der Vergangenheit, wenn auch nicht immer fehlerfrei, und wandelten sie modisch ab. Sowohl einzelne Möbel als auch komplette Salons, Wohn-, Eß-, Herren- und Schlafzimmereinrichtungen, das Interieur für Restaurants, Apotheken, Bäckereien wurden in Romanik, Gotik, Renaissance, Barock, Rokoko, Klassizismus und nach 1900 sogar in Empire und Biedermeier gestaltet. Diese Neostile bezeichnet man als Historismus. Der beliebteste Modestil – ganz gleich, ob die Möbel einfach oder elegant gefertigt waren – war die Neorenaissance.

Selbst der Jugendstil, zwischen 1900 und 1910 in Mode, konnte den Historismus nicht ganz verdrängen. Vollständige Zimmereinrichtungen und Küchen waren besonders begehrt: Deckenstuck, Kronleuchter, Ofen, Türen, Teppiche, alles sollte »stilecht« sein. Auch die Gehäuse der technischen Geräte – Spieldosen, Musikautomaten, Orchestrien, Grammophone, Telephone, Nähmaschinen und Uhren – waren mit Liebe zum Detail dem jeweiligen Stil angepaßt.

Aber bald schwappte von Amerika die Welle der »Sachlichkeit« herüber. Schreibtische, Rollschränke und selbst die Gehäuse der Edison-Phonographen entsprachen nur noch dem Zweck. Zierrat war verpönt. Um 1910 empfahl ein Nachschlagewerk der praktischen Hausfrau: »Ein Buffet soll nicht süß sein und nicht reizend und keine kleine Kirche, auch keine Raubritterburg, es soll nichts anderes tun, als den Staub und die Fliegen von den Tellern und der Suppenschüssel fernhalten.« Da bin ich ganz anderer Meinung: Schnörkel und Zierde erfreuen doch den Menschen. Alles ist heute so versachlicht.

Sicher, Kuponschneiderei und Spekulationsskandale prägten die Gründerzeit. Der übersteigerte Expansionsrausch, die Prunksucht der Schlotbarone und Krautjunker und der vermessene Anspruch der Hohenzollern »Am deutschen Wesen soll die Welt genesen« widerspiegele sich, so die Kritiker, in den Möbeln. »Der zusammenhanglose Katzenjammer« sei »ungehörig und nicht ganz menschlich«. Unsinn – für mich haben Gründerzeitmöbel Figur!

Abwertend nennt man diesen Stil den wilhelminischen, aber der Historismus hatte seinen Ursprung in der Mitte des 19. Jahrhunderts in England, wo die Industrialisierung früher eingesetzt hatte; dort entwickelte sich später der Victorian style. Auch in Frankreich, Italien, der Schweiz, Dänemark, Polen, Rußland und Österreich faßte der Historismus Fuß. Natürlich sahen die Säulen eines Eßzimmerbuffets in Paris etwas anders aus als die in Berlin, Wien, Warschau oder Sankt Petersburg.

Ich weiß, daß der Stil der Gründerzeit Surrogat ist, aber dennoch: Ich neige diesen Dingen zu, weil sie liebevoll gestaltet sind.

Im Gegensatz zum Jugendstil, der anschloß an den Historismus und bis in die fünfziger Jahre als kitschig verpönt war, dann aber seinen Siegeszug antrat, löst die Gründerzeit bei den meisten Fachleuten bis heute Stirnrunzeln oder Naserümpfen aus. Des öfteren besuchten mich im Laufe der Jahre Museumsfachleute und Kunsthistoriker. An einen erinnere ich mich noch genau, an seine zusammengekniffenen Augen und seine verständnislose Frage: »Wieso haben Sie eigentlich die Epoche der Gründerzeit gesammelt?« – »Ich fand und finde das einfach hübsch, und schließlich sollte man auch die Epoche des früheren Industriezeitalters der Nachwelt erhalten. Sehen Sie doch«, fuhr ich im Wohnzimmer fort, »ich habe hier das Gefühl der Geborgenheit, der Beständigkeit. Der Bücherschrank mit seinen Säulen, das Paneelsofa mit den Sesseln dazu, Tisch und Stühle, die Standuhr, der Schreibtisch mit Aufsatz, das Klavier mit Säulen, die Messingleuchter und der Balustradenaufsatz, alles im Stil der Neorenaissance, wie ausgewogen das ist. Eine typische Mittelstandseinrichtung von 1890. Das bin ich!« Dem konnte er nur zustimmen: »Ja, wenn Sie das so sehen.«

Für mich spielt es keine Rolle, ob die Möbel aus einem hochherrschaftlichen, einem Mittelstands- oder einem einfachen Arbeiterhaushalt stammen. Aber, wenn ich recht überlege, bevorzuge ich Mittelständisches. Für die Prunkstücke bin ich zu schlicht, aber zu einfach soll es auch nicht sein. Sechstürige Buffets mit geschnitzten Zwergen möchte ich nicht geschenkt haben, sie sind mir zu unbescheiden, zu bombastisch.

Ich bewundere das Schloß Sanssouci, das Neue Palais, den

Muschelsaal, aber wohnen möchte ich dort nicht. Die Hausfrau in mir würde sagen: Na, was müßte ich hier Fenster putzen und Staub wischen! In dieser Beziehung bin ich zweigeteilt, in Herrschaftsdame und Hausfrau. Im Zweifelsfall siegt die Hausfrau.

Bevor ich mir den Traum vom eigenen Museum verwirklichen konnte, mußte ich dreieinhalb Jahre Schutt schippen. Die vielen neugezogenen Zwischenwände im ersten Stock belasteten die Zimmerdecken im Parterre, an einigen Stellen waren sie um bis zu achtzehn Zentimeter abgesackt. Ich riß die Wände ab und karrte, pferdefuhrwerkweise, das Geröll auf den Schuttplatz. 1962 schaute sich eine Mitarbeiterin von der Denkmalpflege staunend um und fragte: »Welche Firma hat Ihnen denn den Schutt herausgeholt?« Ich hob meine beiden Hände: »Das ist meine Firma.« Mir wurde bedeutet, daß das Haus vielleicht unter Denkmalschutz gestellt wird. Aber nichts Konkretes passierte. Der Gründerzeitstil war suspekt und Lottchen ebenfalls.

Das Haus hatte keine Fenster und Türen mehr, dafür reichlich Schwamm und Holzwurm. Der Schwamm wucherte wegen der unsachgemäßen Nutzung des ersten Stockwerks: Für die Kinder waren hier Waschräume eingebaut worden, den Fachwerkwänden zum Trotz. Das Haus faulte. Ich baute Gerüste und stützte die einsturzgefährdeten Decken mit Eisenträgern ab, um im ersten Stock ungefährdet arbeiten zu können. Jahrelang konservierte ich die Balken mit Schwamm- und Holzschutzmitteln. Eine tolle Schinderei, aber Spaß hat sie mir trotzdem bereitet.

Meine Kenntnisse hatte ich aus meiner Arbeit am Schloß Friedrichsfelde und aus Büchern erworben. Die Berechnungen, Mathematik war nie meine Stärke, besorgte ein befreundeter Statiker.

Praktischerweise bekam ich damals einen Job auf dem

Gutshof nebenan. Als Nachtwächter. Morgens um sechs schmiß ich meinen Kittel in die Ecke, schlüpfte in meine kurze Lederhose und stieg, ohne meine Matratze beguckt zu haben, aufs Dach. Von Wurm oder Schwamm befallene Latten sägte ich heraus. Neue Latten und Dachsteine karrte ich mit einem Pferdefuhrwerk aus dem nahen Biesdorf oder aus Mahlsdorfer Stallungen und Scheunen heran. Einmal fuhr ich bis Berlin-Mitte, wo ich in der Roßstraße sieben Meter lange, alte Deckenbalken kaufte und barg. Vom Abrißplatz des VEB Tiefbau holte ich mir Kastenfenster, die dort gestapelt auf dem Hof herumlagen.

»Der Verrückte ist wieder da«, begrüßten mich die Bauleute in Abrißhäusern, wenn sie mich sahen. Von der Denkmalpflege hatte ich mir mitteilen lassen, wo im Zentrum Gebäude abgerissen wurden. Die »flügeltürverdächtigen« erkannte ich schon an den Fassaden.

So kam ich auch in die Prenzlauer Straße und blieb vor der Barockfassade eines Hauses stehen: dem Mette-Haus, benannt nach seinen früheren Besitzern, Adolf und Emilie Mette. Einst Gutshaus vor den Toren der Spandauer Vorstadt, war später eine Stiftung in ihm untergebracht, die mittellosen Mädchen, oft Waisen, eine hauswirtschaftliche Ausbildung ermöglichte.

Ich wollte schon weitergehen, als sich im Parterre ein Fenster öffnete und ein Mütterchen, alt wie ein Stück Elfenbein, seinen kleinen Kopf herausstreckte. »Sie betrachten sich so interessiert unser schönes altes Haus. Leider wird es in Kürze abgerissen.«

Auf meine Frage nach Flügeltüren aus der Gründerzeit baten sie und ihre Schwester mich herein und zeigten mir stolz ihre Flügeltüren mit Gesimsen aus der Zeit um 1870. Sie hatten fast das gleiche Profil wie die mir noch fehlenden in Mahlsdorf.

Alle anderen Wohnungen im Haus waren bereits geräumt, die Schwestern Hirschfeld als letzte Bewohnerinnen hatten die Schlüssel, und ich unternahm nicht nur eine hochinteressante Besichtigungstour, sondern richtete mir in einer der Wohnungen sogar ein Lager für die Möbel ein, die ich bei meinen Streifzügen durch andere Abrißhäuser ergatterte.

Aus dem Mette-Haus baute ich drei Flügeltüren aus, die ich mit dem Fuhrmann Philipp, mit dem ich befreundet war, in seinem kleinen Lastauto nach Mahlsdorf transportierte. Aus Nachbarhäusern montierte ich Türklinken und -rahmen ab, Scheuerleisten, Dielenbretter, Stuckrosetten, Glockenzüge, Treppentraillen und dreiundzwanzig Türgesimse.

Eines Morgens kam ich zum Mette-Haus und entdeckte, daß ein großes Stück Putz der Barockfassade auf dem Trottoir lag. In ihm steckte noch immer die eiserne Kanonenkugel, die General Tettenborn 1813 während der Befreiungskriege gegen Napoleon hineingeschossen hatte. Mit einem Stemmeisen hatte jemand versucht, sie herauszubrechen, war aber gescheitert. Ich vollendete seine Arbeit und schaffte das eiserne Zeitzeugnis ins Märkische Museum, wo es noch heute zu besichtigen ist.

Als im alten Berliner Fischerkiez auf der Fischerinsel das von Ludwig Hoffmann um die Jahrhundertwende erbaute Standesamtshaus abgerissen werden sollte, auch hier die Bausubstanz tadellos, entdeckte ich hoch oben im Giebel das Berliner Bärenwappen in Sandstein, mehrere Zentner schwer. Ich drückte dem verdutzten Sprengmeister zwanzig Mark in die Hand und bat ihn, den Giebel so zu sprengen, daß das Wappen erhalten blieb. Aus sicherer Entfernung beobachtete ich das Getöse, und als sich der Staub verzogen hatte, lag der Stein mit dem unbeschädigten Berliner Bären zuoberst auf dem Trümmerhaufen.

Für den Transport des schweren Sandsteinreliefs konnte

ich, ebenfalls mit einem Zwanziger, den Baggerführer gewinnen. Mit Stahlseilen befestigten wir es an dem Schaufeltier und fuhren im Schrittempo zum Märkischen Museum. Heute liegt der Stein an der Fassade neben dem Seiteneingang.

Die Arbeiter hielten mich für etwas wunderlich, aber mein Drang, alles zu bewahren, schien ihnen auch ein bißchen zu imponieren. Einer pflichtete mir bei: »Daß der Magistrat den Fischerkiez, die Wiege Alt-Berlins, zerstört, ist ein Verbrechen.« Heute ragen hier häßliche Betonhochhäuser empor.

Alt-Berliner Flair atmet heute nur noch das Scheunenviertel. Der SED-Staat ließ in den letzten Jahrzehnten ganze Stadtviertel, die historisch gewachsen waren, bewußt verrotten, wollte sie bis spätestens 1995 durch Plattenbausiedlungen ersetzen.

Damals zog ich oft des Nachts los, »bewaffnet« mit Hammer, Zangen, Stemmeisen, Schraubenzieher, um selbst widerspenstige Türrahmen abmontieren zu können. Einmal spazierte ich, morgens um drei, durch die Gassen des Scheunenviertels, durch die Wadzeck- und die Georgenkirchstraße, entdeckte ein Abrißhaus und tapste durch die Keller und das Vorderhaus, mir mit einer Taschenlampe den Weg bahnend.

Bald hatte ich einen Türrahmen ausgemacht und ging an die Arbeit. Daß ich furchtbar lärmte, wurde mir erst bewußt, als ich durch ein kaputtes Fenster luchste: Zwei Polizisten näherten sich dem Haus. »Was machen Sie denn hier um diese Zeit?« – »Ich baue diesen Türrahmen ab.« Der Polizist richtete den Lichtkegel direkt auf mein Gesicht, kam näher und rief: »Mensch, sind Sie das mit dem Museum, über den kürzlich was in der Zeitung stand?« – »Ja, der bin ich.« Die Polizisten schwärmten aus und brachten mir Stühle – manche natürlich aus den Dreißigern, weil sie sie nicht von Stühlen aus der Jahrhundertwende unterscheiden konnten –, Kaffeemühlen und Stangen für Luftklappen.

Nach der Sammelaktion begab ich mich zur Baubude am Mette-Haus. »Na, was führt dich denn so früh hierher?« begrüßten mich die Bauarbeiter. Sie ließen sich nicht lange bitten, spannten den Trecker an, wir fuhren zurück ins Scheunenviertel, der Polizist hatte mit seinem Hund Wache gestanden. »Ist nichts weggekommen«, grinste er. Wir karrten alles zusammen und brachten es in mein Lager.

Der Tag rückte näher, an dem die Schwestern Hirschfeld ihre enge Neubauwohnung in Friedrichshagen beziehen mußten, traurig verabschiedeten sie sich von mir. Obwohl ihre neue Bleibe modern ausgestattet war, haben sich die beiden Frauen immer nach ihrem alten Domizil in der Prenzlauer Straße zurückgesehnt.

Mit den Bauleuten bekam ich meist schnell Kontakt. Drückte ich ihnen zwanzig oder fünfzig Mark in die Hand, begeisterten sie sich: »Mensch, dann ziehen wir dir noch ein paar Balken raus. Und solltest du noch Türen brauchen, dann kannst du dir die ausbauen und die Stuckrosetten abmachen.« Ich erinnere mich, daß ich in einem Haus noch an den Stuckrosetten herumschraubte, während die Bauarbeiter schon die Sprenglöcher bohrten. Der mit der großen Tute guckte vom Hof hoch, und als er mich an der Decke herumturnen sah, brüllte er im breitesten Berlinisch: »Mensch, mach hinne, schraub deine Rosetten ab, sonst sprengen wir dir weg, samt die Rosetten.«

Das meinte er zwar scherzhaft, aber die Situation stand sinnbildlich für das, was vor sich ging. Fast nie konnte ich so schnell retten, wie zerstört wurde. Hatte ich vom Denkmalschutz eine neue Abrißadresse bekommen, war oft nur noch ein Trümmerfeld übrig, wenn ich eintraf. In Bezug auf die Zerstörung ganzer Stadtteile ging der Sozialismus mit hochkapitalistischer Effizienz und Behändigkeit vor. Wenigstens ein bißchen von dem, was im Berlin der sechziger und siebziger Jahre vernichtet wurde, konnte ich den Abrißbirnen und Sprengmeistern entreißen.

Es ist nicht nur totes Gestein, es sind nicht nur leblose Möbel: In diesen Gegenständen widerspiegelt sich die Geschichte der Menschen, die dies erbaut, die hier gelebt haben. Die sinnlose Zerstörung berührt die Lebensweise, die Grundlagen geistiger wie ästhetischer Kultur. Sie macht, unwiederbringlich, den Alltag ärmer.

Triebfeder in mir war immer, etwas zu erhalten – nicht für mich, sondern für die Nachwelt: Es soll weitergehen, es soll nichts sinnlos enden. Ich bin beseelt von diesem Gedanken. Was immer du tun kannst mit deinen zwei Händen, dachte ich, mußt du tun. Oft wünschte ich mir mehr Hände, um Schloß Schöneiche zu retten oder Schloß Fredersdorf, das noch in den achtziger Jahren abgerissen wurde.

Aus den Häusern baute ich alles so vorsichtig aus, daß nichts kaputtging. Jede Schraube vom Klingelbrett nahm ich mit. Gerettete Treppentraillen nummerierte und verwahrte ich in meinem Museum, bis ich sie brauchte.

Ausstellungsbesucher glauben oft, die Türklinken, die Gesimse, die Spitzenbänder der Türen und die Scheuerleisten seien schon immer dagewesen. Weit gefehlt. Aber ich bin natürlich ein bißchen stolz, daß alles so harmonisch wirkt.

Ich befragte Hausfrauen, alte Damen und Dienstmädchen, die früher in Stellung waren, um herauszubekommen, welche Möbel in einem Gründerzeitwohnzimmer oder -eßzimmer standen und wie sie arrangiert waren. Ich wälzte Möbelkataloge aus Kaisers Zeiten, die ich bei Trödlern im Krieg gefunden hatte. In Antiquariaten wühlte ich nach Büchern und wurde fündig: »Die praktische Hausfrau« von 1900 oder »Ich kann wirtschaften« von 1890. Ausnahmslos Ratgeber, die Haushalt, Etikette und Wohnungseinrichtung betreffen.

Und seltsam, ich fand das alles so richtig und auf mich zugeschnitten, daß ich eine perfekte Hausfrau der Gründerzeit wurde.

Die erste Museumsführung in Mahlsdorf am 1. August 1960 kam per Zufall zustande. Straßenbahnarbeiter besserten gerade die Schienen aus, die Gärtner arbeiteten im Park, und die Gutsarbeiter hatten auf dem Hof erzählt: »Mensch, da müssen wir mal reingehen.« Nach Feierabend erschienen sie, und ein paar neugierige Passanten schlossen sich ihnen an. Zwei Zimmer hatte ich komplett eingerichtet, ein Wohnzimmer von 1890, noch heute ist es die zweite Station meiner Führung, und ein Eßzimmer, das ich ein Jahr später ausquartierte, um dem neogotischen Zimmer Platz zu machen.

Mein Museum sprach sich rum. Die Bauern und Bürger von Mahlsdorf erzählten sich in den Gaststuben: »Da steht ein großer Musikautomat mit Blechplatten, die spielt er euch alle vor.« Obwohl die Wände nicht renoviert waren und das Stroh noch von den Decken herunterhing, waren die Leute begeistert, fanden es kurios. Arbeiterbrigaden, Schulklassen, Kunststudenten und natürliche Museumskollegen besuchten mich.

Seit 1963 steht das Prunkstück meiner Sammlung im Keller meines Mahlsdorfer Gutshauses, die »trockenste Kneipe« Berlins. Ich fuhr in die Mulackstraßse im Scheunenviertel, um aus der »Mulackritze« Möbel zu erwerben. Daß ich in eine der berühmtesten Kneipen des alten Berlins gerufen worden war, ahnte ich noch nicht, als ich durch die schmalen Rinnsale der Straßen ging, die trotz ihrer abgetakelten Hausfronten, trotz der winzigen Ladenlokale und trotz der großen abgeblätterten Stellen Putz einen für mich wohltuenden Kontrast darstellten zur Monstrosität des nahen Alexanderplatzes.

Im Scheunenviertel kriegte man immer schon schneller eins aufs Maul als im übrigen Berlin. Kaschemmen, Kneipen und Kramläden, Huren, Luden, Trödler und kleine Ganoven bestimmten hier seit der Jahrhundertwende das Bild. Viel früher standen in dieser Gegend die Scheunen der Berliner Ackerbürger, daher der Name des Kiezes. Als ein Kurfürst entschied, daß die Scheunen gefälligst vor die Tore der Stadt gehörten, entstand hier das Scheunenfeld, ein Gassengeviert aus siebenundzwanzig Speichern. Am Ende des 18. Jahrhunderts mußten die Scheunen Wohnbauten weichen, engen verwinkelten Häusern, gelegen in winzigen Gassen.

Wie in kaum einem anderen Stadtteil hatten die jeweiligen Machthaber versucht, diesem Ur-Berliner Viertel ihren Stempel aufzudrücken – vergebens. Schon Kaiser Wilhelm II. wollte das Quartier komplett abreißen lassen, so sehr waren die engen Gassen mit ihren winzigen Höfen und den miserablen Wohnungen und Kellerverliesen auf den Hund gekommen. Vollgepackt mit Menschen tobte sich im Gassengewirr Leben in Reinkultur aus. Huren und ihre »Beschützer« schlürften in den Kneipen – fast alle ohne Konzession – ihre Bouillon gemeinsam mit Bürgern und Arbeitern aus der Nachbarschaft.

Nach dem Ersten Weltkrieg tobte hier jemand anderes: Der sozialdemokratische »Bluthund« Gustav Noske hatte nach dem sogenannten »Spartakusaufstand« die Bewohner des Kiezes zum Abschuß freigegeben. Oberst Reinhard, Befehlshaber der Berliner Truppen mit dem sinnigen Spitznamen »Schlächter von Berlin«, trug die Offensive zur Rückeroberung der Straßen um den Alexanderplatz vor. Den Schießbefehl Noskes – »Jede Person, die mit Waffen in der Hand gegen Regierungstruppen kämpfend angetroffen wird, ist sofort zu erschießen.« – erweiterte der forsche Oberst noch: »Ferner sind aus Häusern, aus welchen auf die Truppen geschossen wurde, sämtliche Bewohner, ganz gleich, ob sie ihre Unschuld beteuern oder nicht, auf die Straße zu stellen und in ihrer Abwesenheit die Häuser nach Waffen zu durchsuchen; verdächtige Persönlichkeiten, bei denen tatsächlich Waffen gefunden werden, sind zu erschießen.« In den engen Gassen des Scheunenviertels wurden die probaten Mittel aus der Feldschlacht des Ersten Weltkrieges eingesetzt: von Flammenwerfern über Tanks bis zu schweren Haubitzen. Man kann sich vorstellen, was das für den überfüllten Kiez bedeutete. Vor den Szenen, die sich aufgrund dieses wahnsinnigen Befehles im März 1919 in den Straßen um den Alexanderplatz abspielten, zieht man auch heute noch am besten einen Vorhang.

Aber das Scheunenviertel behauptete sich, und auch die Bestrebungen in der Weimarer Republik, Licht und Luft ins Scheunenviertel zu bringen – was letztlich seine Zerstörung bewirkt hätte –, blieben auf halbem Wege stecken.

Ost-Juden kamen ins Scheunenviertel. Das Leben, das fast ausschließlich auf der Straße stattfand, veränderte sich. Zur Unter- und Halbwelt gesellten sich fliegende jüdische Händler mit langen gedrehten Schläfenlocken, Kopfbedeckungen und ausladenden Kaftanen, die, Kleider über dem Arm, durch die Menge strichen, bald hier, bald dort Anpreisungen flüsternd.

Neben den Parolen für Liebknecht und Luxemburg tauchten in den zwanziger Jahren immer mehr »Heil Hitler«-Schmierereien auf. Nach der »Machtergreifung« versuchten die Braunen, ihrem Märtyrer, dem Sturmführer und Zuhälter Horst Wessel, mit einem Horst-Wessel-Haus, einer Horst-Wessel-Straße und einem Horst-Wessel-Theater ein Denkmal zu setzen.

Am Abend des 14. Januar 1930 hatte sich die Witwe, bei

der Wessel wohnte, gegenüber einer KPD-Bereitschaft über ihren Untermieter beschwert. Er habe eine Hure, die für ihn laufe, bei sich einquartiert, weigere sich aber, zusätzliche Miete zu bezahlen. Das Rollkommando mit »Ali« Höhler aus der Mulackstraße an der Spitze zog los, um dem braunen Laiendichter eine Abreibung zu verpassen. Es kam zu einem Handgemenge, in dessen Verlauf Höhler, Zuhälter und Mitglied des Ringvereins »Immertreu«, Wessel erschoß. Als dieser einen Monat später seinen Verletzungen erlag, erklärte der Gauleiter von Berlin, Joseph Goebbels, den Dreiundzwanzigjährigen zum Erlöser. Dessen Lied »Die Fahne hoch, die Reihen fest geschlossen« wurde zur zweiten deutschen Nationalhymne im Dritten Reich, Ali Höhler – zu sechs Jahren für seine Tat verurteilt – an die SA ausgeliefert und von den Braunhemden viehisch umgebracht.

»15 Gastwirtschaft 15« stand in großen Stucklettern quer über die Hausfront der Mulackstraße 15, als ich der Kneipe 1960 meinen ersten Besuch abstattete. Die letzte Wirtin des Lokals kam mir entgegengeschlurft. Das früher ungebändigte schwarze, fast afrikanische Haar ergraut, dünn und splissig, schaute sie mich durch ihre dicken Brillengläser an und begrüßte mich: Minna Mahlich, verhärmt und von ihrem Schicksal gezeichnet, und wären nicht ihre dunklen, klaren Augen gewesen, unverhohlen neugierig und sprühend von Leben, ich hätte sie für eine Trümmerfrau gehalten.

Ich kaufte eine Standuhr, Tische und Stühle, eine Kredenz und ein Buffet. Die Geschichte des Hauses interessierte mich, und Minna Mahlich legte los. 1770 erbaut, war es bis 1952 eine Gastwirtschaft gewesen. In den zwanziger Jahren hatte »Sodkes Schankwirtschaft«, so der offizielle Name, viele illustre Gäste: Henny Porten drehte hier 1920 den Film »Das Mädchen aus der Ackerstraße«, einen Milieufilm aus dem alten Berliner Scheunenviertel. 1929 wurde dann auch in den

Stuben gedreht: »Mutter Krausens Fahrt ins Glück«, ein Film über das Schicksal einer armen Berliner Proletarierfamilie unmittelbar nach dem Ersten Weltkrieg.

Künstler, Schauspieler und Literaten zischten in den Zwanzigern hier ihre Molle, denn die Mulackritze war ein sogenannter »doller Laden«. Zwischen den Ganoven, Strichern und Nutten bewegte sich alles, was im Bohemien-Berlin von sich reden machte: Fritzi Massary, die Grande Dame der Berliner Bühnen, Claire Waldoff, Max Pallenberg, Bertolt Brecht, der auch nach dem Krieg Gast im Lokal war, Hubert von Meyerinck, Gustaf Gründgens, Paul Wegener, Wilhelm Bendow, Siegfried Breuer und die göttliche Dietrich, damals noch eine pummelige, unbekannte Schauspielerin.

Hier verkehrte jahrelang die Riesin Sofie, mit 2,32 Meter wohl eine der längsten Frauen der Welt. Wegen ihrer vielfarbig schillernden Kleider, die sie bodenlang trug, und ihres exotischen Federkopfputzes war sie vor allem bei den Transvestiten der Mulackritze ungemein beliebt. Als besonderer Gunstbeweis galt es, wenn man sich auf dem Arm der Riesendame, die auch brillant Chansons zur Grammophonbegleitung zum Vortrag brachte, fotografieren lassen durfte.

Heinrich Zille zeichnete sein Berliner »Milljöh«, das er im Scheunenviertel gefunden hatte, in der Mulackritze. Seine kleine Tochter wippte währenddessen auf dem Schoß irgendeiner Hure oder eines Zuhälters. Jahrzehnte später besuchte sie erneut die Mulackritze, diesmal im Keller meines Gründerzeitmuseums. Hochbetagt, aber rüstig stand Margarete Köhler-Zille vor der Theke, ihre Hände streiften das Thekenblech, und glänzenden Auges erzählte sie mir, daß sie an heißen Tagen, während ihr Vater in der Ecke am Tisch saß und zeichnete, ihre Nase an der Rille des Blechs gekühlt habe.

Schon zu Kaisers Zeiten verkehrte der berühmte jüdische Sexualforscher Magnus Hirschfeld in der Mulackritze. Denn bereits unter Wilhelm II. war die Kneipe ein Dorado für

Schwule, Lesben und Transvestiten. Zeitweilig tagte dort die »Dienstagsgesellschaft« für Frauen in Männerkleidern und die »Donnerstagsgesellschaft« für Männer in Frauenkleidung ebenso wie die Spar- und Ringvereine »Immertreu« und »Felsenfest«. Bis zu acht Huren liefen für den Laden und hatten oben in der Dachkammer ihre »Arbeitsmöglichkeiten«.

Bei handfesten Keilereien flogen Stühle und Biergläser durchs Lokal. Der besonders brutale »reisende Arthur«, mit Händen wie Klosettdeckel, schoß 1907 die blutjunge Ida Krüger nieder, weil sie ihren Animierverdienst nicht mit ihm teilen wollte. Dank ihrer dicken Korsage überlebte sie.

Der Spar- und Ringverein »Immertreu« wechselte in den zwanziger Jahren die Kneipe, zog von der Mulackritze in eine Kaschemme in die Breslauer Straße 1. Einmal begossen sie, in Frack und Zylinder, die Beerdigung eines Vereinsbruders. Damals wurde unter der Frankfurter Allee die U-Bahn gebaut. Die Zimmerleute vom Bau gingen nach Feierabend in ebenjene Kneipe, wo die Sparvereinsleute saßen. Die Immertreuen, durchaus nicht zimperlich, wenn es ans Austeilen ging, waren sehr empfindsam, wenn sie sich in ihrer Ehre angegriffen fühlten.

Als ein besonders forscher Zimmermann den Chapeau claque, einen zusammenklappbaren Zylinder, eines würdig Trauernden mit der Faust brachial bearbeitete und das gute Stück verbeult auf dem Haupt des Immertreuen lag, folgte eine veritable Holzerei. Ging zunächst das gesamte Kneipenmobiliar zu Bruch – der Pianospieler rückte das Klavier von der Wand ab, um sich dahinter vor den umherfliegenden Gläsern, Flaschen, Stühlen, Tischbeinen und später ganzen Tischen zu schützen –, verlagerte sich die Keilerei mehr und mehr auf die Straße, als die »Blauen« kamen, die gesamte Breslauer Straße abriegelten und sich frisch ins Getümmel stürzten. Niemand konnte mehr Freund und Feind auseinanderhalten, zumal auch Bewohner der angrenzenden Häuser die Gelegenheit beim Schopf ergriffen, mal wieder richtig Bambule zu machen. Selbst die Huren ließen sich nicht lange bitten und schmissen aus den oberen Stockwerken, wo sie sich ihre kleinen Liebeskammern eingerichtet hatten, Blumentöpfe hinunter, auf daß das muntere Treiben nur ja nicht abflaue. Als keine Töpfe mehr aufzutreiben waren, verfielen die Damen auf eine neue, würzigere Idee: Sie leerten ihre gefüllten Nachttöpfe über den Köpfen der Randalierer. Bis in die sechziger Jahre sprachen die Leute von dieser Straßenschlacht als der imposantesten, die Berlin je gesehen hat.

Insgesamt blieb Gewaltkriminalität aber die Ausnahme. In der Regel wurde jemand, der sich Unbotmäßiges geleistet hatte, »hinten ohne« über einen Kneipentisch gelegt, und alles hatte seinen Spaß, mal ordentlich draufzuhauen.

Oben in der Dachkammer praktizierte man auf Wunsch »Liebe und Hiebe«, SM-Sex, mit Peitsche oder Rohrstock auf entsprechenden Böcken. Hier konnte, in Abwandlung des geflügelten Wortes Friedrichs des Großen, jeder nach seiner sexuellen Façon selig werden, und diese Freizügigkeit reizte offensichtlich den wackeren Forscher Magnus Hirschfeld.

Die Szenerie der Mulackritze bot dem Mann, der mit seinen klugen, wohlwollenden Augen und seinem hängenden Schnurrbart aussah wie ein hilfsbereiter Großvater, genügend Studienmaterial für seine aufklärerischen Bücher.

Ich verdanke Magnus Hirschfeld sehr viel, obwohl ich ihn nie persönlich kennenlernte. Seine Bücher gaben mir die Gewißheit, daß ich als Transvestit nicht allein auf der Welt war. Hirschfeld war der Erfinder des vielleicht falschen, aber zumindest epochemachenden Terminus vom »dritten Geschlecht«, als das er die Homosexuellen bezeichnete. Der Experte der Sexualpathologie und Sachverständige in vielen Prozessen hatte es sich zur Aufgabe gemacht, mittels seiner

Forschungen den Beweis anzutreten, daß das, was von weiten Teilen der Gesellschaft als »pervers und entartet« angesehen wurde, nicht dazu verdammt werden dürfe, in Kerker gesperrt zu werden, daß es nicht kriminell, sondern vielleicht krank, vielleicht auch nur »anders als die anderen« sei. Sein Lebenswerk war, wie immer man heute zu seinen Thesen stehen mag, vom Geist großer Humanität erfüllt, und neben Forschergeist gründete sich sein Schaffen auf die tiefe Sympathie für alles Menschliche. Unnötig zu betonen, daß die Nazis ihn für ein »altes Schwein« hielten und seine Bücher auf dem Scheiterhaufen loderten – und nicht nur sie: Auch eine Puppe, die Hirschfelds Züge trug, flammte an jenem Maiabend des Jahres 1933 auf dem Bücherscheiterhaufen in Berlin auf. Goebbels und seine Schergen ließen keinen Zweifel daran, was Hirschfeld geschehen wäre, hätte er sich nicht gerade auf Weltreise befunden, als die Nazi-Barbarei einsetzte. So konnte er bis an sein natürliches Lebensende im Jahre 1935 noch zwei Jahre an den Stränden des Mittelmeeres entlang flanieren.

Das Lokal war unter seinem vorletzten Wirt Fritz Brandt, dem die Mulackritze von 1921 bis 1945 gehörte, bis zuletzt eine Schwulen-, Lesben- und Transvestitenkneipe geblieben. Tauchten während der Nazizeit Leute auf, die man nicht kannte und die verdächtig nach Spitzeln aussahen, legte Fritz Brandt eine Nazi-Platte aufs Grammophon, so daß alle gewarnt waren und sich nicht verplapperten.

Fritz Brandt hatte Mut und Courage. Ohne Bildung zwar, aber von schöner menschlicher Gesinnung. Da er verheiratet war, hätte er in der Nazizeit die Nutten, Schwulen und Transvestiten rausschmeißen und aus der Mulackritze ein »anständiges« Lokal machen können. Aber nein, Opportunismus war seine Sache nicht. Sein Herz gehörte den Huren, den Schwulen, den Lesben und den Transvestiten. Im Kiez hielt man zusammen. Und nicht nur das: Ein letztes Häuflein Transvestiten, die, wollten sie überleben, nur untertauchen konnten, fütterte er im Krieg persönlich durch. Polizeilich nicht mehr gemeldet, kamen sie an keine Lebensmittelkarten mehr heran, und so servierte der Mulackritzenwirt ihnen im Hinterzimmer Stammessen, meist Kohlrübeneintopf, die im Krieg nur fünf Groschen kosteten. Nach Ladenschluß verdienten sich die Transvestiten als Küchenmädel oder Putze Geld bei diesem kleinen Helden, dem niemand ein Denkmal setzte. So blieben sie nicht nur am Leben, sondern bewahrten sich auch ihre Menschenwürde.

Dieses »abartige« Tun, nämlich den nach Lesart der Braunhemden »menschlichen Abschaum« vor dem Zugriff zu verbergen, war lebensgefährlich für Fritz Brandt, und es geheimzuhalten, nicht einfach, denn vor allem in den letzten Kriegsjahren veranstaltete die SS oft Razzien im Scheunenviertel. Selbst die Ruinen und Luftschutzkellerdurchbrüche suchte sie mit Hunden ab, nach sogenannten »Wehrkraftzersetzern« und Deserteuren fahndend.

Da außer dem Bierlager kein weiterer Kellerraum in der Mulackstraße 15 existierte, konnte man von den Nebenhäusern aus nicht in das Lokal eindringen. So reichte es, die Straße unter Beobachtung zu halten. Für den Fall der Fälle hatte Fritz Brandt Vorsorge getroffen und jemanden engagiert. Rückte SS an, stieß der Späher auf seinem Schlüssel einen gellenden Pfiff aus. Dann rafften die Transen die Röcke, stiegen auf den Müllkasten, huschten über die Mauer, erklommen das Schuppendach, und von da war es nur noch ein Katzensprung über ein weiteres Stallgebäude bis zum Garnisonsfriedhof. Dort befand sich ein Mausoleum, in dem sich die Frauen im Männerkörper, die nie eine Waffe in die Hand genommen hätten, verstecken konnten. Und so überlebten viele, die ohne den couragierten Wirt ein Rauch gewesen wären im Wind von Auschwitz: die schöne Vera, zerbrechlich wie eine Glasblume, oder Ruth mit dem braunen, glänzenden Haar, den kirschfarbenen Lippen und dunklen Sherry-Augen.

»Ist noch etwas von der Gaststube zu sehen?« fragte ich Minna Mahlich. Alte Gastwirtschaftseinrichtungen, das Fluidum aus dem Duft Tausender von Zigaretten, vermischt mit Bratengeruch und Bierdunst, hatten mich schon immer fasziniert. Dies alles prägte die Gastwirtschaft, zusammen mit der Musik, die aus dem alten Grammophon plärrte. »Ja, die Gaststube kannste sehen, die ist noch da.« Sie holte den Schlüssel und, die Gaststube war ohne elektrisches Licht, einen alten emaillierten Leuchter. Spinnweben hingen von der Decke bis zur Theke. Vor ihr stapelten sich Preßkohlen: Die Kneipe war inzwischen zum Kohlenlager degradiert. In der Mitte stand ein Hauklotz, um ihn gespaltenes Holz, aber die alten Flaschen und Gläser reihten sich fein säuberlich in den Regalen hinter dem Tresen, selbst das Grammophon stand noch auf dem Schanktisch, und der Regulator hing an der Wand. Das »Tanzen verboten«-Schild, das Fritz Brandt angebracht hatte, um Musiksteuer zu sparen, hing ebenso wie die Hurenverbotstafel: »Protistuierten ist der Eintritt in dieses Lokal verboten.« Fritz Brandt hatte die Orthographie nicht ganz beherrscht. Darunter kam der Nachsatz und eigentliche Witz: »laut Polizeiverordnung«. Damit wußten die Mädchen, daß der Wirt nichts dagegen hatte. Ein weiteres Schild verbot das »Klammern«, eigentlich »Klaverjas«, ein jüdisches Kartenspiel. Neben dem Trichtergrammophon stand der alte Hungerturm, die Bulettenvitrine, in der aufgestapelt war, was das Magenknurren vertrieb, Soleier, Rollmöpse und und und. Ein Pfefferkuchenherz aus Gips, ein Reklameschild, deutete daraufhin, daß die Kneipe Vollkonzession besaß: Hier konnten die Gäste sogar Kuchen mampfen. Ich betrachtete die aufgehängten Bilder und Bierreklameschilder und jubelte: »Die ganze Einrichtung ist ja komplett Neorenaissance, schätzungsweise 1890.« – »Det haste jeraten, jenau 1890 sind de Möbel jemacht.«

Diese echte Berliner Gastwirtin mit Witz und Humor hatte sich ihre Kodderschnauze weder von den Nazis noch von den SED-Genossen rauben lassen. Minna Mahlich war eine geborene Levinthal. Nur weil ihr Mann Alfred, ein sogenannter Arier, ihr die Treue hielt, hatte sie das Nazi-Reich überlebt.

Die nationalsozialistischen Behörden, Gestapo und Polizei hatten ihn ohne Ende schikaniert: »Lassen Sie sich endlich von Ihrer ollen Stinkjüdin scheiden, und heiraten Sie ein arisches Mädchen«, knurrten sie ihn an. Er aber hatte die Unerschrockenheit zu sagen: »Wissen Sie, das müssen Sie schon mir überlassen. Ich habe meiner Frau am Altar die Treue geschworen, und die werde ich halten.« Ein wahrhaft christlich gesonnener Mann mit Mumm.

Bevor der Krieg anfing, servierten die Mahlichs gemeinsam in der Mulackritze. Nach der sogenannten »Reichskristallnacht« 1938 war es Minna Mahlich verboten, im Lokal zu arbeiten, und sie hatte Glück, daß ihr Mann den Krieg überlebte. Wäre er gefallen, hätte man sie sofort in ein KZ verschleppt. Kurz nach Kriegsende starb Fritz Brandt, Minna Mahlich pflegte ihn bis zuletzt, so gut es ihr möglich war. Im Krieg war sie zu Zwangsarbeit abkommandiert, mußte auf dem Lehrter Güterbahnhof Zementsäcke, Kohlen und zentnerschwere Kartoffelsäcke schleppen. Sommers wie winters, bei Tag und bei Nacht. Besonders gemein und niederträchtig war, daß die jüdischen Frauen während der Arbeit keine Mäntel tragen durften, selbst bei starkem Frost nicht.

Aber Minna Mahlich hielt durch, und 1945 übernahm sie mit ihrem Mann die Kneipe. Es dauerte nicht lange, und die alten Gäste waren wieder da: Film-, Rundfunk- und Theaterleute, Schwule, Lesben, Transvestiten und Huren. Es durfte wieder getanzt werden zu Grammophon oder Pianola. Doch die Ruhe vor der Behördenwillkür war trügerisch und sollte nicht lange währen. Noch bevor der Staat DDR gegründet war, fingen neue Querelen an. Eines Tages, die übliche Kundschaft hockte in der Kneipe, erschien ein Vertreter des Bezirksamts Mitte und erklärte mit krächzender Stimme: »Frau Mahlich, wenn Sie die Nutten, Lesben und Schwulen nicht rausschmeißen, entziehen wir ihnen die Schankkonzession und machen den Laden dicht.« Minna Mahlich, hinter ihrer Theke stehend, brauste auf: »Dat müßt ihr jrade mir sagen, mir, als Opfer des Nationalsozialismus. Ick denke, die Zeiten sin vorbei.«

Die Zeiten waren zwar vorbei, doch die neuen Herren hatten ihre eigenen Ansichten von Sitte und Anstand. Sie strichen ihr zunächst die »Opfer des Faschismus«-Rente, mehr als vierhundert Mark monatlich, und entzogen ihr am 26. Februar 1946 die Schankerlaubnis. Erst nach Widerspruch und Einschaltung der russischen Kommandantur bekam Minna Mahlich Anfang März Bescheid, die Schließungsverfügung sei aufgehoben. Aber das Wirtschaftsamt gab sich damit nicht zufrieden, bearbeitete offensichtlich die russische Kommandantur, und mit Datum vom 23. März 1946 flatterte erneut ein Schreiben vom Bezirksamt Mitte in die Mulackritze. In kaum verhülltem Triumph wurde dort verkündet, daß der russische Kommandant inzwischen die Schließungsverfügung bestätigt habe.

Nur durch einen Zufall wurde dieser Bescheid später aufgehoben. Das Ost-Berliner »Antifaschistische Widerstandskomitee« hatte Minna Mahlichs Bruder zu einer Tagung eingeladen. Dr. Max Levinthal aus Brüssel war Mitbegründer der dortigen Résistance. Als er sich beim Magistrat für seine Schwester einsetzte, fürchtete man dort, peinlich berührt, das antifaschistische Renommee könne Schaden nehmen. Minna Mahlich erhielt erneut die Schankkonzession, die Rente freilich bekam sie erst wieder ab Zustellung des Bescheides ausbezahlt und nicht rückwirkend, wie es rechtens gewesen wäre. Auch versäumte man nicht, ihr für die wiedererteilte Schankerlaubnis eine Verwaltungsgebühr von einhundert Reichsmark aufzubrummen.

Ein paar Jahre herrschte Ruhe, aber dann folgte ein Lehrstück aus dem stalinistisch-bürokratischen Gruselkabinett. Die Volkspolizei wurde auf das Lokal angesetzt, und schnell war das Verdikt gesprochen: »Da Sie auf Grund polizeilicher Ermittlungen nicht mehr die persönliche Zuverlässigkeit, die zur Führung eines Gaststättenbetriebes erforderlich ist, besitzen«, sehe man sich veranlaßt, die Gewerbeerlaubnis mit sofortiger Wirkung zu widerrufen, hieß es in einem Brief vom 10. Oktober 1951. Da die Gewerbeerlaubnis vom Polizeipräsidenten entzogen worden sei, könnten keine Rechtsmittel eingelegt werden, endete das Schreiben höhnisch.

Was mit »persönlicher Zuverlässigkeit« gemeint war, lag auf der Hand: Huren, Schwule und Lesben in seinem Lokal zu dulden, war nach Lesart des SED-Staates ein derartig unsozialistisches und unsittliches Treiben, daß sofort eingeschritten werden mußte: Gefahr im Verzuge. Der Mulackritze folgten einunddreißig weitere Kneipen der Spandauer Vorstadt. Praktisch über Nacht wurde der Kneipenkultur im Scheunenviertel der Garaus gemacht.

Der Magistrat hatte den Kiez stubenrein gemacht, damit seine Ruhe und war's zufrieden. Lediglich das Haus Mulackstraße 15 bekam eine zehnjährige Gnadenfrist.

Im zweiten Akt war man weniger gnädig. »Zur Erfüllung der mit dem Aufbau Berlins verbundenen Aufgaben wird Ihr im Aufbaugebiet von Berlin gelegenes Grundstück benötigt«, hieß es lapidar in einem Schreiben vom 24. Oktober 1961. »Aufbau«, das war im Wortgebrauch der Plattmachersozialisten die Verschandelung des Scheunenviertels mit Plattenbauten. Selbstverständlich hielt man die entsprechenden Paragraphen bereit, die im Dekretstil die Enteignung für rechtens erklärten. Die Abteilung Finanzen des Rates des Stadtbezirks Mitte nahm zunächst »in Anspruch« – nämlich das Haus –, danach »teilte man mit« – nämlich die Entschädigungssumme, die Mahlichs aufgrund des »Entschädigungsgesetzes vom 25. April 1960, das für Groß-Berlin übernommen« worden sei, zustehe: siebentausendsiebenhundert Mark. Für ein Haus, das fast zweihundert Jahre alt und dessen Bausubstanz tadellos in Ordnung war.

Der Vorhang zum dritten Akt hob sich im darauffolgenden Schreiben, in dem man Mahlichs mitteilte, daß sie ein Konto bei der Sparkasse der Stadt Berlin einzurichten hätten, auf das die Entschädigungssumme überwiesen werde. Über den Witzbetrag konnten Minna und Alfred Mahlich nicht in Gänze sofort verfügen – gestattet war ihnen lediglich, das Geld in Kleckerraten abzuheben.

Im Dezember 1963 schloß sich der Vorhang endgültig für das denkmalgeschützte Haus, in dem die letzte Zillekneipe Berlins beherbergt war: Es wurde abgerissen. Und bis heute, 1992, steht nur ein Eisenzaun, so breit wie das alte Häuschen, an seiner Stelle.

Als ich 1960 das erste Mal unten in der Gaststube stand und hellauf begeistert von der wunderbaren Theke schwärmte, schaute sie mich mit ihren klugen Augen an und fragte mich nach meinem Namen. Ich antwortete: »Berfelde.« – »Na, du Quatschkopp«, lachte sie fröhlich, »ick will deinen Vornamen wissen.« – »Lothar.« Da guckte sie mich verschmitzt an: »Na, Lothar, du bist doch ooch am 17. 5. geboren«, eine Anspielung auf den damals noch gültigen Homosexuellen-Paragraphen 175. Das kam so spontan, daß mein Gesicht wohl die Farbe wechselte, sie aber lachte: »Brauchst jar nischt rot zu werden, gloob mir, ihr wart mir immer de liebsten Gäste, da jabs nie Randale.«

Auch männliche Stricher waren gern gesehene Gäste in der

Mulackritze. Aus der Stein- oder der Linienstraße kommend, wo sie auf und ab liefen, wärmten sie sich zwischen Dirnen und »normalen« Gästen auf. Manchmal brachten sie ihre Freier gleich mit und ließen sich einladen.

Oben in der Kneipe lag die Giebelstube, im 18. Jahrhundert Soldatenstube, später Fremden- beziehungsweise Dienstmädchenzimmer. Als ich bei der Besichtigung des Hauses die schmale Treppe nach oben stieg und in die Giebelstube trat, sichtete ich einfache Fenster mit schmiedeeisernen Wirbeln. Das ist ja hübsch, dachte ich. Die alten Mullgardinen waren verstaubt und verschlissen, tote Fliegen lagen auf den Fensterbrettern, hier hatte jahrelang keiner mehr saubergemacht.

Zwei Betten standen links und rechts vom Fenster, darunter ein kleiner Tisch, links von der Tür ein kleiner Kanonenofen, daneben noch eine Chaiselongue. Minna Mahlich klärte mich rasch und unverblümt, wie es ihre Art war, über die letzte Funktion dieses pittoresken Stübchens auf: »Det war die Hurenstube. Immer in Betrieb. Unten dat Geschäftliche besprochen, schnell hoch, aufn halbes Stündchen, manche haben det ooch in zehn Minuten jemacht. Die beeden Betten waren belegt, meistens gleichzeitig. Jenauso die Chaise. Wat denkst denn du, da steht in der Ecke der Paravent, der läßt sich uffklappen, dann konnten die sich gegenseitig nicht mehr bejaffen. Die auf der Chaiselongue konnten allerdings alle beede sehen.« Minna Mahlich erzählte, bis ich rote Ohren bekam.

Da ich alles, was zum Lokal gehörte, beisammenhalten wollte, inspizierte ich das ganze Haus bis in den letzten Winkel. In einer der oberen Seitenkammern, mit kleinen Türen neben den Bettstellen, standen verschlissene Koffer und ein alter Holzbock. »Det is der Prügelbock, hier war doch ooch S/M-Betrieb. In dem schwarzen Koffer sin die Zuchtruten drin, hol ihn mal raus.« – »Den Koffer würd' ich gerne mitnehmen«, sagte ich schüchtern. Da guckte sie mich an: »Sei doch ehrlich, den Inhalt doch ooch. Det kannste dir allet mitnehmen, samt dem Prügelbock. Haste eigentlich schon mal mit soner Peitsche wat druffgekriegt?« fragte sie, wartete die Antwort gar nicht erst ab, sondern nahm die lange, kräftige Hundepeitsche raus. »Doch, doch, hab' ich schon«, stammelte ich. »Na denn, leg dir mal rüber übern Bock.« Minna Mahlich nahm Maß, ein Pfiff ging durch die Luft, es knallte auf meinen kurzen Lederhosen, als wäre ein Schuß losgegangen. »Na siehste, kannste allet noch jebrauchen«, lachte Minna Mahlich.

Ich war in eine Schwulenkneipe geraten, in der alles meiner Mentalität entsprach. Da gab es SM-Betrieb für Frauen mit Frauen, für Männer mit Männern, und natürlich für die Huren, die sich gegen Penunze den Hintern versohlen ließen oder aber, bei devoten Liebhabern, den aktiven Part übernahmen.

Während Mahlichs und ich die Lokalmöbel aufluden, spazierte auf der anderen Seite der Straße eine elegante Dame, langer taillierter Mantel, extravaganter Hut. An drei roten Leinen führte sie drei Pekinesenhündchen spazieren, die wie durcheinandergeratene Wollknäuel anmuteten. Mit einem Mal schrie Minna Mahlich quer über die Straße: »Na Vera, du Aas, du kennst wohl ooch keenen Menschen mehr?« Da drehte die Dame sich um, und die drei Hündchen kugelten ausgelassen über die Straße.

»Ach, das ist ja schade, daß das hier raus kommt«, flötete die zarte Person. »Det jeht allet nach Mahlsdorf«, sagte Minna, »er hier«, sie zeigte auf mich, »hat da 'n Museum.« – »Ach, da komm ich auch mal hin.« Die Dame verschwand, und ich rätselte noch: der elegante Mantel, die hübschen Ohrringe und die Hündchen – sollte die mal in dieser Gegend für den Laden gelaufen sein?

»Die Dame is ’n Kerl«, sagte Minna trocken, als sie meine fragenden Augen sah. »Die schöne Vera«, fuhr sie fort, »is jahrelang für meinen Laden geloofen, schon seit dem fuffzehnten Lebensjahr. Verachen hatte immer zahlende Freier, hat det Jeld nie versoffen, und ihr Geschmeide, da täusch dich man nich, is allet echt. Sie war ’ne männliche Edelhure.«

Bis in die sechziger und siebziger Jahre wollte der SED-Staat die Schwulen loswerden, und so stand Vera eines Tages mit ihren Pekinesen am Grenzübergang Friedrichstraße, um in eine andere Welt zu ziehen, nach West-Berlin. Ihr gesamter Bekannten- und Freundeskreis stand in der Abfertigungshalle Spalier und brach in Ovationen aus. Sie schlugen Topfdeckel aneinander, manche bliesen auf dem Kamm: »Muß i denn, muß i denn zum Städtele hinaus«. Vera reichte einem Zöllner ihre Papiere. Der aber wollte sie nicht passieren lassen. »Sie sind eine Frau, aber hier im Ausweis steht ein Männername. Wenn Sie ein Mann sind und Frauenkleider tragen, lassen wir Sie nicht durch.« Daraufhin darlingte Vera: »Auch wenn dir so was sicher noch nie begegnet ist: Schätzchen, daran mußt du dich gewöhnen!« Der Zöllner, völlig verunsichert, holte einen Offizier, der mit Hundeführer und einer ganzen Meute Schäferhunde auftauchte. Sie forderten die Juhu-schreienden Tunten auf, die Halle zu räumen, wohl aus Angst, die Schwulen könnten die Barrieren umkippen. Belämmert ließen sie Vera schließlich durch.

Als ich »Auslandsreisen« in den Westteil der Stadt unternehmen konnte, wollte ich sie wiedersehen, doch ich kam zu spät. Spektakulär, grotesk, schauerlich und doch irgendwie alltäglich, fast so, wie viele Episoden ihres Lebens, war ihr Tod. Gerade den Haushalt gemacht, in Kleid und Kittelschürze, war Vera mit dem Mülleimer in der Hand die Treppe hinuntergestürzt und brach sich das Genick. Bis zuletzt lief sie im Kleid durch die Gegend. Als Frau hatte sie gelebt, als Frau wurde sie begraben. Und viele schritten hinter ihrem Sarg her, fast so viele wie bei der Beerdigung von Elli aus der Bierbar.

Doch zurück zu Minna Mahlich, diesem Berliner Original. Schrillte im Gründerzeitmuseum die Hausglocke unmöglich, also mindestens fünfzehnmal, oder haute jemand zusätzlich einen Krückstock gegen die Eingangstür, wußte ich immer, wer davorstand: Minna. »Lottchen, mach uff, die Mahlichen is da.«

Manchmal nahm sie sonntags mittags an den Führungen teil, neben fünfundzwanzig anderen, und wenn wir die letzte Station, die Mulackritze, erreichten, stand sie oft auf, schnaufte Richtung Theke, fuhr mit dem Finger über das Blech und wieherte: »Lottchen, du Sau, hast wieder dat Thekenblech nich jeputzt.« – »Meine Herrschaften: historischer Moment. Das ist die letzte Wirtin der Mulackritze: Minna Mahlich«, rief ich in die erstaunte Besuchermenge, und alle klatschten.

Am 5. April 1971, wenige Jahre vor ihrem Tod, hatte Minna Mahlich ihren letzten Auftritt in der Mulackritze. Es war ihr siebzigster Geburtstag, ich hatte die Presse eingeladen, und auch ein Team des Berliner Rundfunks war gekommen, um Minna Mahlich zu interviewen.

Die Rundfunkleute fühlten sich, während das Tonband unschuldig seine Kreise drehte, zunehmend unwohler; die Gesichtsfarbe der Redakteure changierte von fleckigem Violett bis zu Aschgrau. Denn was sie nicht bedacht hatten: Minna Mahlich, rundlich hinter ihrer alten Theke die Szenerie beherrschend, erzählte die Geschichten aus dem Milieu genauso drastisch und ungeschminkt, wie sie geschehen waren. Unter anderem von der hübschen jungen Blondine, deren

Liebhaber ihr im Séparée der Mulackritze den Rock hochgehoben hatte. »Und was wurde da sichtbar?« fragte Minna Mahlich, die damals auf dem Weg zur Küche einen Blick auf die von Blondine und Kunde besetzte Holzbank geworfen hatte, in die pikiert schweigende Journalistenrunde. Sie streckte ihre beiden Zeigefinger in einem Abstand von zwanzig Zentimetern in die Luft und prustete los: »Son Schwanz zwischen den Strapsen.« Entgeistert schauten sich die Rundfunkleute an. Natürlich konnte ein solcher Satz im real existierenden Sozialismus nicht gesendet werden, und als der Beitrag über den Äther ging, waren Minna Mahlichs deftige, dem Leben abgeguckte Schilderungen so zurechtgeschnipselt, daß auch Pastorentöchter ihre Freude daran haben konnten. Ach, was war man doch spießig anständig im »Sozialismus« – hier wurde Sex »altdeutsch« betrieben.

Museum, Möbel, Männer.

1963 hatte ich einen Termin: Besichtigung einer Standuhr mit Säulen, Rosa-Luxemburg-Straße. Ich stieg am Alexanderplatz aus, und da begegnete er mir: sehr gutaussehend, groß, volles Haar, lange Sommerhosen, das Jackett lässig über dem Arm – ein maskuliner Adonis. Sein Alter war nicht genau auszumachen, wirkte er doch einerseits jung und elastisch, strahlte aber andererseits eine gewisse vertrauenerweckende Ruhe und feine Gelassenheit aus, wie gutmütige Menschen sie haben, die in Ehren ergraut sind. Er belegte mich mit einem Blick, der mir durch und durch ging. Ich hatte meine kurzen schwarzen Lederhosen an, Klapperlatschen, ging mit meinem Täschchen frohgemut aus dem S-Bahnhof und erstarrte. Ein Funke war übergesprungen, ich drehte mich nach ihm um, er drehte sich nach mir um und winkte mir zu. Ich war zwiegespalten: Soll ich die Uhr sausenlassen? Für eine Sekunde trugen die Jas und Neins ein Kämpfchen in mir aus, es siegte – die Standuhr.

Was war ich enttäuscht, als die Standuhr in Nußbaum mit Säulen von 1890 sich als eine flämische à la Danziger Barock von 1910 entpuppte. An sie denke ich heute nicht mehr, wohl aber an jenen Mann. Das sind Augenblicke im Leben, über die man noch Jahre später sinniert, weil man glaubt, man habe etwas verpaßt. Ob man wirklich etwas verpaßt hat, weiß man nicht, aber man bildet es sich ein.

Ungefähr zur selben Zeit lernte ich Tutti, die eigentlich Peter heißt, kennen. Sie arbeitete als Tierpfleger auf dem Gutshof neben meinem Museum. Sechstausend Schweine suhlten sich in den Ställen, manche hatte ich – obwohl als Nachtwächter angestellt – selbst abgeferkelt. Wenn ich Arbeit sah, erledigte ich sie. Das ist mein Naturell. Ich mag nicht rumsitzen. Und außerdem: Einfache Menschen überzeugt man am besten durch Arbeit. Irgendwann scherte sich auf dem Gutshof niemand mehr darum, wenn er mich mit Schürze und Kopftuch sah.

Die Person, deren zierlicher Körper so sehr mit dem Adlerprofil, dem ausgeprägten Adamsapfel und dem gespaltenen Kinn der Durchsetzungsfähigen kontrastierte, erregte meine Aufmerksamkeit. Das rotblonde, kleine Wesen schien viel zu zart für die schwere Arbeit als Tierpfleger. Ich ahnte, daß wir gleich veranlagt waren. Als Mädels gekleidet – sie im resedagrünen Kleid, ich im blauen, die blonden Perücken aus dem Schrank gekramt, die Augenbrauen nachgezogen und in die Pumps geschlüpft – staksten Tutti und ich zum Bahnhof und fuhren nach Berlin-Mitte.

»Hallo Mäuschens«, begrüßten uns die Arbeiter des Gutshofes, denen wir unterwegs begegneten, uns unter der Maskerade nicht erkennend – obwohl wir uns doch jeden Tag über den Weg liefen. »Mutti und Tochter gehen aus«, riefen uns die Arbeiter hinterher. Tutti war, weil viel kleiner, überzeugt, daß nur sie mit der »Tochter« gemeint sein konnte, und schaute mich triumphierend an. Die mitfahrenden Zuggäste rätselten und, nachdem sie uns eingehend gemustert hatten, grummelten: »Dat sind wohl doch Weiber.« Reaktionen auf mein Dasein zwischen allen Schubladen.

Kaufte ich ein in weinrotem Damenmantel, Kopftuch und Damenschuhen, wurde ich manchmal scheel angesehen, die Verkäuferinnen steckten ihre Köpfe zusammen und tuschelten. Dann watschelte eine nach hinten und quäkte: »Kommt mal alle nach vorne, Luzi mit dem roten Mantel ist wieder da und holt ihren Käse und ihre Buttermilch.«

Ich nahm's ihnen nicht übel, denn es war nicht böse gemeint, sie waren nur neugierig. Ich verabschiedete mich freundlich, und nach kurzer Zeit war ich keine Rummelattraktion mehr für sie. Auch heute fällt es den meisten gar nicht auf, daß ich nicht die ältere Dame bin, für die sie mich halten. Andere waren sich nicht ganz sicher. Aber sie bedienten mich. Kreuzte ich allerdings in unweiblichen Klamotten auf, kam es vor, daß die Verkäuferinnen sich scheckig lachten. Ich wußte nie so recht, was sie in so heitere Stimmung versetzte. Der Henkelkorb? Meine sanfte Stimme? Meine weiblichen Bewegungen? Instinktiv hatten sie richtig reagiert. Männlich angehauchte Kleidung paßt einfach nicht zu mir, ich fühle mich unsicher. Im Kleid oder taillierten Damenmantel stimmt alles. Die Leute merken, wenn jemand eins ist mit sich.

Aber zurück zu Tutti und unseren Ausflügen und Partys. Sie bewohnte eine Sechs-Zimmer-Flucht in einem roten, langgestreckten Backsteingebäude aus dem frühen 19. Jahrhundert, das »Der rote Ochse« genannt wurde.

Aus der Unmenge von Haushaltsauflösungen hatte ich Tutti Schlafzimmer-, Eßzimmer-, Herrenzimmer-, Salon- und Tanzsaalmöbel besorgt, die sie mit weiblicher Hand perfekt arrangierte.

In Tuttis Holzdielen-Tanzsaal, den ein großes flämisches Buffetunterteil zierte und in dem zwei Schrankgrammophone aus den Zwanzigern für Stimmung sorgten, konnten viele DDR-Transvestiten zum ersten Mal ihre Andersartigkeit ausleben. Wir amüsierten uns wie »Bolle auf dem Milchwagen«.

Hier versammelte sich eine bunt-herbe Mischung Leben, wobei die Herben vor allem unter den lesbischen Frauen zu finden waren. Mit Anzug und angeklebtem Bart erschien die Inhaberin eines Hundefrisiersalons aus Köpenick mit ihrer Freundin. Diese fand Gefallen an einer anderen Bartträgerin und wurde von ihrer resoluten Freundin verdroschen. Tutti wollte eingreifen. »Noch ein Wort, dann kriegste von mir eine gescheuert«, warnte die Pudelpflegedame, die Hände in die Hüften stemmend, sich wie ein Kofferfisch mit Luft aufpumpend, und ich dachte: Vorsicht! Tutti hingegen, ohne meine weiblichen Antennen ausgestattet, hatte eine große Klappe, kriegte einen Schlag auf die Brust und purzelte in ihrem resedagrünen Kleid hinter das Sofa. Die Beine in der Höh, rutschte ihr Kleid hoch, ebenso der Unterrock. »Mensch, Tutti, hast du schmale Schenkel«, krakeelte eine Lesbe, während die Frauenkeilerei sich auf die Veranda verlagerte.

Alles lachte, und – Mann schlägt sich, Frau verträgt sich – nach kurzer Zeit saßen die Hundesalondame und ihre Freundin wieder glücklich lächelnd nebeneinander.

Mit der Rauflustigen trat ich später als Kleindarstellerin in dem DEFA-Streifen »Fleur Lafontaine« auf. Während sie mit falschem Bart als Haudegen durch die Zwanziger-Jahre-Kulisse stiefelte, spielte ich eine zerbrechliche Schöne im schwarzen Taftkleid.

Überhaupt der Film! 1942 kam ich erstmals mit ihm in Berührung. »Theater- & Filmverleih Willy Porte« stand auf dem Schild an dem Haus in der Lange Straße 24, als ich, von ebenjenem Herrn Porte eingeladen, seinem Requisitenfundus einen Besuch abstattete. Bei ihm roch es förmlich nach Filmwelt.

Fabriketagen voll mit Biedermeierzimmern, Salons, Herren- und Schlafzimmern, Koch- und Nachttöpfen – es fehlte an nichts. In den Ateliers wurden nur die Kulissen gebaut: Porte lieferte das gewünschte Interieur. Komplette Einrichtungen von Konditoreien und Kneipen warteten hier auf ihren Einsatz in Ufa-Filmen.

Porte benötigte Phonographenwalzen für die nächste Produktion. Zum ersten Mal erhielt ich Verleihhonorar.

1959 spazierte ich eines Tages durch Tempelhof. In Alt-Tempelhof entdeckte ich an einem Bauernhaus das alte Schild von Willy Porte. Ich spähte durch die Fenster der Stallungen, die als Requisitenlager dienten. »Nanu, wir kennen uns doch«, sagte Porte, der, inzwischen weißhaarig, in seinem kleinen Büro schwer auf seinem Stuhl saß und mich mit blanken Knopfaugen freundlich musterte. Ich reparierte ihm kurzerhand einen Musikautomaten, der keinen Ton mehr von sich gab und dringend benötigt wurde. Er bezahlte mit Westgeld, damals von ungeheurem Wert für jemand aus dem Osten.

Zu Beginn der sechziger Jahre tauchten die ersten Requisiteure aus Babelsberg und Adlershof im Museum auf und fragten nach Grammophonen, Platten, Gaslampen.

Die Regisseure wußten meine Kenntnisse zu schätzen: Wurden Gründerzeitfilme gedreht, engagierten sie mich als Berater. Möbelwagenweise expedierte ich Gründerzeitstücke nach Babelsberg, wenn der DEFA-Fundus nichts hergab. Ich richtete den Regisseuren stilgerechte Dekorationen ein. Mitte der Sechziger stand erneut ein Filmprojekt an, ein Regisseur besuchte mich und beschloß strahlend: »Hier steht doch schon eine komplette Gastwirtschaft, was sollen wir die nach Babelsberg schleppen? Wir drehen hier.«

Der Chefrequisiteur lud mich nach Babelsberg ein, ich durfte den Fundus der DEFA besichtigen und war entzückt über die Sofaabteilung, die vielen verschiedenartigen Tische und Stühle, das Lager mit den Kronleuchtern. Ein Glücksgefühl durchströmte mich: Der Fundus besaß das Flair eines riesigen Trödlerladens. Die zusammengewürfelten Möbel schauten mich an und erzählten Geschichten: von den Menschen, die sie gebaut hatten, und von jenen, bei denen sie früher als stumme Gäste Jahrzehnte verbracht hatten. Ich schnüffelte an Salonschränken und Buffets. Genauso schnuppere ich in alten Kellern, in denen Verstaubtes, über Generationen Gesammeltes oder Vergessenes in Ruhe altert. Moder ist für mich, was für andere Chanel No. 5 ist.

Die Filmleute waren zwar begeistert von meinen stilechten Kulissen, aber sie behandelten die Möbel aus ihrem Fundus nicht so, wie es ihnen zukam. Auf einem wunderschönen Flügel schoben sie eine Beethovenbüste so oft hin und her, daß er eine Schmarre davontrug. Sie holten braune Fußbodenfarbe und besserten ihn – husch, husch – aus, statt das gute Stück furnieren zu lassen. Ein anderes Mal jagten sie Zehn-Zoll-Schrauben durch ein Buffet. Mir blutete das Herz.

»Kinder, die ganze Füllung des Buffets ist falsch eingeschraubt«, mahnte ich sie, erntete aber nur genervte Blicke. So setzte ich mich selbst hin und verpaßte der Anrichte wieder ihr rechtes Antlitz.

In dem Film »Die unwürdige Greisin«, der zum Teil in meinem Museum gedreht wurde, spielte Hanne Hiob, Bertolt Brechts Tochter, die Hauptrolle. Für die Pausen hatte ich ihr ein Zimmer bereitet, in dem sie sich ausruhen konnte. Einmal fanden jedoch auch in diesem Raum Dreharbeiten statt. Wohin mit ihr? Ich selbst hatte, da das ganze Haus Requisitenkammer und Drehort zugleich war, mich mit der Messingbettstelle in der Toilette einquartiert. Kurzentschlossen bot ich Hanne Hiob mein Bett an. Sie nahm, unkompliziert und bescheiden dankend, mit dem Abort vorlieb.

Was ich an Honoraren verdiente, steckte ich in »mein« Haus, schaffte Kalk, Steine und Zement heran, bezahlte Handwerker und kaufte neue Möbel. In den ersten Jahren schuftete ich wie ein Pferd, und was meine bloßen Hände bis heute erarbeitet haben, entspricht einem Wert von dreihunderttausend Mark. 1972 drückte mir der DDR-Staat die erste – und freilich auch letzte – Anerkennung für meine Arbeit aus: Das Haus wurde unter Denkmalschutz gestellt.

Meine erste kleine Filmrolle bekam ich in einem Streifen über das Leben Ludwig van Beethovens. Ich mimte einen Geigenbaumeister. In meinem zweiten Film, »Unterwegs nach Atlantis«, spielte ich eine Balldame – eine Rolle, an die ich zufällig geriet: Meine erste Szene war abgedreht, ich hatte, widerwillig, einen Offizier in Uniform verkörpert, als der Regieassistent wild mit den Händen fuchtelte und nervös auf und ab lief. Er schien in großen Nöten. Der Film spielte am Hof von Queen Victoria, und er brauchte für die nächste Einstellung ein Ehrenspalier von Hofschranzen, aber die für diese Szene engagierten Tänzerinnen aus dem Friedrichstadtpalast hatten ihn versetzt. Der Assistent war außer sich, doch als ihm eine Idee gekommen, entspannten sich seine Gesichtszüge. Er fixierte mich, voll Vorfreude grinsend: »Los, ab in die Maske und in die Garderobe!« Das ließ ich mir nicht zweimal sagen, denn diese Rolle paßte mir wie maßgeschneidert: Ich spielte nicht die Hofdame der Queen, ich *war* die Hofdame.

Mit Tutti ging ich zu jener Zeit ab und an in die wenigen noch verbliebenen Kneipen im Osten Berlins, in denen sich Schwule und Lesben trafen: in die Goldschmidt-Bar oder in die City-Klause in der Friedrichstraße. Wir versuchten das Beste aus den spießigen Verhältnissen zu machen. Aber – wir merkten es mehr als einmal, wenn wir im Fummel durch die Gegend liefen – wir waren als Transvestiten eine Minderheit innerhalb einer Minderheit.

Die Tunte neben mir in der City-Klause prahlte: »Hach, mein Selbstgestricktes« und meinte ein gehäkeltes Etwas – blutige Amateursarbeit –, das sie stolz in der Hand hielt und das offensichtlich eine Tasche darstellen sollte. Irgendwann schaute sie mich aus ihrem fischigen Gesicht mit kleinen Augen böse an: »Verfatz dich, du blonde Zicke, du hast an diesem Tisch nichts zu suchen.« Na, du dämliches Luder hast es gerade nötig, dachte ich, nahm meine Tasche und strafte sie mit Nichtachtung. Von einem anderen Tisch riefen Bekannte: »Lottchen, unser Lottchen ist da, komm, hier ist Platz für dich.« Da guckte Miss Born-to-be-cheap saublöd aus der Wäsche.

Ich erinnere mich an den ersten Besuch der Stasi in meinem Museum, noch in den sechziger Jahren. Den beiden Herren, nicht groß, nicht dick, mit stechendem Raubtierblick und Lederolmänteln, bot ich Stühle an. Auch ich setzte mich, mußte mich setzen, denn ich war einer Ohnmacht nahe und wäre im Stehen glatt umgefallen vor Aufregung. Obwohl ich mir keiner Schuld bewußt war.

Sie waren aber nicht zu mir gekommen, um mir mein Museum wegzunehmen, noch nicht. Der »Staatliche Kunsthandel« hatte seine gierigen Blicke auf die Musikapparate- und Schallplattensammlung, letztere über fünfzehntausend Stück, des mit mir befreundeten Sammlers Alfred Kirschner aus dem Scheunenviertel geworfen.

Für die »legale« Enteignung boten die DDR-Gesetze jede

Handhabe, und bereits ab Ende der sechziger Jahre verschob der »Staatliche Kunsthandel« in der Frankfurter Allee zu Berlin gegen Devisen alles, was nicht niet- und nagelfest war. Möbel, Gemälde, Uhren, Teppiche, Glaswaren, Porzellan, Museums- und Kirchengut, alles wurde verscheuert, um die wirtschaftliche Pleite der DDR aufzuhalten. Später dehnten sich die Raubzüge sogar auf Pflastersteine, Kutschen, Lokomotiven und alte Automobile aus, und hätte man alte Häuser abtragen und wieder aufbauen können, so manches barocke Gutshaus stünde heute in den USA. Lastzug- und containerweise ging zwanzig Jahre lang das Kulturerbe der DDR über die Grenze.

Alfred Kirschner, seit seinem sechsten Lebensjahr begeisterter Sammler von Musikautomaten, Grammophonen, Spieldosen und Schallplatten, war einer der liebenswertesten Menschen, die mir je begegnet sind.

Den kurzen Körper fast immer in Bewegung, als wollte er Augenblicke der Ruhe gar nicht erst aufkommen lassen, war der quirlige Mann einer von der angenehmen Sorte Mensch, die, obwohl mit vielen Talenten gesegnet, nicht ständig etwas darstellen wollen. Auch auf sein äußeres Erscheinungsbild legte er nicht den mindesten Wert. Immer kam er in speckigen, abgetragenen Anzügen, meist mit großkarierten Hemden darunter, die unvermeidliche Leder- oder Stoffmütze schräg auf dem Kopf. Der Schein bedeutete ihm nichts, so als habe er beim Fechten ums Dasein längst alle menschlichen Eitelkeiten abzulegen gelernt, falls er jemals von diesen heimgesucht worden war.

Alfred Kirschner war ein musikalisches Genie, ein Klaviervirtuose. Er spielte jedes nur denkbare Musikstück von der Klassik bis zum Gassenhauer, wenn man ihn darum bat. Ich entsinne mich eines Tanzballs. Er brillierte mit der »Ungarischen Rhapsodie« von Liszt und der »Wilhelm Tell-Ouvertüre« von Rossini. Völlig unvermittelt wünschte sich ein junger Mann: »Adelheid, schenk mir einen Gartenzwerg«, ein noch immer bekanntes Stück einfach gestrickten deutschen Liedguts. Alfred guckte an die Decke, schnupperte mit seiner spitzen Nase, als wollte er die Töne aus der Luft ansaugen, die Noten sammelten sich in seinem Kopf, und schon legte er los mit der »Zwergen-Melodie«.

Ein anderes Mal hatte ich zu einer Feier in den Gartensaal meines Museums eingeladen. Eine große Besucherschar war gekommen, auch Alfred. Margarete, meine treue Helferin – zusammen klopften wir in zwanzig Jahren bestimmt zehntausend Steine für das Haus –, schob eine Notenrolle in das deutsche Pianola-Piano am linken Fenster und rief: »Und jetzt, meine Damen und Herren: ›Die Waldeslust‹.« Währenddessen hatte Alfred still und heimlich am amerikanischen Piano der Firma Steck, New York, Platz genommen, das am rechten Fenster stand. Kaum erklang der erste Ton aus dem automatischen Pianola, begleitete Alfred von Hand. Es war ein wunderbares Konzert zwischen mechanischem und manuellem Piano, denn da Klaviere wegen der Holzart verschieden klingen, ergaben sich feine Nuancen in den Tönen. Das amerikanische Pianola klang härter als das deutsche, und das Publikum lauschte verzückt. Als der letzte Ton verhallt war, applaudierte es lang und heftig.

Alfred war in die Fänge der Stasi geraten, weil er Einzelteile aus seiner Sammlung an Westbürger verkauft hatte. Nicht um sich zu bereichern, sondern um andere Stücke erwerben zu können. Ein Gericht verurteilte ihn als »Devisenschieber« zu einer hohen Haft- und Geldstrafe. Da er letztere nicht zahlen konnte – wovon auch, als kleiner Rentner? –, räumte man vor seinen Augen seine Wohnung aus. Und wie! Während Stasi-Mitarbeiter die Wäsche aus dem Vertikow rissen und auf den Boden warfen, warteten die Möbelpacker des »Staatlichen Kunsthandels« bereits vor der Tür. Spieldosen, Uhren, Musikautomaten, mit Liebe und Leidenschaft zusammengetragen, verschwanden im unersättlichen Rachen der Hehler. Nur die kärgliche Bettstelle ließ man ihm. Der Lebenswille Alfred Kirschners war gebrochen, er vegetierte noch einige Jahre in einem evangelischen Pflegeheim in Weißensee, dann starb er. Als ich ihn das letzte Mal besuchte, war er ein Greis mit spärlichem, zerzaustem grauen Haar, und seine Augen konnten sich nicht einmal mehr zu der Arbeit aufraffen, einen Blick zu tun.

Die beiden Stasi-Mitarbeiter in meinem Museum trieben zur Eile. Der eine, prüfende Blicke abwechselnd auf eine Liste und auf Ausstellungsgegenstände werfend, wies mit seinem dürren Zeigefinger auf einzelne Grammophone, Spieldosen und Musikautomaten. Vor Jahren hatte Alfred Kirschner sie dem Museum geschenkt. Entgegen dem Willen des Stifters, der die Sammelstücke für die Öffentlichkeit zugänglich aufbewahrt wissen wollte, räumten die wahren Devisenschieber alles, was auf ihren Listen verzeichnet war, in den praktischerweise gleich mitgebrachten Möbelwagen. »K & A« stand ab 1973 auf den eleganten Lastwagen, was ich nie als das Kürzel für »Kunst & Antiquitäten« gedeutet habe, sondern für »Klau & Ausverkauf«.

Im August 1973 erschien, mitsamt Gefolge, der Geschäftsführer der wenige Monate zuvor gegründeten »Kunst & Antiquitäten GmbH/Internationale Gesellschaft für den Export und Import von Kunstgegenständen«, Horst Schuster. Ein korrekt gekleideter Stehkragenneureich, der mir mit pompöser Geste und gewichtiger Miene seine Visitenkarte überreichte wie jemand, der dieser Insignie von Geltung und Einfluß bedarf, weil er zumindest ahnt, daß seine Talente mittelmäßiger Natur sind und nur die Verhältnisse ihn nach oben gespült haben. Er machte mir ein phantastisches Angebot: Der sterile Geschäftsmann wollte mein Museum komplett für den Kunsthandel kaufen. Steuerfreie zweihunderttausend Mark bot er mir, dazu eine leitende Stellung in dem Kunsthandelszentrum, zu dem er das Gutshaus umbauen wollte. Ausländische Kunden sollten hier durchgeschleust werden, in den großen Zimmern Kulturgut sichtend, danach diskret im Büro das Geschäftliche regelnd. Im Park, so Schusters minuziöse Pläne, sollten als Lager Baracken errichtet werden. Mein Museum war auserkoren, die Funktion zu übernehmen, die später Mühlenbeck bei Oranienburg innehatte: feinster Antiquitätensalon und Zentrale der »Kunst & Antiquitäten GmbH«, einer der zwölf Außenhandelsbetriebe in Schalck-Golodkowskis Imperium »Kommerzielle Koordinierung«.

»Wissen Sie, für mich leben diese Dinge. Ich habe nicht gesammelt, damit ich später ein Geschäft mit ihnen mache, sondern weil ich sie hübsch fand.« Diese Haltung war den Herren, die ihr Angebot offensichtlich für äußerst kulant hielten, nicht begreiflich zu machen. Mißmutig zogen sie ab, nicht ohne mir zu bedeuten, daß sie auch anders könnten. Es lag etwas in der Luft, um so mehr, als ein Museumsfachmann – sein Erstaunen mühsam unterdrückend, als ich ihn durch meine Räume führte – das Urteil abgab, meine Stücke stellten die bedeutendste Historismussammlung in ganz Europa dar.

Im November erhielt ich prompt eine Vorladung vom Magistrat, Abteilung Finanzen. Der Referatsleiter teilte mir barsch mit, daß ich ab sofort vermögenssteuerpflichtig sei. Kurzerhand hatte man die Hausratversicherungssumme als Vermögenswert zugrundegelegt und forderte von mir zehntausend Mark Steuernachzahlung. Wovon ich diese astronomische Summe – ich lebte von meinen spärlichen DEFA-Einnahmen und den freiwilligen Spenden der Museumsbesucher – bezahlen sollte, sagte mir der Finanzbürokrat auch: Verkaufen. Natürlich an die »Kunst & Antiquitäten GmbH«.

Die Steuerfahndung entwickelte sich beim kulturellen Ausverkauf der DDR zur willfährigen Komplizin des Kunsthandels und machte sich ab den siebziger Jahren immer mehr anheischig, »renitente« Sammler zur Räson und um ihr Hab und Gut zu bringen. Da Privatbesitz in der DDR von den Offiziellen argwöhnisch betrachtet wurde, waren Sammler von vornherein verdächtig. Der SED-Staat sah lediglich den, in Geld ausgedrückt, »schwindelerregenden« Wert der Objekte, nicht aber, daß es den meisten Sammlern nicht darum ging, mit ihrer Leidenschaft Geld zu verdienen. Sie fanden im Betrachten der Gegenstände ihre höchste Erfüllung. Oft verliehen sie ihre Kunstwerke an Museen, damit interessierte Besucher auch in den Genuß kamen, sie anzuschauen, oder vererbten ihre Schätze einer Einrichtung, bei der sie ihr Lebenswerk in guten Händen wußten.

Die Ausplünderung der Sammler lief nach immer gleichem Schema ab: Die Gutachter der »Kunst- & Antiquitäten GmbH« besichtigten die Sammlungen, registrierten einen drastischen Wertzuwachs – der für die Liebhaber alter Stücke völlig irreal war, konnten sie doch, im Gegensatz zur GmbH, ihr Gut nicht ins westliche Ausland verkaufen – und schickten ihre Expertisen dem Finanzamt. Aufgrund dieser Mondzahlen errechnete das Finanzamt seinerseits einen enormen Handelsgewinn, der zu versteuern war – auch wenn beispielsweise die begutachteten Barockschränke jahrzehntelang nicht verrückt worden waren. Die Schuldner konnten nicht zahlen, weil sie nie mit ihrer Sammlung Geld verdient hatten, und schon stand der Lastwagen der »Kunst & Antiquitäten GmbH« vor ihrer Tür.

Was sich unter dem Deckmäntelchen ziviler Steuergesetzgebung verbarg, war nichts anderes als entschädigungslose

Enteignung. Und oft waren die Vorbereitungen zur »Verwertung« längst abgeschlossen, bevor die eigentlichen Ermittlungsergebnisse feststanden.

Am 1. Februar 1974 kam es bei der Abteilung Kultur/Denkmalpflege des Magistrats zu einer Verhandlung, von der das Schicksal meines Museums abhing. Dort führte jener Mann das große Wort, mit dem ich schon im Märkischen Museum schlechte Erfahrungen gemacht hatte: Manfred Maurer. Nur der Staat könne mein Haus als Museum führen, außerdem sei, nach Gesetzblatt 11/47 vom 10. August 1972, Kulturrecht, ein Museum in privater Hand gar nicht erlaubt. In »unserem Staat«, so Maurer weiter, sei ich als Museumsleiter nicht geeignet, da ich weder die politische noch die kulturpolitische Befähigung dazu aufzubringen in der Lage sei.

Die Herrschaften wollten nicht wahrhaben, daß ohne meiner beiden Hände Arbeit hier Brachland wäre, daß nichts entstanden wäre, wenn ich kein weibliches Wesen im männlichen Körper wäre. Weil ich als Kind mit Puppenmöbeln spielte, weil ich heute noch Putzfrau bin, weil mir Gründerzeit Spaß macht und weil ich immer einen Haushalt um mich haben wollte: Deshalb steht dieses Museum.

Die Genossen hatten gut gearbeitet. Sie legten mir ein Revers vor: Alles sollte ich an den Staat verkaufen. Wie ein Wirtschaftsjurist am nächsten Tag feststellte, wäre ich nicht nur meine gesamte Sammlung – inklusive meiner Bettstelle – losgeworden, sondern hätte außerdem viertausendfünfhundertzweiundachtzig Mark Steuern nachzahlen müssen.

Ich verweigerte die sofortige Unterschrift, die Maurer mit schnarrender Stimme von mir verlangte, und besorgte mir die genannten Paragraphen. Ein mühevolles Unterfangen, das Wochen in Anspruch nahm, denn in der DDR kam man nicht so einfach an Gesetzestexte heran: Die Bürger wurden schon dadurch um ihre Rechte gebracht, daß man es ihnen unmöglich machte, Kenntnis dieser Rechte zu erlangen. Als ich die Seite mit dem Text des Gesetzblattes 11/47 aufschlug, war mein Erstaunen groß: Die Verordnung betraf nicht das Recht, ein Museum zu führen, sondern behandelte ein Gesetz über – die Fischerei. Man hatte mich bewußt in die Irre geführt.

Soll dies das Ende meines Lebenswerkes sein, meines Lebenszweckes? fragte ich mich am Abend des 1. Februar. Der Boden war mir entzogen, ich fühlte mich wie ein Baum, dem man die Wurzeln gekappt hat. Ich verbrachte eine schlaflose Nacht, saß auf der Bettkante, lief kopflos durch die Räume, holte Axt und Säge aus dem Keller und war fest entschlossen, alle Möbel zu zerhacken, aus dem Fenster zu schaufeln und mit dem Fuhrwerk zu meiner Mutter zu schaffen. Als Brennholz hätte wenigstens sie noch etwas davon gehabt. Aber ich brachte es nicht übers Herz.

Am nächsten Morgen schaute mich meine Mitarbeiterin entgeistert an: »Wie siehst denn du aus?« Ich dachte, mein Haar sei nicht gekämmt, aber wieso sollte es unordentlich sein, ich hatte doch gar nicht im Bett gelegen? Ich ging zum Spiegel – mein Haar war über Nacht weiß geworden. Die äußerliche Veränderung, Abbild meines inneren Zustandes, tangierte mich nicht: Sie lag so fern wie die Steine auf dem Mond, wichtig war einzig das Museum.

Wo nichts ist, hat der Magistrat sein Unrecht verloren und kann auch die Stasi nichts holen, schoß es mir durch den Kopf. Der grelle Entschluß war gefaßt: Du verschenkst alles an die Besucher, und die feinen Herren vom Kunsthandel finden eine leere Bude vor. Daß man mich vielleicht wegen Sabotage in den Knast stecken könnte, war mir einerlei.

Aus den Kammern und vom Boden, meinem Depot, schleppte ich alles in die Ausstellungsräume. Sechsundachtzig Petroleumlampen stellte ich im neogotischen Eßzimmer auf den Ausziehtisch. Im Neorenaissance-Wohnzimmer breitete ich auf einem großen Zwanzig-Personen-Tisch vierundsechzig Kaminuhren aus, daneben Stutzuhren, Jahresuhren aus Messing und Bronze; elegante vergoldete aus einem Schloß neben billigen aus einer Arbeiterfamilie mit Unruhwerk und einem aus Zinkguß gepreßten, aufgeschraubten Adler.

Weiter in den Zimmern verteilt: die größte zusammenhängende Sammlung von Edison-Phonographenwalzen der Welt, fünfzehntausend Stück; dreiunddreißig Standuhren, dreihundertsechsundachtzig Regulatoren; achtzehn Klaviere und Buffets, die Nähmaschinensammlung, der Kostümfundus, die Schreibmaschinensammlung, die Musikmaschinensammlung; Porzellan, Besteck, Glas; dreizehntausend Schallplatten, mehr als dreitausend Pianola-Notenrollen und die dazugehörigen Instrumente; die Stuhlsammlung, Schlafzimmer-, Eßzimmer-, Herrenzimmer- und Salonstühle, Ofenbänke, Kneipen-, Küchen- und Kinderstühle, insgesamt mehr als sechzig Stück – alles ging dahin. Ebenso die Tischsammlung. Im Laufe der Jahrzehnte hatte ich dreiundzwanzig komplette Zimmereinrichtungen gesammelt.

Wie hatte ich solche Unmengen im »Sozialismus« nur zusammentragen können? Nun, der Nachlässe waren mehr, als ich bergen konnte. Anfang der fünfziger Jahre beispielsweise lernte ich über einen Kollegen im Märkischen Museum die alte Frau Barnewitz kennen. Berta Barnewitz führte mich mit Grandezza durch ihre Wohnung und zeigte mir ihre alten Möbel, die 1892 vom Tischlermeister Julius Groschkus in Berlin gefertigt worden waren. In der Ecke eines fensterlosen

Zwischenzimmers versteckte sich ein prächtiges Buffet mit Säulen und Schnitzereien, aber ohne Aufsatz.

Berta Barnewitz wies mit spitzen Fingern – »Der Kohlenkeller ist recht schmutzig!« – auf die Kellertür. Ich tastete mich mit einem Kerzenleuchter hinunter und entdeckte ein schwarzverstaubtes Etwas im hintersten Winkel: Auf dem Balustradenaufsatz fehlte nur eine gedrechselte Kugel. Ich wühlte solange in den Kohlen, bis ich sie fand. Berta Barnewitz war gar nicht begeistert, als ich den gesäuberten Aufsatz auf das Buffet steckte, und wiegte bedenklich ihr feines Haupt. Von eher kleinem Wuchs, wäre sie nicht in der Lage gewesen, das staubziehende Geschnörkel zu putzen. Ich versprach ihr, alle vier Wochen mit dem Staubwedel zu erscheinen. Als sie 1963 verschied, erwarb ich buchstäblich im letzten Augenblick vom Nachlaßverwalter ihre Möbel und brachte sie nach Mahlsdorf in mein Museum.

»Das Museum ist gestorben, greifen Sie zu!« erklärte ich den staunenden Besuchern einen Tag nach der Verhandlung beim Magistrat. Die Leute liefen in Scharen mit den ergatterten Kostbarkeiten hinaus und luden die sperrigeren Stücke auf Autoanhänger oder geliehene Möbelwagen.

Ein paar Monate später, dreiviertel meiner Sammlung war bereits fortgeschafft, machte sich eine junge Frau eifrig Notizen. Ich führte die Besucher durch das, was vom Museum übriggeblieben war, und dachte als erstes an einen weiteren Einschüchterungsversuch der Stasi. Aber mit ihrer Nietenhose und dem einfachen Pulli sah sie für jemanden aus der Normannenstraße viel zu bescheiden aus. »Es ist eine Schweinerei, was man mit Ihnen macht«, ereiferte sich die Frau mit dem offenen Gesicht nach meiner »Restführung« und reichte mir ihre Visitenkarte: Annekathrin Bürger, Schauspielerin. »Sie brauchen einen guten Juristen.« – »Frau Bürger, das ist lieb von ihnen, aber kein Rechtsanwalt wird sich für meine alten Möbel in die Nesseln setzen.« – »Doch«, sagte sie, »einer wird es tun: Herr Kaul. Ich kenne ihn gut.«

Professor Dr. Karl-Friedrich Kaul, das internationale Aushängeschild der DDR-Jurisprudenz, soll sich mit meinem Museum befassen? Ich konnte an diesen Silberstreif am Horizont nicht glauben. Aber am nächsten Tag schrillte das Telefon. Eine beruhigende, aber überlegene Stimme meldete sich: »Hier ist Kaul, ich habe gehört, daß Sie Sorgen haben. Wann können Sie zu mir kommen? Heute? Morgen? Übermorgen?«

»Wenn Sie die Steuern nicht bezahlen können«, hatte der Abteilungsleiter Finanzen tückisch lächelnd zu mir gesagt, »dann werden die Gegenstände eingezogen. Und Sie wissen ja, wie wenig sie in der Pfandkammer in der Wilhelm-Pieck-Straße bringen.« Das Damoklesschwert der Pfändung hing an einem seidenen Faden über mir. Ich ging sofort zu Kaul.

Hinter dem großen, eichenen Schreibtisch thronte, die mächtigen Hände auf den Tisch gestützt wie ein jüdischer Patriarch, mit unbewegter Miene ein zunächst nachdenklich und versonnen wirkender älterer Mann. Doch während ich meine Geschichte erzählte, färbten sich seine Wangen rot. Kaum hatte ich geendet, strich er sich kurz durchs lichte Haar und rückte seine Brille zurecht. Dann knallte er die flache Hand vor Wut auf ein paar vor ihm liegende Akten, einige Schriftstücke flogen wie aufgeschreckte Tauben in hohem Bogen vom Tisch, und er polterte: »Wenn das durchkommt, bin ich den letzten Tag Jurist in diesem Staat gewesen.« Er klingelte nach seiner Sekretärin, und kaum stand sie in der Tür, rief er ihr mit hochrotem Kopf entgegen: »Zwei Briefe – einen an den Minister für Finanzen, einen an den Minister für Kultur.«

Ich hatte während dieses bizarr-impulsiven Schauspiels den Blick auf die sprossengeteilten Jugendstilfenster gerichtet und schöpfte zum ersten Mal Hoffnung. Wie ein Tiger in seinem Käfig durchmaß Kaul, während er diktierte, den Raum. Die altmodische Büroeinrichtung, das gemütliche Chaos – ach, fühlte ich mich plötzlich wohlig sicher!

»Haben Sie etwa schon Steuern gezahlt?« – »Ja, dreihundert Mark.« Er sprang wieder aus seinem Stuhl, auf den er sich zwischenzeitlich gesetzt hatte, seine rechte Hand schnellte hervor, der Zeigefinger richtete sich auf mich, und er rief aus: »Die kriegen Se wieder!«

Seine betulich-altjüngferliche Sekretärin in ihrem beigefarbenen Kostüm war von seinen Gefühlsausbrüchen völlig überrascht, guckte abwechselnd auf Kaul und auf mich, als verfolge sie den Ballwechsel eines Tennisspiels. Kaul erklärte, es werde seine Zeit brauchen. »Aber seien Sie unbesorgt, ich lasse die Steuern stornieren.«

Bis in den Juni 1976 zog sich alles hin, aber dann hatte ich es schwarz auf weiß: Ich war von der Vermögenssteuer befreit. Als ich Kaul bat, mir seine Honorarforderung zu nennen, winkte er großzügig ab: »Sie sind mir überhaupt nichts schuldig, im Gegenteil, ich wünsche Ihnen und Ihrem Museum weiterhin alles Gute.«

Überall – auch in der ehemaligen DDR – gab und gibt es angenehme und weniger angenehme, saubere und etwas dreckigere Leute, Halunken und Idioten, aber auch Anständige und Kluge. Fragwürdige Charaktere kommen allerorts vor. In entscheidenden Momenten hatte ich oft das Glück, Menschen zu treffen, die mir gut waren und nicht mit dem Unrechtsregime paktierten. Nur dem selbstlosen Anwalt Kaul, Gott hab ihn selig, und Annekathrin Bürger ist es zu verdanken, daß mein Museum weiterlebte und kein abgeräumter Trümmerhaufen ist.

Für viele Dinge hatte sich, selbst geschenkt, keiner der Besucher interessiert. Übrig blieben drei restaurierungsbedürftige Säulenbuffets, eins Jugendstil, eins Neorenaissance 1890, beide aus Nußbaum, und ein eichenes aus den Siebzigern des vorigen Jahrhunderts; ein Jugendstilklavier und drei im Neorenaissancestil, die nach Gutachten eines Klavierbauers nur unter hohen Kosten restauriert werden konnten; ferner stark vom Wurm befallene Küchenschränke und beschädigte Stühle. Da diese Dinge für die Hausratversicherung bewertet waren, mußte ich sie zu Brennholz zerkleinern. Die Massivteile, Säulen und Gesimse, Schlösser und Beschläge, bewahrte ich als Ersatzteile auf.

Als 1976 das Museum gerettet war, bestand die Sammlung nur noch aus einem eichenen neogotischen Eßzimmer, Fabrikware aus der Zeit um 1900; einem Wohnzimmer mit Klavier im Neorenaissancestil von 1890, ebenfalls Fabrikware; einem Jagdzimmer, im Neorenaissancestil 1892 hergestellt, mit handgeschnitzten Bildhauerarbeiten aus Spessarteichenholz; aus amerikanischem Nußbaumholz und im Neorenaissancestil gefertigt waren: ein Damensalon aus dem Jahre 1891, die Einrichtung des Gartensaals mit einem Speisezimmer von 1892, eine Schlafzimmereinrichtung aus dem Jahre 1880 aus Leipzig; dazu die komplette einfache Wohnzimmereinrichtung meines Großonkels von 1895 im Neorenaissancestil, aus dem gleichen Holz, hergestellt im badischen Karlsruhe; ferner einige Einzelmöbel, die aus Platzgründen im Flur standen, sowie Reste der Uhren-, Musikmaschinen- und Bildersammlung; außerdem eine komplette Kücheneinrichtung aus Berlin, 1890; und natürlich die Einrichtung der Mulackritze aus gestrichenem Kiefernholz, Neorenaissance, Berlin 1890, nebst dem dazugehörenden Vereinszimmer; eine private kleine Kücheneinrichtung einfacher Möbel aus der Zeit um 1875, die nicht der Öffentlichkeit zugänglich war, sowie zwei Kücheneinrichtungen von 1870 beziehungsweise 1900 für Filmzwecke; eine Schlafzimmereinrichtung, die ebenfalls als Requisit diente, hergestellt in

Leipzig 1883, Neorenaissancestil, und aus amerikanischem Nußbaumholz.

Zu den wenigen geretteten Ersatzteilen für Uhren, Spieldosen, Phonographen, Grammophonen und Musikautomaten gesellten sich zu den einzelnen Zimmern passende Kronleuchter für Petroleum oder Kerzen sowie Öfen und Gardinen und mehr oder minder abgetretene Teppiche. Last but not least die sechs Zentner schwere Granittafel zur Erinnerung an die Geburt des Prinzen August von Preußen am 19. September 1779 im Schloß Friedrichsfelde.

Es war reiner Zufall, daß dies alles erhalten blieb. Die Erbstücke meines Großonkels und die Einrichtung der Mulackritze von Minna Mahlich hätte ich allerdings mit Zähnen und Klauen gegen jeden verteidigt, der ihnen zu nahe gekommen wäre.

Sie haben doch einen großen Freundeskreis. Wir möchten, daß Sie uns die Namen Ihrer Besucher aufschreiben.« Die beiden Herren der Firma Horch & Guck – fast immer tauchten sie im Duo auf – trugen ihr Begehr mit freundlich-listigen Mienen vor. Ich lächelte freundlich: »Ach, das sind so viele Menschen, die mir am Schürzenbändel hängen, bestimmt mehr als hundert. Die meisten kenne ich nur mit dem Vornamen, und Adressen habe ich erst recht nicht.« – »Wieso denn das?« fragten die beiden im Chor. »Gott, wissen Sie, das kommt aus der Nazizeit, da war das schon so – aus Sicherheitsgründen.«

Maliziös schauten sie sich an und versuchten eine andere Tour. »Könnten Sie nicht unauffällig die Autonummern Ihrer Besucher notieren?« Und nach einer kurzen Pause: »Sagen Sie mal, haben Sie eigentlich ein Auto?« – »Nein, bloß ein Fahrrad.« – »Wollen Sie sich denn nicht ein Auto kaufen?«

Ich dachte, Nachtigall, ick hör dir trapsen. Wollten sie mir etwa eines anbieten – im Austausch gegen kleine Lageberichte? »Nein, zum Autofahren bin ich viel zu langsam. Meine Reaktionsfähigkeit reicht gerade fürs Radfahren aus, ein Auto würde ich nur vor den nächsten Baum setzen.« Schleimig-scherzhaftes Lachen der beiden Stasi-Gestalten.

Der SED-Staat lehnte Homosexualität bis weit in die achtziger Jahre rigoros ab. Man tat so, als gäbe es uns nicht. Bars waren geschlossen oder wurden observiert, inserieren durften wir nicht – selbst zu Kaisers Zeiten war man in dieser Beziehung aufgeschlossener –, und so blieben nur die Klappen und Parks oder Privatpartys, um jemanden kennenzulernen.

Feierten wir im Museum ein Fest, war die Staatssicherheit mit von der Partie. Ein Freund zog mich bei einer dieser Feiern verschwörerisch in die Küche, steckte mir einen Zettel zu: »Der Mann mit dem dunklen Bärtchen, der unter dem Filmplakat sitzt, ist bei der Stasi.« Na, er wird nicht der einzige sein, dachte ich. Von dem lass' ich mir jedenfalls unsere Feier nicht vermiesen. Damit war die Sache für mich erledigt.

»Vor fünf Jahren begannen wir mit unserer Arbeit«, hieß es im »Mahlsdorfer Homo-Info«. Die »Homosexuelle Interessengemeinschaft Berlin«, eine der ersten schwul-lesbischen Initiativen in der DDR, feierte im Januar 1978 Geburtstag.

Was wir nicht ahnten, als wir in der Mulackritze der Grammophonmusik lauschten, war, daß es das letzte Jubiläum werden sollte.

Doch der Reihe nach. 1974 war es, glaube ich, als in der Ost-Berliner Stadtbibliothek erstmals ein wissenschaftlicher Vortrag über Homosexualität gehalten wurde. Nachdenklich stieg ich anschließend die Treppen hinunter. Als ich aus der Tür trat, drang Stimmengewirr an mein Ohr. Auf der Straße führten Männer und Frauen, sich pantomimisch ereifernd, das Wort: Wie leben wir denn eigentlich? Versammlungsverbot, keine Inseriermöglichkeiten. Ich stand zunächst abseits und verfolgte die Diskussion. Dann ging ich auf sie zu und bot an: »Ja, Kinder, wenn ihr Räume für ein Beisammensein sucht, könnt ihr zu mir nach Mahlsdorf kommen. Miete braucht ihr nicht zu zahlen, nur ein bißchen was für Licht und Heizung.«

So fingen die Diskussions- und Kennenlerntreffen im Museum an, hinter denen die Staatssicherheit schlimmste konspirative Auswüchse vermutete.

Wir drängten uns in der Mulackritze. Bis zu fünfzig Personen saßen auf der Theke, auf dem Fußboden oder quetschten sich auf die Fensterbank. Die danebenliegenden Kellerräume baute ich zu Tanzsaal und Vortragszimmern um – Jour fixe. Lesbische Mütter, schwule Väter, einfache Arbeiterinnen und Arbeiter, Schauspieler, Ingenieure, Ärzte: alles traf sich in der Mulackritze.

Wer nicht diskutieren wollte, amüsierte sich im Tanzsaal. Wir waren wie eine Familie, besonders für diejenigen, die keine mehr hatten, weil sie verstoßen worden waren von den Ihrigen. Feierten die Geächteten ihren Geburtstag bei uns, vergossen die, die sensibel waren, oft bittere Tränen: Wir nahmen sie tröstend in den Arm.

Doch nicht immer gab es ein Happy-End. Ein engelhaftes Kind, achtzehn oder neunzehn, Sylvia war ihr Name, erschien plötzlich nicht mehr zu unseren Treffen. Wo ist sie nur? rätselten wir. Bis jemand die schmerzliche Wahrheit herausfand: Sylvia hatte sich das Leben genommen. Von ihrer Mutter lange schon vertrieben und zur persona non grata erklärt, sah sie keinen anderen Ausweg aus ihrer Einsamkeit. Leicht zerstörbar sind die Zärtlichen.

Ich rief die Mutter an, wollte kondolieren, ihre Stimme hören, vielleicht auch nur – auf etwas Gutes hoffend – einen leisen Funken Verständnis für die »verderbte« Tochter heraushören. Doch die Erzeugerin schnauzte nur: »Sind Sie auch so eine?« Ich hängte ein. Keine schlimmere Krankheit als die menschliche Dummheit und Intoleranz. Den Schwulen und Lesben ein Kommunikationszentrum geben und offen unsere Homosexualität leben war unser Ziel nach Rosa von Praunheims »Nicht der Homosexuelle ist pervers, sondern die Situation, in der er lebt«. Einige Mitglieder unserer Interessengemeinschaft hatten den Film im »Westfernsehen« gesehen, und er sorgte für ein neues Selbstverständnis der Schwulen und Lesben in der DDR. Doch viele hatten nicht das Beharrungsvermögen, sondern suchten den Weg gen Westen.

Kann man Abschied nehmen, sich auf Bahnhöfen in den Armen liegen, so hat dies etwas Tröstliches, auch wenn es vielleicht eine Trennung für immer ist. Das schauerlich Seltsame war, daß die, die ausreisten oder abgeschoben wurden, eines Tages einfach weg waren. Gestern noch hatte man mit ihnen gesprochen, aber keine Verschwörermiene verriet etwas von dem, durfte etwas von dem verraten, was in ihrem Inneren arbeitete. Freunden Lebewohl sagen – nicht einmal dies war möglich.

Wirklich schlimm erging es den weiblichen Männern, die um keinen Preis in die Armee wollten. Ich kannte einige, die, weil sie nicht mehr ein noch aus wußten, die radikalste Lösung wählten: Sie drehten den Gashahn auf.

Im April 1978 wollten die homosexuellen Frauen ein Lesbentreffen bei mir veranstalten. Sie verschickten Einladungen in die ganze DDR, was der Staatssicherheit nicht verborgen blieb. Die Deutsche Post tat schon immer etwas mehr, als Briefe nur zu befördern. Zuweilen nahm sie den Empfängern gleich die Arbeit der Lektüre ab.

Einen Tag vor dem Treffen klingelten zwei Polizisten an

meiner Tür. Der eine, ganz Nieselprim, hatte eine gleichmütige Amtsmiene aufgesetzt, während der andere mich, belustigt über meinen Aufzug, aus hochmütig-spöttischen Augenwinkeln musterte. Nieselprim kam gleich zur Sache und faselte etwas von einer verbotenen Veranstaltung. »Ich lade mir nur Gäste ein.« – »Was sind das für Gäste?« – »Schwule Mädchen wie ich. Was soll diese Fragerei?«

Hatte ich öffentlich ein Plakat aufgehängt: »Lesben der DDR treffen sich zu Schwof und Diskussion im Mahlsdorfer Gründerzeitmuseum«? Nein, hatte ich nicht. Doch das beeindruckte ihn nicht im mindesten. »Sie kennen das Recht der Deutschen Demokratischen Republik schlecht«, belehrte er mich. Träfen sich mehr als sechs Menschen, und sei es zum Geburtstag von Onkel Otto, sei dies eine Veranstaltung, welche die Polizei genehmigen müsse. Ich sollte ein Schild an die Tür hängen: »Wegen Wasserrohrbruchs fällt die Veranstaltung aus.« Ich weigerte mich.

Bei den Organisatorinnen herrschte helle Aufregung. Die Polizei hatte bereits einige verhört, vor allem interessierte sie sich dafür, ob Frauen aus West-Berlin eingeladen seien. Die Was-sollen-wir-nur-tun?-Stimmung aber hielt nicht lange an. Während Schwule wahrscheinlich wie aufgeregte Hühner hin- und hergelaufen wären, hatten die Lesben einen Plan geschmiedet, der von einem Generalstab hätte ausgeheckt sein können.

Da von den Gästen keiner mehr informiert werden konnte, trommelten sie kurzerhand alle Berliner Gruppenmitglieder zusammen, stellten sich am nächsten Tag an die Bahnhöfe, fingen die ahnungslosen Frauen ab und dirigierten sie zu einem geheimen Treffpunkt. Natürlich konnten nicht alle abgepaßt werden, einige klopften doch an meine Tür. Aber schon wenige Minuten später fuhren unsere Lesben mit quietschenden Reifen vor, sackten die verblüfften Frauen ein, und ab ging's zum Geheimort. Das Treffen fand statt.

Ein paar Tage darauf erhielt ich ein Schreiben vom Stadtrat für Kultur: »Hiermit werden Herrn Lothar Berfelde jegliche Art von Versammlungen und Veranstaltungen im Gründerzeitmuseum untersagt.«

Das richtete sich nicht nur gegen die Schwulen- und Lesbentreffen. Den Arbeiterbrigaden von Berliner Betrieben, die einen Besuch im Gründerzeitmuseum inzwischen in ihr kulturelles Programm aufgenommen hatten, verbot man, nach der Museumsführung zum gemütlichen Teil überzugehen: Der Besuch in der Mulackritze war ersatzlos gestrichen.

Die Querelen mit den staatlichen Stellen um mein Museum dauerten an, obwohl die achtziger Jahre so vielversprechend begonnen hatten. Zwei Damen von der Kommunalen Wohnungsverwaltung waren ganz begeistert: »Herr Berfelde, Sie haben ein Museum aus diesem Haus gemacht! Wir hätten es abgerissen. Und auch heute könnten wir nichts damit anfangen. Wollen Sie dieses Haus nicht kaufen?« – »Von was denn?« Sie boten es mir zum Nulltarif an. Ich war hocherfreut, hätte aber aus den Verzögerungen und Fährnissen der sechziger und siebziger Jahre lernen sollen. Vollmundigen Ankündigungen folgte – nichts.

Der angekündigte Bauschätzer kam nie. Der Magistrat, Sektor Volkseigentum, blieb ausweichend und hielt mich hin. Einmal hieß es, man verkaufe keine Gutshäuser. »Mein lieber Herr«, sagte ich zu dem Sachbearbeiter, »dieses Haus hat den Titel ›Gutshaus‹ schon 1920 verloren. Ich weiß nicht, ob Sie mir eine alte Dorfschule oder einen Kindergarten verkaufen, aber ein Gutshaus verkaufen Sie mir auf alle Fälle nicht. Fakt ist, daß Sie mir eine Abrißruine überschreiben würden, die ich wieder in Schuß gebracht habe.« Der Sachbearbeiter schaute mich aus seinen schräggestellten Augen an, als käme ich von einem anderen Stern.

Zwei Jahre später fanden sich erneut Abgesandte der Kommunalen Wohnungsverwaltung ein, diesmal mitsamt dem Chef. Ich sollte noch einmal einen Kaufantrag ausfüllen wie 1982 schon. Kurz danach ließ man verlauten, ich sei nur eine einzelne Person und nicht befugt, so viele Zimmer allein zu bewohnen. Was für ein Mumpitz! Fast alle Zimmer gehören zum Museum; sogar meine Schlafstube, in der ein bemalter porzellanener Nachttopf unter dem Bett steht, können die Besucher besichtigen.

Die Staatssicherheit fühlte mir weiter auf den Zahn. Ob dieses biestige Lieschen sich dazu hinreißen läßt, Möbel in den Westen zu verkaufen?, mag sie sich gefragt haben.

Schon in den frühen achtziger Jahren hatten Besucher aus dem Ausland den Weg nach Mahlsdorf gefunden, vor allem Franzosen und Engländer. Ich war immer wieder von neuem erstaunt, wieviel internationales Publikum bei mir aufkreuzte. Ich wußte ja nicht, wo überall in der Welt Artikel über das Museum erschienen waren, in welchen Büchern oder Nachschlagewerken über Museen, Trödler und Sammler Mahlsdorf erwähnt war. Das niederländische Fernsehen erschien aus Amsterdam, und es dauerte nicht lange, bis ganze Schulgruppen mit Bussen aus Holland kamen.

Das hatte natürlich auch die Staatssicherheit mitgekriegt, und sie stellte mir eine Falle: Eines Tages stöckelte eine »Amerikanerin«, sehr blondiert, sehr agil, die Lippen dünn wie Draht und mit einem aggressiven Rot bemalt, die Freitreppe herauf. Ihren riesigen Schlitten mit US-Nummer hatte sie in Sichtweite geparkt. Die Blondine – sie sah wirklich so amerikanisch aus wie ein in der Stasi-Zentrale gebasteltes Kunstprodukt – rauschte von einem Zimmer ins andere und wurde immer euphorischer. »What cost, ich kaufen und zahlen in

Dollar, what cost, what cost?« juchzte sie in manieriertem Slang. »Meine Dame«, hub ich an. Doch sie ließ mich nicht zu Wort kommen und fing an zu feilschen, als wäre sie auf einem orientalischen Basar. Nur mit dem Unterschied, daß sie alle Preise zu zahlen bereit schien. Sie gerierte sich wie eine Kokotte von Rockefeller. Irgendwann wurde es mir zu bunt, und ich unterbrach ihre barocke Wortschwemme. »Ob Sie viel Geld haben oder wenig, ist mir egal, aber dies ist kein Trödelmarkt, sondern ein Museum, und ich habe nichts zu verkaufen. Watching only!« – »Oh«, sagte sie mit schlecht gespielter Enttäuschung, ich solle nichts überstürzen, sondern es mir überlegen. »Schade, schade, schade.« Sie kam kein zweites Mal. Hätte ich anders reagiert, ich bin sicher, ich hätte das Schicksal meines Freundes Alfred Kirschner geteilt.

Zum Museum gehört ein Grundstück, das ich bepflanzt hatte wie einen alten Gutsgarten. Ländlich, dörflich, mutete er an wie ein kleines Wäldchen. Ein Idyll – bis 1987.

Daß der Sachverstand nicht unbedingt über die Flure der sozialistischen Planbürokratie huscht, war mir schon aufgegangen. Aber was das Gartenamt Hellersdorf im Berliner Jubeljahr anläßlich der 750-Jahr-Feier veranstaltete, besaß eine neue Qualität. Großes hatte man im Sinn. Die werktätigen Massen strömten herbei und leisteten ganze Arbeit: »Im Zuge der Rekonstruktion«, so nannte es das Gartenamt, wurde aus dem Mahlsdorter Gutspark eine sozialistische Grünanlage.

Man sägte einhundertzweiundfünfzig Bäume ab und verwandelte den Garten in eine Wüste. Jeden Holunder- und Fliederstrauch ebneten die Männer mit den wildgewordenen Maschinen ein. Gleich darauf kofferten sie fünfzig Zentimeter Boden aus und kippten als Ersatz den minderwertigen Aushub von den Ahrensfelder Neubauten drauf. Das Unternehmen war so fachmännisch geplant, daß noch heute bei jedem Regen die Hauswand durch das ablaufende Wasser Feuchtigkeit zieht. Möbel im Keller fangen an sich aufzulösen. Das Haus verkommt.

»Laßt mir doch zur Erinnerung wenigstens die eine Pappel stehen«, flehte ich. Sie überragte das Haus. Aber mit diesen Affen war nicht zu reden. Eine Viertelstunde später kreischte die Motorsäge, und der herrliche Baum fiel um. Die schweren Maschinen fuhren sieben Igel tot. Rehe, Perlhühner, Fasane und seltene Vögel wie Eulen verschwanden für immer.

Die Hellersdorfer Behörde verkündete stolz, sie habe einen Biedermeiergarten geschaffen – einen Gartentyp, den man in der Kunstgeschichte vergeblich suchen wird.

1988 wurde ich »reisemündig« – mit sechzig, wie jede Bürgerin der DDR. Allerdings war ich nicht berentet worden, weil der SED-Staat eingesehen hatte, daß ich ein Frauenzimmer bin, sondern weil eine Ärztin mir Erwerbsunfähigkeit attestiert hatte.

Mir fällt mein erstes Grenzerlebnis ein: »Kommen Sie mal rein«, sagte der Grenzgenosse. Wegen der Kälte trug ich an diesem Tag eine lange Hose und einen Mantel. »Machen Sie Ihren Mantel auf. Was haben Sie in den Innentaschen?« – »Der Mantel hat keine Innentaschen, das ist ein Damenmantel.« – »Drehn Sie sich mal um, und heben Sie den Mantel hoch. Was haben Sie in den Gesäßtaschen?« – »Die Hose hat keine Gesäßtaschen, das ist eine Damenhose.« – »Und was haben Sie in den Vordertaschen?« – »Diese Hose hat auch keine Vordertaschen.«

Der Uniformierte mit dem feuchten Mondgesicht sah jetzt so dämlich drein, daß ich innerlich triumphierte: Das geschieht dir recht, du Kanaille. Klarer Fall: Er filzte jeden

Zentimeter meiner Handtasche. »Was sind das für Fotos?« – »Das sind Bilder von der Inneneinrichtung meines Gründerzeitmuseums in Mahlsdorf.« Als er das Bild entdeckte, auf dem ich im Kleid und mit Perücke an der Kredenz stehe, fragte er: »Sind Sie das etwa?« – »Ja, und die Kredenz wie das ganze Museum können Sie sich jeden Sonntag bei freiem Eintritt anschauen.« Gekommen ist er nicht.

Im Frühjahr 1988 fuhr ich eine Woche vor der Eröffnung der dortigen Gründerzeitsammlung zur Kulturstiftung Schloß Britz in West-Berlin. Die beiden Kollegen vom Berlin-Museum, mit der Zusammenstellung der Sammlung beauftragt, hatten mich 1984 aufgesucht, »zum Spionieren«, wie sie scherzten. »Ja«, erwiderte ich, darüber begeistert, daß die Gründerzeit ein zweites Museum in Berlin bekommen sollte, »spioniert mal schön, ich werd' euch schon erzählen, wie sich eine Hausfrau 1880 eingerichtet hat.«

»Schön, daß Sie da sind, denn wir haben noch Fragen«, begrüßten mich die Museumsfachleute, als ich ins Schloß Britz kam. Sie wiesen auf zwei bronzene Kerzenleuchter. »Passen die stilistisch in die Zeit?« – »Wunderbar, das ist Neorenaissance, 1880, mit Voluten, eingerollten Schnörkeln. Ja, die sind richtig hier, so etwas hatte man damals.« – »Wenn man nur wüßte, wer sie fabriziert hat?« fragten sie ratlos. Sie hatten die guten Stücke in einem Antiquitätenladen erstanden, in dem niemand Auskunft geben konnte. »Kein Problem«, erläuterte ich, »Stobwasser & Co., Berliner Bronce und Zinkgußwarenfabrikation in Berlin C in der Wallstraße.«

Eine Standuhr, Neorenaissance mit Säulen und Balustrade, befand sich in der Ecke. »Aha«, freute ich mich, ganz in meinem Element, »Firma Gustav Becker, Uhrenfabrik, Freiburg in Schlesien. Die ist um 1900 hergestellt worden, Nußbaum, furniert, und Erle. Nur die Zeiger sind ergänzt, das sind Jugendstilzeiger, und der Aufsatz fehlt.« Ich stellte mich auf die Zehenspitzen, tastete das Gesims ab, und siehe da, ich erfühlte die Dübellöcher, auf denen früher der Aufsatz steckte. Beide lachten, holten sich Zettel und schrieben meine Angaben auf. In dieser Beziehung bin ich ein wandelnder Möbelkatalog, aber wehe, es fragt mich jemand, was ich gestern zu Mittag hatte.

Kurz nach diesem Erlebnis erschienen, während ich gerade die Freitreppe und den Abtreter saubermachte, zwei »Herren« im Gleichschritt. Grußlos zückten beide ihre Ausweise: »Ist das hier das Privatmuseum?« – »Ja.« – »Wir suchen den Bürger Berfelde, sind Sie das etwa?« Ich stand auf der Treppe wie eine Putzfrau, in Schürze und mit Kopftuch, den Handfeger und die Kehrschaufel in den Händen, und antwortete: »Ja, das bin ich. Alles habe ich von Kindesbeinen an gesammelt, und seit dem 1. August 1960 ist das Museum bei freiem Eintritt für jedermann zugänglich.« Der mit Trenchcoat donnerte: »Sie sind für uns eine unerwünschte Person, merken Sie sich das.« – »Das ist nett, daß ich das jetzt weiß, meine Herren«, erwiderte ich und knickste. Wichtigtuerisch schenkten sie sich einen längeren Blick. Dann machten sie abrupt kehrt, marschierten wie Zinnsoldaten die Treppe hinunter und verschwanden ohne Gruß. Das war der letzte Stasi-Besuch bei mir. Man wollte mich noch einmal erschrecken, damit ich vielleicht bei meiner nächsten »Auslandsreise« gleich in West-Berlin bliebe. Meine Mitarbeiterinnen hätte man an die Luft gesetzt, der Möbelwagen der Kunstschieber wäre vorgefahren, und man hätte alles aufgeladen.

Diese Stasi-Fritzen führten sich auf wie Graf Koks von der Gasanstalt, erinnerten in ihrem selbstgefälligen Auftreten aber an zwei Bauchrednerpuppen. Wir haben die Macht, und du bist eine Null, wollten sie mir zu verstehen geben. Ihr aufgeplusterter Mummenschanz belustigte mich allerdings geradezu.

»30 Jahre DDR – 30 Jahre Staatszirkus«, stand 1979 auf den Winterquartierhallen des Staatszirkus in Hoppegarten. Die beflissene Borniertheit der Mitarbeiter in den Propagandaabteilungen des SED-Staates sorgte bisweilen für unfreiwillige Komik. »Alle heraus zum 1. Mai!« Diese Losung war von einer gutmütigen, aber offensichtlich ebenso einfältigen Kolonne auf einer Friedhofsmauer angebracht worden.

Die Leitsprüche zum alljährlichen höchsten Feiertag 1. Mai hingen noch Mitte des Monats und die Losungen zum Gründungstag am 7. Oktober noch Anfang November. So als mißtraute selbst die Staatsführung der Langlebigkeit ihres Gebildes.

Man sollte sich davor hüten, die DDR-Diktatur mit dem Nationalsozialismus gleichzusetzen; man kann durchaus Vergleiche ziehen – und es gibt ja auch Parallelen –, so sie der Erkenntnis dienen. Aber eines bleibt gewiß: Die fabrikmäßige Tötung von Millionen Menschen durch Deutsche während der Jahre 1933 bis 1945 bleibt eine gräßliche Einzigartigkeit, gegen die irgend etwas aufzurechnen sich von vornherein verbietet.

Meine Hochachtung und Sympathie gilt all denen, die die sozialistische Idee durchsetzen wollten, aber scheiterten, scheitern mußten – der Unzulänglichkeit der Menschen wegen. Die Idee bleibt eine gute. Auch wenn sie diskreditiert ist durch den realen Sozialismus.

Die Agonie dieses Sozialismus, der keiner war, wurde mir erstmals 1961 bewußt, als die Mauer gebaut wurde: Ein Staat, der seine Bürger einsperren muß, um zu überleben, kann nicht auf Dauer bestehen. Sein Niedergang wurde mir besonders deutlich, als 1983 die Abteilung Kultur des Bezirks Marzahn mit einem bizarren Anliegen anrief: Ausgerechnet ich sollte die Möbel begutachten, die die sogenannten »Ausreisenden« mit in den Westen nehmen wollten. Die Museen der DDR, deren Mitarbeiter gewöhnlich mit dieser heiklen Aufgabe betraut wurden, kamen aufgrund der vielen Ausreisewilligen mit ihren Expertisen nicht mehr nach.

Wenn die »Ausreisenden« – ich nannte sie, auch im Beisein von Offiziellen, schon aus Daffke immer »Auswanderer«, denn Reisende kommen wieder zurück, was diese Menschen durchaus nicht vorhatten – etwas von ihrem Hausstand mitführen wollten, mußten sie bis zu Schlüpfer und Waschlappen alles genauestens auflisten und diese Liste in fünf- oder siebenfacher Ausfertigung einreichen, je nach dem Grad der Schikane in den Bezirken. Damit bedeutete man ihnen ein letztes Mal, wer hier die Macht hatte und was für ein Dreck sie doch waren.

Mit meinem neuen Job begab ich mich auf gefährliches Terrain. Ich ging mit Vorsatz an die Arbeit, allerdings mit einem, der den Sinn und Zweck der Übung – nämlich alles »abzufischen«, was an wertvollen Antiquitäten in den Haushalten der Ausreisenden schlummerte – ins Gegenteil verkehren sollte.

Wenn dieser Staat täglich Kulturgut exportiert, überlegte ich, dann sollen die Leute, die auswandern, weil sie hier schikaniert werden, doch, verdammt noch mal, das Recht haben, ihr persönliches Hab und Gut mitzunehmen.

Die erste Begutachtung fand in Kaulsdorf bei einem Musiker statt. Zu meinem Schreck bemerkte ich dort einen Bauernschrank aus dem Jahre 1820 und daneben eine Truhe aus Eiche mit der geschmiedeten Jahreszahl 1786. Was tun? »Wie ist das einzuschätzen?« fragte ich, auf Truhe und Schrank weisend, die Mitarbeiterin der Abteilung Kultur. »Na, ist doch ganz logisch«, plapperte sie munter drauflos,

»Kategorie I, II oder III.« – »Was ist denn Kategorie I, II oder III?« Konsternierte Miene. »Ach«, sagte sie mit hilflosem Lächeln, »den Auftrag, Sie zur Begutachtung zu begleiten, habe ich gerade erst bekommen, das weiß ich auch nicht.« Ein harmloses Häschen, ungetrübt von jedem Sachverstand. Wenn das so geht in diesem Staat, dann dauert es nicht mehr lange bis zum Zusammenbruch, dachte ich und war zufrieden. Um die Kategorienfrage zu klären, rief ich im Märkischen Museum an. Meiner Kollegin, der »Möbeltante« des Hauses, beschrieb ich Schrank und Truhe.

»Kategorie I ist internationales Kulturgut, das nicht ausgeführt werden darf, zum Beispiel ein Rembrandt oder ein Rubens. Aber die hat ja auch keiner«, erklärte sie mit pfiffigem Unterton. Kategorie II beinhalte nationales Kulturgut, das bis zu Arbeiten von Gegenwartskünstlern der DDR reiche. Dies könne ausgeführt werden, allerdings nur mit Genehmigung des Ministeriums für Kultur, während Kategorie III lokales Kulturgut darstelle, womit Stücke aus dem Industriezeitalter, der Gründerzeit und dem Jugendstil gemeint seien, wenn es nicht gerade besonders ausgefallene Stücke seien wie etwa ein Schreibtisch von van de Velde. Bauernschrank und Truhe stufte ich, da in DDR-Museen zuhauf vorhanden, in Kategorie III ein.

Die Zahl derer, die diesem Staat unter allen Umständen den Rücken zu kehren bereit waren, stieg ab Mitte der achtziger Jahre so stark an, daß ich in allen Bezirken Ost-Berlins tätig wurde. Eines Tages stand ich in der Wohnung eines Mannes, die vollgestopft war mit Antiquitäten: Zinnteller, Leuchter, Gemälde. Ich drückte ein Auge zu und stufte sie in Kategorie III ein. In dem Zuhause eines etwas verschreckt blickenden Mannes jedoch war das Zukneifen beider Augen vonnöten.

Doch zunächst stierte ich entsetzt auf die kostbare mittelalterliche Kriegskasse, eine Eisentruhe aus dem 16. Jahrhundert, die er sein eigen nannte und die von einem Museumsspezialisten tadellos restauriert worden war. Dieses Stück hätte ich am liebsten innen wie außen verkommen und verdreckt gesehen, um es durchgehen zu lassen. »Wer hat dieses Stück restauriert?« fragte ich, und als mir der Besitzer das Museum für deutsche Geschichte nannte, setzte ich mich geschockt auf einen Stuhl. »Ach du Scheiße«, rutschte es mir raus.

Nun setzte ein konspirativ geführtes Gespräch ein. Man konnte schließlich nie genau wissen, wen man vor sich hatte. »Sie wollen diese Truhe mitnehmen?« – »Ja.« – »Ganz bestimmt?« – »Ja.« – »Sie hängen an dieser Truhe?« – »Ja, sonst hätte ich sie nicht restaurieren lassen.« – »Welcher Restaurator hat die Arbeit gemacht?« Er nannte den Namen, und ich fragte ihn: »Kennen Sie den Mann genauer?« – »Ja.« – »Kennen Sie diesen Mann sehr genau?« – »Ja.« – »Ist er zuverlässig?« – »Ja, hundertprozentig.«

Wir setzten alles auf eine Karte, und ich schrieb auf die Bewertungsliste: »Eine Eisenkiste mit mehreren Schlössern, um 1900.« Und weiter: »Die hier in diesen Listen aufgeführten Positionen sind Kategorie III, also lokales Kulturgut, und unterliegen nicht dem Kulturgutschutzgesetz der DDR. Gegen Ausfuhr kein Einwand.« Ich drückte den Stempel ins Farbkissen, Patsch, Stempel drauf, »Museum zu Mahlsdorf«, und dann meine Unterschrift, schön leserlich. Die Kiste ging durch.

Ein andermal rief mich eine Familie aus Hamburg an, mit denen ich das verschwörerische Telephonat abgesprochen hatte: »Alle bei uns sind gesund, die Reise war schön.« Das hieß: Alles war gutgegangen, die Möbel hatten die Ausfuhr und den Transport heil überstanden.

Da viele Auswanderer nicht darüber informiert waren, daß bis zum letzten Hemd alles genehmigungspflichtig war, wenn sie es über die Grenze mitnehmen wollten, und der Zoll die Arglosen gnadenlos zurückwies, wenn Papiere fehlten, klingelte es mehrmals nachts um elf bei mir, und hilfesuchende Augenpaare schauten mich an. Kein Problem, ich schrieb manchmal sogar die Listen selbst, wenn die Kujonierten keine Ahnung hatten.

Eines Tages begrüßte mich der Beauftragte eines Rechtsanwalts überschwänglich mit »Hach, Lottchen«, als wäre er mit mir im Bett gewesen – ich konnte mich aber überhaupt nicht an ihn erinnern. Mißtrauisch fand ich mich in der Wohnung ein, in der ich begutachten sollte: Antiquitäten, so weit das Auge reichte. Die angeblichen Besitzer standen, täppisch dreinschauend, neben einem Gemälde aus der Biedermeierzeit, und ich war argwöhnisch bis in die Haarspitzen. Im Raum lungerten noch einige andere undefinierbare Gestalten herum, die mir gar nicht erst vorgestellt wurden. Ich sah keinen Bezug zwischen dem angeblichen Ehepaar, das so unscheinbar war, daß es schon wieder auffiel, und den lieblos auf einem Tisch aufgetürmten Antiquitäten: Sie waren so arrangiert, als hätte man sie nur für diesen Zweck in das Haus geschleppt. Unter den Argusaugen der Umstehenden begutachtete ich preußisch korrekt und verabschiedete mich, als wäre nichts gewesen.

Bald darauf erschien der alerte Beauftragte erneut bei mir: mit einer Auswahl historischer Tischglocken, zum Teil orientalischer, zum Teil ostasiatischer Herkunft, zum Teil aus dem europäischen Mittelalter. Ihr unglaublich hoher Wert war augenscheinlich, und ich dachte, sie könnten nur Teil einer enteigneten oder geraubten Privatsammlung sein, wenn nicht gar Museumsbesitz. Angeblich gehörten sie einem Privatmann.

Der Beauftragte wollte von mir exakte Wertangaben hören. »Ich kann dazu nichts sagen«, erklärte ich, »Sie sollten sie in einem speziellen Museum schätzen lassen.« Ich müsse doch ungefähre Preise nennen können, bohrte er weiter. »Ob ich nun fünf, fünfzig, fünfhundert oder fünftausend Mark sage, eins ist so gelogen wie das andere, da ich es eben nicht weiß.« Mißgelaunt zog er ab und kam nie wieder.

Ab 1988 setzten die Stadtbezirke von einem auf den anderen Tag neue Bewerter ein. Auch wenn bereits Bewertungen vorgenommen worden waren und die Besitzer auf gepackten Koffern und Kisten saßen, mußten sie alles wieder auspacken und es erneut begutachten lassen. Gerieten sie an einen Schikaneur, konnten die Menschen häufig ihren Ausreisetermin nicht einhalten, den die Staatssicherheit festgelegt hatte. In einem solchen Fall mußten sie alles zurücklassen. Wie oft hatte ich mit meiner Mitarbeiterin Beate überstürzt verlassene Wohnungen aufsuchen müssen, deren Bewohner es nicht mehr geschafft hatten, das Formale zu erledigen. Und ich dachte an die Zeit, in der ich mit Max Bier die Wohnungen jüdischer Menschen betrat, die alles hatten stehen- und liegenlassen müssen. Gut, die Menschen in der DDR waren nicht in Lager deportiert worden, sondern befanden sich auf dem Weg in die Freiheit, aber allein die abgestandene Luft, die Möbel, zum Teil in Kartons verpackt, zum Teil noch an ihrem Platz – das alles weckte Erinnerungen, die bei mir Übelkeit auslösten.

Paßt mal uff, wir drehen hier einen Film mit dem Titel ›Coming out‹. Wer hat Lust mitzumachen?« Der Regisseur Heiner Carow suchte eines Abends im Jahr 1988 im »Burgfrieden«, einer Schwulenbar in Prenzlauer Berg, Kleindarsteller für den ersten – und letzten – emanzipierten Schwulenfilm der DDR. Ich sollte auch mitspielen, als Tresenfrau in eben jenem Lokal.

Kompliment an Heiner Carow für diesen wichtigen Film.

Unendliche Schwierigkeiten hatten das Projekt jahrelang verzögert. Der ZK-Sekretär quälte sich mit spitzen Lippen das Ja-Wort geradezu ab – »Ihr müßt euch aber der Kritik stellen«, hatte er spießig-oberlehrerhaft verlauten lassen –, und selbst die völlig unbedarfte Margot Honecker als Volksbildungsministerin sollte noch ihren Senf dazugeben. Heiner Carow mußte sich mehr als Diplomat und Unterhändler betätigen denn als Filmregisseur. Dennoch erledigte er auch letztere Aufgabe mit Bravour.

Wir drehten fast ausschließlich nachts, waren die meisten Schauspieler doch durch diverse Engagements an Theatern gebunden. Die Dreharbeiten dauerten oft bis vier Uhr früh. Aber es lohnte sich. Nicht nur weil der Film wochenlang ausverkauft war und sogar den Silbernen Bären auf der Berlinale 1990 errang, sondern auch weil Carow mit viel Einfühlungsvermögen das schwule Leben in der DDR auf oft bedrückende Weise getroffen hatte. Der Plot des Filmes – einer der beiden Hauptdarsteller wird mit Blaulicht ins Krankenhaus gebracht, weil er versucht hat, seinem Leben ein Ende zu setzen – wühlte mich auf, erinnerte er mich doch an die Selbstmorde bei uns in der Schwulengruppe.

Angefummelt bis zu den Haarspitzen huschte ich am Tag der Premiere in das Ost-Berliner »Kino International«. Das Foyer voller Menschen. Doch an diesem Abend stand ein anderes Coming out im Vordergrund des Weltgeschehens. Während ich mich in Mahlsdorf ins Kleid warf, gab der Berliner SED-Chef Günter Schabowski jene Pressekonferenz, nach deren Ende Tausende Ost-Berliner zur Mauer liefen.

Schon kurz nach Filmende gab es Gerüchte, Getuschel. Die Mauer soll auf sein? »Kinder, macht keine Aprilscherze, heute ist der 9. November«, entgegnete ich.

Ich mochte es nicht glauben, obwohl ich schon Wochen vorher in Hoffnungsstimmung war: Dieser Staat war unter seiner altersstarrsinnigen Führung nicht zu Konzessionen bereit – aufmerksame Zeitgenossen hatten bei dem abstrusgespenstischen Spektakel zum vierzigsten Geburtstag der DDR längst den süßlichen Verwesungsgestank wahrgenommen –, und damit würde er seinen Untergang rasant beschleunigen.

»Verschließen Sie diese Tür vor Ihren Kindern«, hatte ich wenige Jahre vorher bei einer meiner Begutachtungen in einer mir fremden, leeren Wohnung einem Zöllner, einem einfachen Mann aus Mecklenburg, stolz auf seine zwei Sterne an den Schultern, geantwortet, als er mich fragte, warum nur alle in den Westen wollten. »Verschließen Sie diese Tür vor Ihren Kindern und befehlen Sie: Durchgehen verboten! Was wird geschehen? Ihre Kinder werden diese Tür umlagern und versuchen, durchs Schlüsselloch zu gucken, und wenn sie groß genug sind, werden sie sich einen Dietrich anfertigen, um sie zu öffnen. Wenn sie alles gesehen hätten, wäre das Geheimnis gelüftet, und sie würden wieder zurückkehren.« Doch hinter solchen und ähnlichen Sätzen witterten die ebenso greisen wie begriffsstutzigen Funktionäre, stets hinter Gardinen in Volvos an ihrem Volk vorbeiflüchtend und im Wandlitzer Getto längst auf einem anderen Stern hausend, nur Aufruhr, Renitenz und Konterrevolution.

»Coming out« hatte einen Riesenerfolg, und nach der Premiere ging es in vollem Ornat und entsprechender Stimmung in den »Burgfrieden«. Plötzlich Geschnatter, Gehupe, Durcheinander. Die ganze Schönhäuser Allee verstopft: Trabis auf dem Weg zum Ku'damm.

Das nie Dagewesene passierte: Jubelnd und wie von Fesseln gelöst, fielen sich die Kneipengäste um den Hals. Endlich frei! Ich freute mich für die jungen Menschen, neige allerdings nicht zu euphorischen Stimmungsausbrüchen, und so saß ich mit stillem Glücksgefühl an meinem Tisch.

Gerade hatte ich etwas Kartoffelsalat auf meine Gabel gehäuft, als ein Rundfunkteam durch die Tür polterte und mir ein Reporter sein Mikrophon, groß wie ein Tennisball, vor die Nase hielt: »Was halten Sie davon?« Ich war vor Schreck so durcheinander, daß ich zurückfragte: »Meinen Sie die vielen Automobile draußen, die in den Westen fahren?« – »Ja, natürlich.« – »Nun, die werden jetzt alle rüberfahren, sich den Ku'damm angucken und morgen früh wieder zurückkommen.«

Ich hatte ein Coming out nie nötig. Ich habe mir nie einen Kopf gemacht über meine Existenz. Alles war selbstverständlich. »Ich kann doch gar nicht anders sein«, wußte ich, selbst als mich die Schulbengels eine »rotblonde Zicke« nannten und mir die Spange aus dem Haar rissen.

Genausowenig hatte ich nötig, mich groß auszustaffieren. Ich habe noch immer Konfektionsgröße vierundvierzig, schmale Schultern und ein stattliches Hinterteil, mit dem sich einiges ausfüllen läßt. Ich bevorzuge resedagrüne, himmel- und dunkelblaue Kleider und schwarze. Ich schminke mich nie, färbe meine Haare nicht, und mit auffälligem Schmuck sollen sich andere behängen. So wie ich bin, bin ich eben. Meistens trage ich Schürze und Kopftuch und bin zufrieden als Hausmagd.

Mein ganzer Stolz sind zwei Trachtenröcke, die mir Beate und Silvia, das lesbische Paar, das mit mir zusammen das Museum führt, zum 63. Geburtstag schenkten. Das letzte Kleidungsstück, das ich mir selbst zulegte, war ein dunkelblauer Damenmantel für den Winter. Mitte der siebziger Jahre hatte ich mich mit dem Stoff zu einem Damenschneider nach Köpenick begeben.

»Na ja, eigentlich trägt man heute nur noch Hänger«,

erklärte das alte Männlein, nachdem ich ihm meine altmodischen Schnittvorstellungen geschildert und den Stoffballen auf dem Tisch ausgebreitet hatte. »Sie sind noch ganz schön schlank für Ihr Alter, aber viel Busen haben Sie ja nicht mehr«, näselte er, mit dem Maßband an mir herumhantierend. Innerlich mußte ich lachen. »Soll ich den Busen ein bißchen wattieren?« fragte er verständnisvoll. – »Ja, ja, das können Sie gerne machen.«

Während der Anprobe gab ich Anweisungen: »Hier könnte er noch ein bißchen strammer sitzen.« – »Das ist ja dann richtig glockig.« – »Ja ja, glockig soll er sein.« – »Na, dann mach ich die Abnäher noch ein bißchen schmaler.« Der Mantel hat noch heute einen Ehrenplatz in meiner Garderobe, und nur bei wichtigen Anlässen hole ich ihn aus dem Nußbaumschrank.

Es war immer gefährlich, als Transvestit durch die Gegend zu laufen. Ich bin froh, daß ich im Dritten Reich noch so jung war und verschont blieb.

Schon zu DDR-Zeiten paßte ich in kein Kästchen, und selbst heute noch bin ich für manche eine schräge Figur – immer ging ich meinen eigenen Weg, ein Wandel auf schmalem Grat, oft links und rechts der Abgrund. Das unendliche Heer der Anpassungswilligen sucht sich hinter den Verhältnissen zu verkriechen, hält sie mitunter für unausweichlich und schicksalhaft. Besser mißtraut man solch zweifelhaften Eingebungen, arbeitet man doch den Mächtigen in die Hände, die ihren mitunter anstößigen Machenschaften und Triumphen gerne die Aura des Unvermeidlichen geben wollen.

Sicher, nicht jedem ist es vergönnt, eigenständig zu leben, aber mit Beharrlichkeit und Zivilcourage läßt sich manches erreichen. Freilich nicht bei den Borniertesten.

Ohne mein Zutun bin ich zu einer Art Idolfigur der Schwulen und Lesben geworden. Das ist wie Sonnenstrahlen im Herbst, in denen ich mich wärme. Es tut gut zu wissen, daß man etwas lebt, was anderen Menschen ein wenig Kraft gibt.

Vor einem Jahr stand ich nach einer Demonstration gegen Gewalt an Schwulen am Brandenburger Tor. Ich war sehr angetan, daß man mich aufforderte zu reden, und, noch bevor ich etwas gesagt hatte, frenetischer Beifall aufbrauste. Ich war freudig überrascht über den herzlichen Empfang, den man mir bereitete; ich bin nicht so vermessen zu denken, ich sei wichtig.

Die Nase hochtragen? Das kann ich gar nicht. Wir sind doch alle nur Menschen, ob nun Kuhmagd oder Königin. Geben wir doch zu, daß wir alle gleich sind: Das bißchen Fleisch und Knochen, das ist doch nichts Besonderes.

Mein Traum: Keiner fragt mehr nach Konfession, Hautfarbe, Weltanschauung, sexueller Orientierung, Parteibuch, Geld und gesellschaftlicher Position. Juden und Christen, Heteros und Homos, Schwarze und Weiße sitzen an einem schönen runden Tisch im Freien und erzählen sich alte Geschichten. Und keiner kennt mehr Dünkel und plappert mehr nach, was an Biertischen gestammelt wurde. Keiner wundert sich mehr über den anderen.

Fünf Kerle – im Rudel sind sie ja mutig – schrien Anfang der siebziger Jahre von der anderen Straßenseite zu mir herüber, als ich gerade die Auslagen eines Damenkonfektionsgeschäfts betrachtete: »Schwule Sau, so was wie dich hätte man bei Hitler verbrannt. Dich müßte man in der Ostsee ersäufen.«

Ich nahm keine Notiz. Idioten gibt es überall. Und gegen die Gefahr, der ich vor 1945 ausgesetzt war, sind die meisten Diskriminierungen heute geradezu harmlos. Aber den Anfängen muß man wehren.

Es passiert mir aber auch viel Schönes. Im Juli gönnte ich mir Urlaub, zum zweiten Mal in meinem Leben. Schwule Freunde hatten mich nach Hamburg eingeladen. Ich spazierte über die Reeperbahn, schlürfte für zwei Mark in einer Imbißstube an der Großen Freiheit mit den Huren meine Erbsensuppe, flanierte weiter, und als ich vor einem Geschäft stehenblieb, bemerkte ich, wie mich ein älteres Ehepärchen plötzlich mit aufrichtigem Interesse musterte. Ich merkte ihnen an, daß sie gemeinsam zufrieden alt geworden waren. Die Frau zupfte mich vorsichtig am Arm, machte mir Komplimente und sagte: »Wir haben Sie im Fernsehen gesehen. Hätten Sie etwas dagegen, wenn mein Mann Sie und mich hier auf der Reeperbahn knipst?« – »Nein, dagegen habe ich nichts.« Knips. »Wir wünschen Ihnen noch viel Gutes in Ihrem Leben.« So etwas rührt mich.

Was wünsche ich mir noch? Nicht viel, ich bin ein rundum glücklicher Mensch. Früher dachte ich, vielleicht wäre ich zu spät geboren, hätte besser um die Jahrhundertwende gelebt. Doch nein: der preußische Militarismus – da wäre mir nur Capri geblieben. Wohin so viele strebten, um sich dem Militär zu entziehen. Und trotz aller Mißhelligkeiten und Intoleranz lebt es sich als Außenseiter heute sicher unbeschwerter als im wilhelminischen Zeitalter.

Kein Menschenkind blüht umsonst, aber die große Liebe habe ich in meinem Leben nicht gefunden. Ich sage es ohne Wehmut, denn die »totale« Liebe, »bis daß der Tod euch scheidet«, ist Unfug. In früheren Zeiten haben die Menschen miteinander gelebt, gearbeitet und hatten ihre Vergnügungen. Sicher waren auch Leidenschaften dabei. Liebe ist doch ein Teil vom Leben. Aber das Leben als Teil von der Liebe zu sehen, das habe ich nie mitgemacht. Jeder ahnt doch, wenn er es nicht sogar weiß, was aus einer »großen Liebe« wird, wenn man erst mal drei Jahre in beengten Verhältnissen in einem Plattenbau miteinander verbracht hat.

Ich hatte meine Leidenschaften, war mit drei Männern über zwanzig Jahre zusammen, zum Teil gleichzeitig. Sie haben mir geholfen, mich beraten, in schlimmen Zeiten gestützt, wir hatten erquickenden Sex, aber das alles verschlingende Gefühl war es nicht. Einen Menschen in jede Pore von mir zu lassen, dazu bin ich nicht bereit, und wahrscheinlich wäre das auch gar nicht gesund. Außerdem bin ich schon besetzt: Wenn ich heute ein neues Vertikow bekäme, könnten zehn willige Männer auf meiner Freitreppe rumturnen – ich würde sie nach Hause schicken. »Kinder, kommt morgen wieder, heute habe ich keine Zeit«, würde ich ihnen zurufen, »denn ich muß meinen neuen Schatz wienern und dann ein schönes Plätzchen für ihn finden.«

Während meiner ersten Liebesbeziehung dachte ich: Ach, ist das schön! Das müßte jetzt das ganze Leben halten. Als ich älter wurde, änderte sich das. Es ist falsch, sich zu fixieren, dem Traummann oder der Traumfrau nachzujagen. Der Mensch verändert sich, lernt dazu, der Horizont erweitert sich.

Mit meinen Männern erlebte ich nicht nur Sex, es war mehr. War es Liebe? Zärtlichkeit, Zuneigung, Vertrauen waren es in jedem Fall.

Ich habe es immer als Bereicherung empfunden, offen zu sein, Sex auch zu dritt zu haben. Und niemand war eifersüchtig. »Ich würde platzen vor Eifersucht«, gestand Tutti mir einmal. »Wenn du deinen Freund gängelst, bringt das gar nichts«, erwiderte ich.

War Jochen oft mein Berater, nahmen Werner und Gerhard, meine beiden anderen Beziehungen, die mehr als zwanzig Jahre andauerten, die Rolle des Trösters ein.

Werner hatte eine ausgeprägte weibliche Ader, lief oft im Fummel rum. Kam ich in seine Wohnung, die er mit viel Nippes eingerichtet hatte, ein Vögelchen zwitscherte im Käfig, glaubte man, in der Stube eines älteren Fräuleins zu sein.

Dennoch war er der aktive Teil in unserer Beziehung, ihm gefiel meine weibliche Passivität. »Weißt du, du bist zwar wie ein Mädel, hast aber 'ne Figur wie ein hübscher Bengel«, schmeichelte er mir. Ich paßte mich seinen Wünschen an: Wenn er kurze Hosen will, soll er sie haben, dachte ich. Das führte natürlich zu skurrilen Situationen, etwa wenn ein Kleidungsstück nicht mit dem anderen harmonierte. Als wir einmal durch Potsdam schlenderten, riefen Jugendliche uns hinterher: »Guckt mal, eine Frau in kurzen Lederhosen!« Ich trug hochhackige Schuhe zu den »kurzen Schwarzen«.

Gern hätte ich mir mit einem meiner Freunde den Träum erfüllt, Tisch und Bett zu teilen. Das war aber nicht zu verwirklichen, wohl auch, weil mein Leben sich um so vieles unterschied von dem ihren. »Lottchen, unter diesen Verhältnissen zu dir zu ziehen, kein Licht, kein Bad, bügeln mit einem Eisen von 1890, das geht nicht, das kann ich nicht«, sagte Werner zu mir und fuhr zurück in seine Ost-Berliner Neubauwohnung. 1984 erlitt er einen Herzinfarkt und starb.

Mit Gerhard, den ich wie Jochen auf einer Klappe kennengelernt hatte, dauerte die Freundschaft ebenfalls bis zu seinem Tode, im Jahre 1977. Er hatte seine Launen und Marotten, war ein Pünktlichkeitsfanatiker, aber auch ein warmherziger Mensch. Ein starker Mann, der gerne derb lachte. Ich schlug als Frau die Augen nieder und fühlte mich sicher und geborgen.

An den Mauerfall knüpften sich viele Hoffnungen für uns DDR-Bürger: daß wir freie Menschen werden in einem freien Land, in einer wirklichen und wahrhaftigen Demokratie; daß die Widrigkeiten und die Misere, die wir vierzig Jahre lang hatten ertragen müssen, endgültig der Vergangenheit angehören.

Ich gab mich der Hoffnung hin, endlich rechtmäßiger Eigentümer des von mir geretteten Hauses zu werden. Und, tatsächlich, nach einigen bürokratischen Verzögerungen sollte es soweit sein: Einen Tag vor der Währungsunion fuhr ich mit der Dame vom Magistrat, Sektor Volkseigentum, Abteilung Finanzen, im Automobil zum Notar. Auf dem Weg erklärte sie beiläufig, daß zwar das Haus verkauft werde, nicht aber der Grund und Boden. Der sei noch nicht vermessen. Die Anpflanzungen des Gartenamtes sollte ich aber sehr wohl mitkaufen. Ebenso den Elektroanschluß zum Haus, von mir nicht nur schon bezahlt, sondern auch eigenhändig gelegt. Der Notar machte darauf aufmerksam, daß auch unvermessene Grundstücke verkauft werden könnten. Aber nein! Der Grund, auf dem das Haus stehe, werde nicht verkauft. Die Dame vom Magistrat blieb störrisch.

Zumindest das Kapitel Hauskauf hielt ich für erledigt, hatte aber die Rechnung ohne die völlig überlasteten Grundbuchämter gemacht, die in jenen Tagen in Anträgen förmlich erstickten.

Drei Tage nach dem Überfall durch die Neonazis – von gerade mal zwei mutmaßlichen Tätern wurden in jener Nacht die Personalien aufgenommen, die Ermittlungen sind bis zum heutigen Tag im Sande verlaufen – gab es in Sachen Haus ein neuerliches Attentat: diesmal von Senatsvertretern der Stadt Berlin.

Schon am Montag nach dem Skinhead-Überfall rief ein

Mitarbeiter des Museumsreferenten an: Na prima, dachten Beate, Silvia und ich, endlich ein Lichtblick, auch sie wollen uns helfen, ebenso wie die Abgesandten vom Senatsreferat für gleichgeschlechtliche Lebensweisen und die vielen Freunde, die uns am Tag nach dem Überfall Mut zusprachen und uns unterstützten.

Der Museumsreferent der Senatsabteilung für Kultur kam nicht allein. Neben einem Mitarbeiter und dem mir wohlgesinnten Professor Bothe vom Berlin-Museum hatte er noch jemanden mitgebracht, auf dessen Mithilfe er offensichtlich nicht verzichten zu können glaubte. Dieser Mann hatte die Wende augenscheinlich ohne Makel überstanden, saß noch auf demselben Posten, nur hieß sein Arbeitgeber nicht mehr Magistrat, sondern Senat: Manfred Maurer.

Der Museumsreferent und seine Begleiter nahmen im Saal Platz, und er kam gleich zur Sache: »Also, wir wollen hier Tacheles reden: Ihnen gehört das Haus *nicht.*« Nach Auskunft seiner Rechtsabteilung sei der Kauf nicht bis zum Stichtag – dem der Wiedervereinigung – ins Grundbuch eingetragen worden. Er könne nichts dafür, den Einigungsvertrag habe er schließlich nicht unterzeichnet, und wenn ich damit nicht einverstanden sei, könne ich mir ja einen Anwalt nehmen und das Land Berlin auf Entschädigung verklagen.

Ich lief aus dem Saal, ließ die Besucher zurück. Höflichkeit und Etikette waren mir in diesem Moment egal – ich fühlte mich an das Jahr 1974 erinnert: Du wirst enteignet, hier geht nichts mehr, dachte ich. Meine Nerven lagen ohnehin bloß: Der Neonazi-Überfall steckte mir noch in den Knochen, und, viel wichtiger, der Mensch, der mir am meisten bedeutete, war wenige Wochen zuvor gestorben: meine Mutter.

Obwohl ich wußte, daß dies der Lauf der Natur ist, weil jede Blume irgendwann verblüht, fühlte ich Leere nach ihrem Tod, war tagelang gebrochen. Ein wenig tröstete es mich, daß sie so friedlich eingeschlafen war.

Bis zuletzt hatte sie alles selbst gemacht, harkte den Garten, versorgte ihren Haushalt. Am Abend vor ihrem Tod besuchte ich sie. Sie war guter Dinge und munter wie immer. Am Ostersonntag 1991 ging sie mit der Bemerkung, ihr sei nicht gut, in das Zimmer ihrer Tochter, setzte sich aufs Bett und legte sich hin. »Soll ich einen Arzt holen?« fragte meine Schwester besorgt. »Nein, nein, ist gleich wieder vorbei«, antwortete meine Mutter bescheiden. Innerhalb von zehn Minuten entschlief sie.

Nie hatten wir eine Auseinandersetzung gehabt, wir verstanden uns blind. Oft, wenn ich etwas aussprach, lachte sie: »Das wollte ich auch gerade sagen!« Als ich vierzig wurde, meinte meine Mutter: »So gerne ich dich um mich habe«, dabei setzte sie sich zu mir an den Tisch, »eigentlich bist du jetzt in einem Alter, in dem du heiraten könntest.« Meine Antwort ließ sie schmunzeln: »Ich bin meine eigene Frau.«

Innerlich völlig aufgewühlt, wollte ich in den Keller, wo Beate mit einer Bekannten saß. Ich schaffte es nur bis zur Hälfte der Treppe, meine Beine sackten mir fast weg, ich mußte mich am Geländer festhalten. »Wißt ihr, wer da ist?« rief ich zitternd: »Maurer.«

Mit Beate zurück in den Saal. Dort wiederholte der Museumsreferent den Sachverhalt, und mir wurde plötzlich schlecht. Kringel tanzten vor meinen Augen, und ich glaubte mich einer Ohnmacht nahe. Ich mußte mich im Nebenzimmer hinlegen. Professor Bothe machte der Runde zaghaft den Vorschlag, sich doch besser zu verabschieden, drang aber nicht durch.

Als ich mich gesammelt hatte, hörte ich nebenan Gewisper und Stimmengesumm wie von einem Schwarm Mücken.

Sitzt der Kerl etwa immer noch da? zürnte ich, stand im Nu wieder auf den Beinen, kramte in meinen Schränken, holte das Protokoll von 1974, wetzte in den Saal und polterte los: »Genosse Maurer«, sagte ich, »der Sie dieses Museum beseitigen wollten, schämen Sie sich nicht, sich an diesen Tisch zu setzen?« Meine Wut war ganz auf ihn gerichtet: »Soll ich Ihnen vorlesen, was Sie am 1. Februar 1974 über mich und dieses Museum gesagt haben?« Keine Reaktion, er guckte nur nach unten – klein und geduckt. Ein Mann von Charakter, freilich keines guten. Mit so dickem Fell, daß er ein Rückgrat offensichtlich nicht mehr benötigte. Ein Mitläufer.

Er hätte dem Museumsreferenten im Vorfeld erklären können, daß es vielleicht besser wäre, nicht mit nach Mahlsdorf zu fahren; seine Tage als Leiter des Märkischen Museums waren ohnehin gezählt.

Und selbst wenn er erst in diesem Moment ein Wort der Entschuldigung gefunden hätte, ich wäre der erste gewesen, der es angenommen hätte. Aber nein: Verstockt wie ein luftgetrockneter Fisch saß er auf seinem Stuhl.

Ich sah rot, die Sicherungen brannten mir durch, ich riß die Flügeltüre auf und schrie: »Raus, ihr Schweine!« Alle schauten sich betreten an, erhoben sich. Die Mappe mit dem Protokoll von 1974 in meiner Hand, war ich fest gewillt, sie Maurer um die Ohren zu hauen. Da faßten mich Beate und Silvia, die genau wissen, wann bei mir der Topf überkocht, links und rechts an den Armen, so daß ich nicht mehr fuchteln konnte. Und je mehr ich fuchteln wollte, desto fester wurde ihr Griff.

Einzig Professor Bothe blieb zurück. Er hatte von den ganzen Auseinandersetzungen in der Vergangenheit und Maurers Ränken nichts gewußt. Bothe war betroffen, fühlte mit mir, war ein Mensch.

»Mich hält hier gar nichts mehr, es gibt tolerantere Länder, die sich freuen würden, wenn ich mit meinem Museum käme. Holland und Dänemark zum Beispiel«, erklärte ich einige Tage später öffentlich, und das tat seine Wirkung.

Das sind die verrückten Berfeldes: Mit Gewalt erreicht man bei mir gar nichts, mit Freundlichkeit – fast – alles. Der Senat zeigte Verhandlungsbereitschaft.

Wir leben von meinen sechshundertachtundfünfzig Mark Rente und dem, was die Besucher spenden. Ich brauche kein Direktorengehalt. Ich habe mein ganzes Leben bescheiden gelebt, eigentlich fast unter der Armutsgrenze. Hauptsache Pflaumenmus, weißer Käse, Kartoffelsalat und ab und zu Fisch. Mehr nicht. Ich habe meine Freude, und es ist mir viel größerer Lohn, wenn im Jahr rund sechstausend Besucher durch die Zimmer gehen und sagen: »Ist das schön!« Denn das ist es: spaßig, traurig und schön. Und ein bißchen humorig, ein bißchen anrührend und ein bißchen bildend.

Fünfundzwanzig Jahre habe ich in diesem Haus allein gelebt. Jetzt sind wir ein Dreierteam, eine Homokommune. Beate ist neun Jahre hier, ihre Frau Silvia – am 20. August 1992 haben sie sich von einem dänischen Pfarrer trauen lassen – fünf. Zu dritt werden wir dieses Museum weiterführen und erhalten. Daß das Museum in unserer Hand bleibt, hat uns der Senat inzwischen zugesichert.

Ich komme so langsam in ein Alter, in dem man sich ein wenig ausruhen möchte. Aber einige Pläne haben wir noch und hoffen, sie mit Unterstützung des Senats realisieren zu können: Das Dach und der Keller müssen saniert, die Hausfassade restauriert werden; aus dem Garten wollen wir ein kleines Freilichtmuseum machen und die Freitreppe zur Parkseite historisch getreu rekonstruieren.

Es ist mir eine große Freude und Ehre, Ihnen im Namen des Herrn Bundespräsidenten in Anerkennung Ihrer um Volk und Staat erworbenen besonderen Verdienste das Verdienstkreuz am Bande des Verdienstordens der Bundesrepublik Deutschland auszuhändigen. Bitte setzen Sie sich wegen der Terminabsprache mit meinem Vorzimmer in Verbindung.«

Der Brief des Kultursenators mit dem lakonischen Schlußsatz flatterte völlig unvermittelt Ende Juni 1992 ins Haus. Werde ich auf meine alten Tage also noch ausgezeichnet, sinnierte ich und mußte etwas schmunzeln, weil ich mir ein bißchen ulkig vorkam. Aber eine schöne Geste ist es. Das wäre zu DDR-Zeiten nie möglich gewesen.

»Sie arbeiten ja nicht«, war mir am 1. Februar 1974 in der Verhandlung beim Magistrat ins Gesicht gesagt worden. »Ach, was ich mache, ist keine Arbeit?« – »Nein!« – »Na, dann kommen Sie mal eine Woche nach Mahlsdorf zum Putzen – von allem anderen ganz zu schweigen –, dann wissen Sie, was hier alles zu tun ist.« Die offizielle DDR hielt mich für »asozial«.

Als der Senator vorfuhr, stand ich in Schürze und mit mehreren Staubtüchern im Saal, um noch mal über die Stühle zu wischen.

Die Miene Ulrich Roloff-Momins, des Berliner Kultursenators, der zunächst die Hände in seinen Hosentaschen vergraben hatte und sich mit leicht herabgezogenen Mundwinkeln die Kronleuchter betrachtete, hellte sich zunehmend auf, und er war sehr interessiert, als ich ihn durch meine Sammlung geleitete. Etwas Freude machte ihm, das war mein Eindruck, meine Privatführung wohl auch. Im Damensalon nahm er mich liebenswürdig beiseite: »Ich hätte es viel schöner gefunden, wenn die Urkunde auf den Namen Charlotte von Mahlsdorf ausgestellt worden wäre.« In Bonn hatte man in das Schriftstück meinen bürgerlichen Namen eingetragen.

Der Senator fand anerkennende Worte des Dankes, ohne zu lobhudeln, und damit hatte er meinen Geschmack getroffen: eine einfache Ansprache, ohne Überschwang, aber von Herzen kommend.

Die Verleihung war lediglich die Ouvertüre zur Krönung meiner schwierigen Arbeit. Vier Tage später erhielt ich den langersehnten Brief vom Amtsgericht Schöneberg: Der Eintrag ins Grundbuch sei jetzt rechtskräftig. Seit dem 17. August 1992 bin ich Eigentümer des Hauses am Hultschiner Damm 333 in Berlin-Mahlsdorf.

Ich bin ein Optimist, glaube an das Gute, auch wenn es manches Mal lange dauerte, bis es eintrat. Das hat mich oft am Leben gehalten. Der Berliner Senat wird sich, da bin ich sicher, für unser Museum engagieren. Schließlich wird die Stadt irgendwann einmal alles erben, denn wir können nichts mitnehmen ins kühle Grab – das letzte Kleid hat keine Taschen. Die Stadt Berlin hat mit diesem Haus und dem Museum ein kleines goldenes Ei. Sie muß es nur ein bißchen putzen. Solange ich lebe, besorge ich das natürlich.

»Kinder, geht nicht verschlossen wie ein Koffer durch die Welt! Ihr müßt alles in euch aufnehmen: die Menschen, die Natur, die Häuser«, ermunterte uns mein guter Lehrer immer. Ich habe das beherzigt und im Geiste alles aufgenommen in diesen hundertzwanzig Jahren – denn eigentlich lebe ich ja seit der Gründerzeit.

# Die Fotografien

| | |
|---|---|
| XXVIII, XXIX | Im Gründerzeitmuseum |
| XXX | Großonkel Josef Brauner |
| XXXI | Verleihung des Bundesverdienstkreuzes |

Die Fotografien der Seite 5 sowie II, IV, XI, XIV und XVII stammen aus dem Privatbesitz Charlotte von Mahlsdorfs.

# Der Film

Parallel zum Buch startet bundesweit der Film »Ich bin meine eigene Frau« in der Regie von Rosa von Praunheim. Er ist eine Mischung aus Dokumentation und Spielfilm.

Die Spielsequenzen zeigen Episoden aus Charlotte von Mahlsdorfs Leben: Eltern, Kindheit, Kriegszeit, Verhaftung, Nachkriegs-Berlin, das Leben der Transvestiten in der Kaiserzeit und im preußischen Militär, das schwule Leben in den fünfziger Jahren, der Anfang der Homosexuellenbewegung in der DDR, Schwierigkeiten mit der Stasi, der Kampf um den Erhalt des Gründerzeitmuseums. Die dokumentarische Ebene wird von Charlotte selbst dominiert, ihrem glänzenden Erzähltalent und ihrer charismatischen Ausstrahlung, die jeden in ihren Bann zieht. Ihr ungewöhnliches Leben, ihre Rolle in der Schwulenbewegung der DDR bieten einen hervorragenden Fundus von Geschichten und Details.

In Rosa von Praunheim hat der Film einen Regisseur, der eine Galionsfigur der Schwulenbewegung der Bundesrepublik ist, einen streitbaren und umstrittenen Kämpfer. Doch dieser Film ist vor allem Charlottes, er soll Mut machen, auch in schwierigen Zeiten nicht aufzugeben und konsequent zu sich selbst zu stehen.